Persuasión

ALMA POCKET ILUSTRADOS

Persuasión

Jane Austen

Ilustraciones de
Dàlia Adillon

Edición revisada y actualizada

Título original: *Persuasion*

© de esta edición:
Editorial Alma
Anders Producciones S.L., 2022
www.editorialalma.com

 @almaeditorial

© Traducción: José Fernández Z.
Traducción cedida por Editorial Juventud, S.A.

© Ilustraciones: Dàlia Adillon

Diseño de la colección: lookatcia.com
Diseño de cubierta: lookatcia.com
Maquetación y revisión: LocTeam, S.L.

ISBN: 978-84-18933-38-7
Depósito legal: B5873-2022

Impreso en España
Printed in Spain

Este libro contiene papel de color natural de alta calidad que no amarillea (deterioro por oxidación) con el paso del tiempo y proviene de bosques gestionados de manera sostenible.

Índice

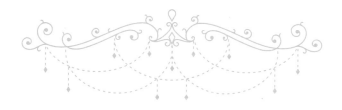

Capítulo I

Sir Walter Elliot, el señor de Kellynch Hall, en Somersetshire, era un hombre que nunca se entretenía leyendo otro libro que no fuese la *Crónica de los baronets*. Con él llenaba sus horas de ocio y consolaba las de su abatimiento. Su alma se inundaba de admiración y de respeto al considerar lo poco que quedaba de los antiguos privilegios, y cualquier sensación desagradable surgida de las cuestiones domésticas se convertía en lástima y desprecio. Así es que recorría la lista casi interminable de los títulos concedidos en el último siglo, y allí, aunque no le interesaran mayormente las otras páginas, podía leer con ilusión nunca menguada su propia historia. Ésta era la página por la que siempre estaba abierto su libro favorito:

ELLIOT DE KELLYNCH HALL

Walter Elliot, nacido el 1 de marzo de 1760, casó el 15 de julio de 1784 con Elizabeth, hija de James Stevenson, hidalgo de South Park, en el condado de Gloucester. De esta señora, que murió en 1800, tuvo a Elizabeth, nacida el 1 de junio de 1785; a Anne, nacida el 9 de agosto de 1787; a un hijo nonato, el 5 de noviembre de 1789, y a Mary, nacida el 20 de noviembre de 1791.

Tal era el párrafo original salido de manos del impresor; pero sir Walter lo había mejorado añadiendo para información propia y de su familia

las siguientes palabras a continuación de la fecha del natalicio de Mary: «Casada el 16 de diciembre de 1810 con Charles, hijo y heredero de Charles Musgrove, hidalgo de Uppercross, en Somersetshire». Apuntó también con gran cuidado el día del mes en que perdió a su esposa.

Luego seguía la historia y encumbramiento de la antigua y respetable familia, en los términos usuales: se escribía que primero se establecieron en Cheshire y que gozaron de gran reputación en Dugdale, donde desempeñaron el cargo de gobernadores, y que habían sido representantes de una ciudad en tres parlamentos sucesivos. Después venían los premios a la lealtad y la concesión de la dignidad de baronet en el primer año del reinado de Carlos II, con la mención de todas las Marys y Elizabeths con quienes los Elliot se habían casado. En conjunto, la historia llenaba dos hermosas páginas en doceavo y concluía con las armas y la divisa: «Residencia solariega, Kellynch Hall, en Somersetshire». Sir Walter había agregado de su puño y letra este final: «Presunto heredero, William Walter Elliot, hidalgo, bisnieto del segundo sir Walter».

La vanidad era el alfa y omega del carácter de sir Walter Elliot. Vanidad de su persona y de su posición. Había sido notablemente hermoso en su juventud, y a los cincuenta y cuatro años era todavía un hombre de muy buen ver. Pocas mujeres presumían más de sus encantos que sir Walter de los suyos, y ningún ayuda de cámara de ningún señor habría estado más orgulloso que él con el rango que ocupaba en la sociedad. El don de la belleza para él sólo era inferior al don de un título de nobleza, por lo que se tenía a sí mismo por el objeto de su respeto y devoción más fervientes.

Su buena presencia y su linaje eran buenos reclamos para el amor, de tal modo que a ellos debió una esposa muy superior a lo que sir Walter merecía por sí solo. Lady Elliot fue una mujer excelente, tierna y sensible, a cuya conducta y buen juicio debía perdonarse la juvenil facultad de haber querido ser lady Elliot, considerando que nunca más precisó de otras indulgencias. Su alegría, su complacencia y el disimulo de sus defectos le procuraron la auténtica estima de que disfrutó durante diecisiete años. Y aunque no fue feliz en este mundo, encontró en el cumplimiento de sus deberes, en sus amigos y en sus hijos motivo suficiente para amar la vida y para no abandonarla con

indiferencia cuando le llegó la hora. Tres hijas, de dieciséis y catorce años respectivamente las dos mayores, eran un legado que la madre temía dejar; una carga demasiado delicada para la autoridad de un padre presuntuoso y estúpido. Lady Elliot tenía, sin embargo, una amiga muy íntima, sensible y meritoria mujer que había llegado, movida por el gran cariño que le profesaba a lady Elliot, a establecerse junto a ella en el pueblo de Kellynch. En su discreción y en su bondad puso lady Elliot sus esperanzas para sustentar y mantener los buenos principios y la educación que ansiaba dar a sus hijas.

Dicha amiga y sir Walter no se casaron, aunque lo anterior haya inducido a pensarlo. Trece años habían transcurrido desde la muerte de la señora Elliot, y una y otro seguían siendo vecinos e íntimos amigos, aunque cada uno viudo por su lado.

El hecho de que lady Russell, de muy buena edad y carácter, y en circunstancias indicadas para ello, no hubiese querido pensar en unas segundas nupcias, no requiere explicación, pues la gente suele, sin razón, mostrar más descontento cuando una mujer se vuelve a casar que cuando no lo hace. Pero que sir Walter continuase viudo sí la requiere. Sépase, pues, que como buen padre (después de haberse llevado un chasco en uno o dos intentos descabellados) se enorgullecía de permanecer viudo en atención a sus queridas hijas. Por una de ellas, la mayor, hubiese hecho realmente cualquier cosa, aunque no hubiese tenido muchas ocasiones de demostrarlo. Elizabeth, a los dieciséis años, había asumido en la medida de lo posible todos los derechos y la importancia de su madre; y como era muy guapa y muy parecida a su padre, su influencia era muy grande y los dos se llevaban muy bien. Sus otras dos hijas gozaban de menor predicamento. Mary consiguió una pequeña y artificial importancia al convertirse en la señora de Charles Musgrove, pero Anne, que poseía una elegancia de espíritu y una dulzura de carácter que la habrían colocado en el mejor lugar entre cualquier gente de verdadero entendimiento, no era nadie ante su padre y su hermana; sus palabras no pesaban para nada y no se hacía ningún caso de sus intereses. No era más que Anne.

Para lady Russell, en cambio, era la más querida y la más altamente apreciada de las criaturas; era su amiga y favorita. Lady Russell quería a las tres hermanas, pero sólo en Anne veía el vivo retrato de su madre.

Pocos años antes, Anne Elliot había sido una muchacha muy bonita, pero su frescura se marchitó temprano. Su padre, que ni siquiera cuando estaba en su apogeo encontraba nada que admirar en ella (pues sus delicadas facciones y sus dulces y oscuros ojos eran totalmente distintos de los de él), menos había de encontrarle ahora que estaba flaca y consumida. Nunca abrigó muchas esperanzas —y ahora ya ninguna— de leer su nombre en otra página de su libro predilecto. Todas las ilusiones de una alianza adecuada estaban puestas en Elizabeth, pues Mary se había entroncado con una antigua familia rural muy rica y respetable, a la que legó todo su honor sin recibir ella ninguno. Elizabeth era la única que aún podía hacer una boda como era debido.

Ocurre a veces que una mujer es más guapa a los veintinueve años que a los veinte. Y generalmente, si no ha pasado ninguna enfermedad ni ningún sufrimiento moral, es una época de la vida en que raramente se ha perdido algún encanto. Eso le sucedía a Elizabeth, que era aún la misma hermosa señorita Elliot que empezó a ser a los trece años. Podía perdonarse, pues, a sir Walter que olvidase la edad de su hija o, en última instancia, creerle únicamente medio loco por considerarse a sí mismo y a Elizabeth tan primaverales como siempre, en medio del derrumbe físico de todos sus coetáneos, porque no tenía ojos más que para ver lo viejos que se estaban poniendo todos sus deudos y conocidos. La hurañía de Anne, la aspereza de Mary y los ajados rostros de sus vecinos, unidos al rápido incremento de las patas de gallo en las sienes de lady Russell, le sumían en la mayor congoja.

Elizabeth no compartía con su padre esa satisfacción personal. Durante trece años fue la señora de Kellynch Hall, presidiéndolo y dirigiéndolo todo con un dominio de sí misma y una decisión que no parecían propias de su edad. Durante trece años hizo los honores de la casa, aplicó las leyes domésticas, ocupó el lugar preferente en el coche y fue inmediatamente detrás de lady Russell en todos los salones y comedores de la comarca. Los hielos de trece inviernos la vieron inaugurar todos los bailes importantes celebrados en la reducida vecindad, y trece primaveras abrieron sus capullos mientras ella viajaba a Londres con el fin de disfrutar anualmente con su padre, durante unas semanas, de los placeres del gran mundo. Elizabeth recordaba todo esto, y la conciencia de tener veintinueve años no dejaba de inquietarla. La complacía

verse aún tan guapa como siempre, pero sentía que se le aproximaban los años peligrosos y se habría alegrado de tener la seguridad de que dentro de uno o dos años sería debidamente solicitada por un joven de sangre noble. Sólo así habría podido hojear de nuevo el libro de libros con el mismo gozo que en sus años más mozos, pero ahora no le hacía gracia. Eso de tener siempre presente la fecha de su nacimiento sin acariciar otro proyecto de matrimonio que el de su hermana menor, le hacía mirar el libro como un tormento; y más de una vez, cuando su padre lo dejaba abierto encima de la mesa, junto a ella, lo había cerrado con ojos severos y lo había empujado lejos de sí.

Había sufrido, además, un desencanto del que aquel libro, y especialmente la historia familiar, le ofrecían un recuerdo perenne. El presunto heredero, aquel mismo William Walter Elliot cuyos derechos se hallaban tan generosamente reconocidos por su padre, la había desdeñado.

Sabía desde muy joven que, en el caso de no tener ningún hermano, sería William el futuro baronet, y creyó que se casaría con él, cosa que también creyó siempre su padre. No le conocieron de niño, pero tan pronto como hubo muerto lady Elliot, sir Walter hizo relación con él, y aunque las insinuaciones fueron acogidas sin ningún calor, siguió persiguiéndole y atribuyendo su esquivez a la cortedad propia de la juventud. En una de sus excursiones primaverales a Londres y cuando Elizabeth estaba en todo su esplendor, el joven Elliot se vio forzado a la presentación.

En aquella época era un chico muy joven, recién iniciado en el estudio de la carrera de derecho; Elizabeth le encontró sumamente agradable y todos los planes a favor de él quedaron confirmados. Le invitaron a Kellynch Hall, se habló de él y se le esperó todo el resto del año, pero no acudió. En la primavera siguiente volvieron a verle en la capital, le encontraron igualmente simpático y de nuevo le alentaron, invitaron y esperaron, pero siguió sin acudir. Luego supieron que se había casado. En vez de dejar que su sino siguiera la línea que le señalaba la herencia de la casa de Elliot, se había comprado su independencia uniéndose a una mujer rica de cuna inferior a la suya.

Sir Walter quedó muy resentido. Como cabeza de familia consideraba que debería habérsele consultado, sobre todo después de haber tomado al muchacho tan públicamente bajo su égida.

—Pues por fuerza se les ha de haber visto juntos una vez en Tattersall y dos en la tribuna de la Cámara de los Comunes —observaba.

Expresó su desaprobación muy poco afectado aparentemente. Elliot, por su parte, no se tomó la molestia de explicar su proceder y se mostró tan poco deseoso de que la familia volviese a ocuparse de él cuanto indigno de ello fue considerado por sir Walter. Y cesaron entre ellos las relaciones.

A pesar de los años transcurridos, Elizabeth seguía resentida por ese desdichado incidente con Elliot, porque a ella le había gustado por sí mismo, por ser heredero de su padre y porque, para el decoro familiar, era el único partido digno de la primogénita de sir Walter Elliot. Desde la A hasta la Z, no había baronet a quien pudiese mirar con tanto agrado como a un igual suyo. Sin embargo, la conducta de William Elliot había sido tan ruin que, aunque a la sazón (verano de 1814) llevaba él luto por la muerte de la joven señora Elliot, no le juzgó acreedor de ocupar de nuevo sus pensamientos. Y si no hubiese sido más que por aquel matrimonio que quedó sin fruto y podía ser considerado sólo como un fugaz contratiempo, el asunto podría haberse perdonado. Lo peor era que algunos buenos y oficiosos amigos les habían referido que hablaba de ellos irrespetuosamente y que despreciaba su prosapia así como los honores que ésta le confería. Y eso no podía perdonarse.

Tales eran los sentimientos y preocupaciones de Elizabeth Elliot, los cuidados a que había de dedicarse, las agitaciones que la alteraban, la monotonía y la elegancia, las prosperidades y las naderías que consumían el escenario en que se movía. Ningún otro atractivo podía prestar interés a una larga e invariable existencia en un círculo campestre, ni llenar los ocios que no había la costumbre de utilizar fuera y que la falta de talento o habilidades domésticas impedía ocupar.

Pero ahora otra preocupación y zozobra empezaba a añadirse a todas ésas. Su padre estaba cada día más apurado de dinero. Sabía que iba a hipotecar sus propiedades para librarse de la obsesión de las abultadas cuentas de sus abastecedores y de los importunos avisos de su apoderado, el señor Shepherd. Las posesiones de Kellynch eran buenas, pero no bastaban para mantener el tren que sir Walter creía que debía llevar su propietario. Mientras vivió lady Elliot, se observó método, moderación y economía, dentro de lo que los ingresos permitían. Pero al morir ella, terminó toda prudencia y sir Walter empezó a cometer excesos. No le era posible gastar menos y no podía dejar de hacer aquello a lo que se consideraba imperiosamente obligado. Por muy reprensible que fuese, sus deudas crecían espantosamente y se hablaba de ellas tan a menudo que ya fue inútil tratar de ocultárselas por más tiempo y ni siquiera parcialmente a su hija. Durante su última primavera en la capital, aludió a su situación y llegó incluso a decirle a Elizabeth:

—¿Podríamos reducir nuestros gastos? ¿Se te ocurre algo que pudiésemos suprimir?

Elizabeth, justo es decirlo, en sus primeros arrebatos de femenina alarma, se puso a pensar seriamente qué podrían hacer y finalmente propuso estas dos soluciones económicas: suspender algunas limosnas innecesarias y abstenerse del nuevo mobiliario del salón. A estos expedientes agregó luego la peregrina idea de no comprarle a Anne el regalo que acostumbraban llevarle todos los años. Pero estas medidas, aunque buenas en sí mismas, fueron insuficientes dada la gran extensión del mal cuya totalidad sir Walter se creyó obligado a confesarle a Elizabeth poco después. Elizabeth no supo proponer nada que fuese verdaderamente eficaz. Tanto ella como su padre se sentían maltratados e infortunados y ninguno de los dos era capaz de atinar con ningún medio de reducir sus gastos sin comprometer su dignidad ni renunciar a comodidades imprescindibles.

Sir Walter sólo podía disponer de una pequeña parte de sus dominios, pero aunque todos sus campos hubiesen sido enajenables, habría sido lo mismo. Accedería a hipotecar todo lo que pudiese, pero jamás consentiría en vender. No, nunca deshonraría su nombre hasta ese punto. Las posesiones de Kellynch serían transmitidas íntegras y en su totalidad, tal como él las había recibido.

Sus dos confidentes, el señor Shepherd, que vivía en la vecina ciudad, y lady Russell, fueron llamados a consulta. Tanto el padre como la hija parecían esperar que a uno o a otra se les ocurriría algo para librarles de sus apuros y reducir su presupuesto sin que ello significase ningún menoscabo de sus gustos o de su boato.

Capítulo II

El señor Shepherd, que era un abogado cauto y diplomático, cualquiera que fuesen su concepto y su influencia sobre sir Walter, prefería que lo desagradable le llegase de otra persona y rehusó dar el menor consejo, pidiendo únicamente que le permitieran recomendarles el excelente juicio de lady Russell, pues estaba seguro de que su buen sentido proverbial les sugeriría las medidas pertinentes que sabía que habían de ser finalmente adoptadas.

Lady Russell se preocupó hondamente por el asunto y les hizo muy graves observaciones. Era mujer de recursos más reflexivos que rápidos y su gran dificultad para indicar una solución en aquel caso provenía de dos principios contradictorios. Era muy íntegra y estricta y tenía un delicado sentido del honor, pero deseaba no herir los sentimientos de sir Walter y salvar, al mismo tiempo, la buena fama de la familia; como persona honesta y sensata, su conducta era correcta, rígidas sus nociones del decoro y aristocráticas sus ideas acerca de lo que la alcurnia reclamaba. Era una mujer afable, caritativa y bondadosa, capaz de las más fuertes adhesiones y merecedora por sus modales de ser considerada como arquetipo de la buena crianza. Era culta, razonable y ponderada; respecto al linaje albergaba ciertos prejuicios y otorgaba al rango y al concepto social una significación que llegaba hasta disimular las debilidades de los que gozaban de esos privilegios. Viuda de un sencillo hidalgo, rendía la justa pleitesía a la dignidad de baronet; y aparte de las razones de antigua amistad, vecindad solícita y

amable hospitalidad, sir Walter tenía para ella, además de la circunstancia de haber sido el marido de su queridísima amiga y de ser el padre de Anne y sus hermanas, el mérito de ser sir Walter, por lo que era acreedor a que se le compadeciese y se le considerara por encima de las actuales dificultades.

No tenían más remedio que moderarse; esto no admitía dudas. Pero lady Russell ansiaba lograrlo con el menor sacrificio posible por parte de Elizabeth y de su padre. Trazó planes de economía, efectuó minuciosos y exactísimos cálculos y llegó hasta lo que nadie hubiese sospechado: a consultar a Anne, a quien nadie reconocía derecho para inmiscuirse en el asunto. Consultada Anne e influida lady Russell por ella hasta cierto punto, el proyecto de restricciones fue ultimado y sometido a la aprobación de sir Walter. Todas las modificaciones que Anne proponía iban destinadas a hacer prevalecer el honor por encima de la vanidad. Aspiraba a medidas rigurosas, a un cambio radical de vida, a la rápida cancelación de las deudas y a una absoluta indiferencia para todo lo que no fuese justo y equitativo.

—Si logramos meterle a tu padre todo esto en la cabeza —decía lady Russell examinando lo escrito— se habrá conseguido mucho. Si adopta estas normas, en siete años su situación estará despejada. Ojalá convenzamos a Elizabeth y a su padre de que la respetabilidad de la casa de Kellynch Hall quedará incólume a pesar de estas reducciones, y de que la verdadera dignidad de sir Walter Elliot no sufrirá ningún daño a los ojos de la gente sensata, por obrar como corresponde a un hombre de principios. Lo que él tiene que hacer se ha hecho ya o ha debido hacerse en muchas familias de alto rango. Este caso no tiene nada de particular, y es la particularidad lo que a menudo constituye la parte más ingrata de nuestros sufrimientos. Tengo fe en el éxito, pero tenemos que obrar con serenidad y decisión. Al fin y a la postre, el que contrae una deuda no puede eludir el pagarla, y aunque las convicciones de un caballero y jefe de familia como tu padre son muy respetables, es más respetable la condición de un hombre honrado.

Éstos eran los principios que Anne quería que su padre acatase, apremiado por sus amigos. Estimaba indispensable acabar con las demandas de los acreedores tan pronto como un discreto sistema de economías lo permitiese, en lo cual no veía ningún rebajamiento. Había que aceptar este criterio y

considerarlo como una obligación. Confiaba mucho en la influencia de lady Russell, y en cuanto al grado severo de propia renuncia que su conciencia le dictaba, creía que sería poco más difícil inducirlos a una reforma completa que a una reforma a medias. Conocía lo bastante a Elizabeth y a su padre para saber que sacrificar un par de caballos les sería casi tan doloroso como sacrificar toda la cuadra, y pensaba lo mismo de todas las demás restricciones sobradamente moderadas que constituían la lista de lady Russell.

La forma en que fueron acogidas las rígidas fórmulas de Anne es lo de menos. El caso es que lady Russell no tuvo ningún éxito. Sus planes eran irrealizables e intolerables.

—¿Cómo? ¡Suprimir de golpe y porrazo todas las comodidades de la vida! Viajes, Londres, criados, caballos, comida, limitaciones por todas partes. ¡Dejar de vivir con la decencia que se permiten incluso los caballeros particulares! No, primero abandonar Kellynch Hall de una vez que reducirlo a tan humilde estado.

¡Abandonar Kellynch Hall! La insinuación fue inmediatamente recogida por el señor Shepherd, a cuyos intereses convenía una auténtica moderación del tren de vida de sir Walter, y que estaba absolutamente convencido de que no se podría hacer nada sin un cambio de casa. Puesto que la idea había partido de quien más derecho tenía a sugerirla, confesó sin ambages que él opinaba lo mismo. Sabía perfectamente que sir Walter no podría cambiar de modo de vivir en una casa sobre la que pesaban antiguas obligaciones de rango y deberes de hospitalidad. En cualquier otro lugar, sir Walter podría ordenar su vida según su propio criterio y regirse por las normas que su nueva existencia le plantease.

Sir Walter saldría de Kellynch Hall. Después de algunos días llenos de dudas e indecisiones, quedó resuelto el gran problema de su nueva residencia y se fijaron las primeras líneas generales del cambio de vida que iba a operarse.

Había tres alternativas: Londres, Bath u otra casa de la comarca. Anne prefería esta última. Toda su ilusión era vivir en una casita de aquella misma vecindad, donde pudiese seguir disfrutando de la compañía de lady Russell, seguir estando cerca de Mary y seguir teniendo el placer de ver de vez en cuando los prados y los bosques de Kellynch. Pero el hado sempiterno de Anne no había de complacerla, tenía que imponerle algo que fuese lo más contrario posible a sus deseos. No le gustaba Bath y creía que no le sentaría bien, pero en Bath se fijó su domicilio.

La primera idea de sir Walter fue Londres. Pero a Shepherd Londres no le inspiraba confianza y se las ingenió para disuadirle de ello y hacer que se decidiera por Bath. Era un lugar excelente para una persona de la clase de sir Walter, y podría sostener allí un rango con menos dispendios. Dos ventajas materiales de Bath sobre Londres hicieron inclinar la balanza: no hallarse a más de cincuenta millas de Kellynch y darse la coincidencia de que lady Russell pasaba allí buena parte del invierno todos los años. Con gran satisfacción de lady Russell, cuyo primer dictamen al cambiarse el proyecto fue favorable a Bath, sir Walter y Elizabeth concluyeron por aceptar que ni su importancia ni sus placeres sufrirían mengua por ir allí a establecerse.

Lady Russell se vio obligada a contrariar los deseos de Anne, que conocía muy bien. Habría sido pedirle demasiado a sir Walter que se resignara a ocupar una vivienda más modesta en las cercanías de su domicilio actual. La misma Anne hubiese tenido que soportar mortificaciones mayores de lo que suponía. Había que contar además con lo que aquello habría humillado a sir Walter, y en cuanto a la aversión de Anne por Bath, no era más que una manía y un error que provenían principalmente de la circunstancia de haber pasado allí tres años en un colegio después de la muerte de su madre, y de que durante el único invierno que estuvo allí luego con lady Russell se halló en muy mala disposición de ánimo.

En resumen, lady Russell optaba por Bath y le parecía lo más conveniente para todos. En lo tocante a la salud de su joven amiga, llevándosela a su casita de Kellynch para pasar con ella los meses de calor, ya no había que temer ningún peligro. Sería un cambio favorable tanto en lo físico como en lo moral. Anne apenas había salido de su casa y no se la había visto nunca en ninguna parte. No se encontraba con muchos ánimos y era preciso levantárselos ensanchando el círculo de sus relaciones sociales. Necesitaba darse a conocer.

La oposición de sir Walter a trasladarse a otra casa de aquellas cercanías se veía acentuada por una de las más importantes partes del programa que tan bien acogido fue al principio. No sólo tenía que dejar su casa, sino verla en manos de otros, lo cual era una prueba de resistencia que temples más esforzados que el de sir Walter habrían encontrado excesiva. Tenía que alquilar Kellynch Hall. Sin embargo, se guardaba sobre ello un profundo secreto; nada debía saberse fuera del círculo de los íntimos.

Sir Walter no habría podido soportar la degradación de que se supiese su decisión de alquilar su casa. En una ocasión el señor Shepherd pronunció la palabra «anuncio», pero nunca más se atrevió a repetirla. Sir Walter execraba la idea de ofrecer su casa en cualquier forma que fuese y prohibió terminantemente que se insinuase que tenía tal intención; sólo en el caso de que Kellynch Hall fuese solicitada por algún pretendiente excepcional que aceptase las condiciones de sir Walter, y como un gran favor, consentiría en alquilarla.

¡Qué pronto surgen las razones para aprobar lo que nos gusta! Lady Russell tenía otro excelente motivo para alegrarse en extremo de que sir Walter y su familia se alejasen de la comarca. Elizabeth había cultivado últimamente una amistad que lady Russell deseaba ver interrumpida. Se trataba de la hija del señor Shepherd, que acababa de volver a la casa paterna tras un matrimonio fallido con la carga adicional de dos hijitos. Era una chica inteligente que conocía el arte de agradar o, por lo menos, el de agradar en Kellynch Hall. Logró inspirar a Elizabeth tanto cariño que más de una vez se hospedó en su mansión, a pesar de los consejos de precaución y reserva de lady Russell, a quien esa intimidad le parecía completamente fuera de lugar.

Pero lady Russell tenía poca influencia sobre Elizabeth y parecía quererla más bien porque quería quererla que porque lo mereciese. Nunca recibió de ella más que atenciones superficiales, nada que excediese de la observancia de la cortesía. Nunca logró hacerla cambiar de parecer. Varias veces se empeñó en que se llevasen a Anne a sus excursiones a Londres y clamó abiertamente contra la injusticia y el mal efecto de aquellos egoístas arreglos en los que se prescindía de ella. Algunas veces intentó proporcionar a

Elizabeth las ventajas de su mejor entendimiento y experiencia, pero siempre fue en vano. Elizabeth quería hacer su santa voluntad y nunca la hizo con más decidida oposición a lady Russell que en la cuestión de su encaprichamiento por la señora Clay, apartándose del trato de una hermana tan buena para entregar su afecto y su confianza a una persona que no debió haber sido para ella más que el objeto de una distante cortesía.

Lady Russell estimaba que la condición de la señora Clay era muy inferior, y que su carácter hacía de ella una compañera muy peligrosa. Así es que un traslado que alejaba a la señora Clay y ponía alrededor de la señorita Elliot una selección de amistades más adecuadas, no podía por menos que ser celebrado.

Capítulo III

—Permítame observar, sir Walter —dijo el señor Shepherd una mañana en Kellynch Hall, dejando el periódico—, que las actuales circunstancias son muy buenas para nosotros. Esta paz traerá a tierra a todos nuestros ricos oficiales de Marina. Todos necesitarán alojarse. No podía presentársenos mejor ocasión, sir Walter, para elegir a unos inquilinos bien responsables. Se han hecho muchas grandes fortunas durante la guerra. ¡Si tropezáramos con un opulento almirante, sir Walter...!

—Sería un hombre muy afortunado ése, Shepherd —replicó sir Walter—; esto es todo lo que tengo que decir. Bonito botín, a fe mía, sería para él Kellynch Hall; mejor dicho, el mejor de todos los botines. No se habrá hecho con uno semejante, ¿no es así, Shepherd?

Shepherd sabía que se tenía que reír de la agudeza, y se rio, agregando luego:

—Permítame observar, sir Walter, que en lo tocante a negocios, los caballeros de la Armada son muy tratables. Conozco un poco su manera de negociar y no tengo reparo en confesar que son muy liberales, lo cual les hace más deseables para inquilinos que cualquier otra clase de gente con quien pudiésemos topar. Por lo tanto, sir Walter, lo que quería sugerirle es que si, contra nuestro deseo, corriese algún rumor sobre sus propósitos, cosa que debemos considerar posible, pues ya sabemos cuán difícil es preservar los actos y las intenciones de una parte del mundo del conocimiento y la curiosidad de la otra (la importancia tiene sus inconvenientes), y yo, John Shepherd, puedo ocultar cualquier asunto de familia, porque nadie irá a tomarse la molestia de cuidarse de mí, pero sir Walter Elliot tiene pendientes de él miradas que es muy difícil esquivar; y no me extrañaría nada, digo, que a pesar de toda nuestra cautela se llegase a saber la verdad, en cuyo caso iba a insinuar que, puesto que sin duda alguna se nos harán proposiciones, merecería la pena atender especialmente las de los acaudalados oficiales de la Armada, y me permito añadir que en cualquier ocasión podría yo llegar aquí en menos de dos horas y evitarle a usted el trabajo de contestar personalmente.

Sir Walter no hizo más que menear la cabeza. Pero poco después se levantó y, paseándose por el cuarto, dijo sarcásticamente:

—Me figuro que habrá pocos caballeros en la Armada que no se maravillarían de encontrarse en una casa de esta categoría.

—Mirarían a su alrededor, sin duda, y bendecirían su buena suerte —dijo la señora Clay, que se hallaba presente y a quien su padre había traído debido a que nada le sentaba mejor para su salud que una visita a Kellynch—. Estoy enteramente de acuerdo con mi padre en creer que un marino sería un inquilino muy deseable. He conocido a muchos de esa profesión, y además de su liberalidad, ¡son tan limpios y cuidadosos en todo! Esos valiosos cuadros, sir Walter, si quiere usted dejarlos, estarán perfectamente seguros. ¡Cuidarían con tanto esmero de todo lo que hay dentro y fuera de la casa! Los jardines y florestas se conservarían casi en tan buen estado como ahora. ¡No tema usted, señorita Elliot, que dejasen abandonado su precioso jardín de flores!

—En cuanto a eso —replicó desdeñosamente sir Walter—, aun suponiendo que me decidiese a dejar mi casa, no he pensado ni por asomo añadir ningún privilegio. No estoy particularmente dispuesto a hacer favores a ningún inquilino. Claro está que se le permitiría entrar en el parque, lo cual ya es un honor que ni los oficiales de la Armada ni ninguna otra clase de hombre están acostumbrados a disfrutar, pero las restricciones que puedo imponer en el uso de los terrenos de recreo son cosa distinta. No me atrae la idea de que nadie se acerque a mis plantíos y aconsejaría a la señorita Elliot que tomase sus precauciones con respecto a su jardín de flores. Me siento muy poco inclinado a hacer ninguna concesión extraordinaria a los inquilinos de Kellynch Hall, se lo aseguro a usted, tanto si son marinos como si son soldados.

Después de una breve pausa, Shepherd se aventuró a decir:

—En todos estos casos hay costumbres establecidas que lo allanan y facilitan todo entre el dueño y el arrendatario. Sus intereses, sir Walter, están en muy buenas manos. Puede estar tranquilo, me cuidaré muy mucho de que ningún inquilino goce de más derechos de los que le correspondan en justicia. Me atrevo a insinuar que sir Walter Elliot no pone en sus propios asuntos ni la mitad del celo que pondrá John Shepherd.

Al llegar a este punto, Anne terció:

—Creo que los marinos, que tanto han hecho por nosotros, tienen los mismos derechos que cualquier otra clase de hombres a las comodidades y los privilegios que una casa les pueda proporcionar. Debemos permitirles el bienestar por el que tan duramente han trabajado.

—Muy cierto, muy cierto. Lo que dice la señorita Anne es muy cierto —apoyó el señor Shepherd.

—¡Ya lo creo que sí! —agregó su hija.

Pero sir Walter replicó poco después:

—Esa profesión tiene su utilidad, pero sentiría que cualquier amigo mío perteneciese a ella.

—¡Cómo! —exclamaron todos con cara de sorpresa.

—Sí, esa carrera me disgusta por dos motivos; tengo dos poderosas razones que argüir. Primero, que da ocasión a gente de humilde cuna a encumbrarse hasta posiciones indebidas y alcanzar honores que nunca habrían soñado sus padres ni abuelos. Y segundo, que destruye de un modo horrible la juventud y el vigor de los hombres; un marino se vuelve viejo más pronto que cualquier otro hombre. Lo he observado toda mi vida. Un hombre corre el riesgo en la Marina de ser insultado por el ascenso de otro a cuyo padre hubiese desdeñado dirigir la palabra el padre del primero, por no hablar del peligro de sufrir achaques prematuros, cosa que no sucede en ninguna otra carrera. Un día de la pasada primavera, en la ciudad, estuve en compañía de dos hombres cuyo ejemplo me impresionó tanto que por eso estoy hablando. Lord St. Ives, a cuyo padre hemos conocido todos cuando era un simple pastor rural que no tenía ni pan que llevarse a la boca. Tuve que ceder el paso a lord St. Ives y a cierto almirante Baldwin, el sujeto peor trazado que puedan ustedes imaginarse: con la cara de color de caoba, tosca y arrugada hasta más no poder, surcada de líneas, con nueve pelos grises a cada lado de la cabeza y nada más que una mancha de polvos en la coronilla. «¡Por Dios!, ¿quién es ese vejete?», le pregunté a un amigo mío que estaba allí cerca (sir Basil Morley). «¿Cómo, vejete? —exclamó sir Basil—. Es el almirante Baldwin. ¿Qué edad cree usted que tiene?»; y yo respondí que sesenta, o quizá sesenta y dos. «Cuarenta —replicó sir Basil—, cuarenta solamente.» Figúrense mi estupor; no olvidaré tan fácilmente al almirante Baldwin. Jamás vi una muestra tan lastimosa de lo que puede hacer una vida en la mar. Me consta que, en mayor o menor grado, a todos los marinos les pasa lo mismo. Siempre andan golpeados, expuestos a todos los climas y a todos los tiempos, hasta que ya no se les puede ni mirar. Es una lástima que no reciban un golpe en la cabeza de una vez, antes de llegar a la edad del almirante Baldwin.

—No exagere, sir Walter —exclamó la señora Clay—, eso es demasiado severo. Un poco de indulgencia para esos pobres hombres. No todos hemos nacido para ser hermosos. Es cierto que el mar no embellece, y que los marinos envejecen antes de tiempo, lo he observado a menudo; pierden en seguida su aspecto juvenil. Pero ¿no sucede lo mismo con muchas otras profesiones, tal vez con la mayoría? Los soldados en servicio activo no acaban mucho mejor; y hasta en las profesiones más tranquilas hay un desgaste y un esfuerzo del pensamiento, si no del cuerpo, que raras veces sustraen el aspecto del hombre a los efectos naturales del tiempo. Los afanes del abogado consumido por las preocupaciones de sus pleitos; el médico que se levanta de la cama a cualquier hora y que trabaja aunque llueva, truene o relampaguee; y hasta el clérigo... —se detuvo un momento para pensar qué podría decir del clérigo— y hasta el clérigo ya sabe usted que se ve obligado a acudir a viviendas infectadas y a exponer su salud y su físico a las injurias de una atmósfera envenenada. En resumen, estoy absolutamente convencida de que todas las profesiones son necesarias y honrosas a su vez; sólo los pocos que no se ven precisados a ejercer ninguna pueden vivir de un modo regular, en el campo, disponiendo de su tiempo como se les antoja, haciendo lo que les da la gana y viviendo en sus propiedades, sin el tormento de tener que ganarse el pan. Como digo, esos pocos son los únicos que pueden gozar de los dones de la salud y del buen ver al máximo. No conozco otro género de hombres que no pierdan algo de su personalidad al cesar de ser jóvenes.

Parecía que el señor Shepherd, con su afán de inclinar la voluntad de sir Walter hacia un oficial de la Marina como inquilino, había sido dotado con la facultad de la adivinación, pues la primera solicitud recibida procedió de un tal almirante Croft, a quien conoció poco después en las sesiones de la Audiencia de Taunton y que le había mandado avisar por medio de uno de sus corresponsales de Londres. Según las referencias que se apresuró a llevar a Kellynch, el almirante Croft era natural de Somersetshire y dueño de una bonita fortuna, y deseando afincarse en tierra, había ido a Taunton para ver algunas de las casas anunciadas, las cuales no fueron de su agrado. Por casualidad se enteró de que Kellynch Hall tal vez se alquilase —pues ya Shepherd había predicho que los asuntos de sir Walter no podían permanecer en secreto— y, sabiendo que Shepherd tenía que ver con el propietario, se hizo presentar a él con objeto de adquirir datos concretos, y en el curso de una grata y prolongada conversación manifestó por el lugar una inclinación todo lo decidida que podía ser en vista de que sólo lo conocía por las descripciones. Por las explícitas noticias de sí mismo que le dio al señor Shepherd, podía tenérsele por hombre digno de la mayor confianza y de ser aceptado por inquilino.

—¿Y quién es el almirante Croft? —preguntó sir Walter en tono de frío recelo. El señor Shepherd contestó que pertenecía a una familia de caballeros y nombró el lugar de donde eran oriundos. Siguió una corta pausa y Anne agregó:

—Es un contralmirante. Estuvo en la batalla de Trafalgar y pasó luego a las Indias Orientales, donde permaneció, según creo, varios años.

—Si es así, doy por descontado —observó sir Walter— que tiene la cara anaranjada como las bocamangas y los cuellos de mis libreas.

El señor Shepherd se dio prisa a asegurarle que el almirante Croft era un hombre sano, cordial y de buena presencia; algo atezado, naturalmente, por los vendavales, pero no mucho; un perfecto caballero en sus principios y costumbres y nada exigente en lo tocante a las condiciones. Lo único que quería era tener una vivienda cómoda cuanto antes; sabía que la comodidad tenía un precio y no se le ocultaba que una casa lista y amueblada de aquel modo había de costarle un pico, por lo que no se extrañaría de que sir Walter le pidiese más dinero. Preguntó sobre las tierras y le habría encantado poder cazar en ellas, desde luego, pero no insistió sobre este punto. Agregó que a veces tomaba una escopeta, pero que nunca era para matar. En fin, se trataba de todo un caballero.

El señor Shepherd derrochó elocuencia sobre el particular, señalando todas las circunstancias relativas a la familia del almirante que le hacían particularmente deseable como inquilino. Estaba casado pero sin hijos, el estado ideal. El señor Shepherd observaba que una casa nunca está bien cuidada sin una señora; no sabía si el mobiliario corría mayor peligro no habiendo señora que habiendo niños. Una señora sin hijos era la mejor garantía imaginable para la conservación de los muebles. En Taunton vio a la señora Croft con el almirante, y estuvo presente mientras ellos trataron del asunto.

—Parece una señora muy bien hablada, fina y discreta —siguió diciendo Shepherd—. Hizo más preguntas acerca de la casa, de las condiciones y de los impuestos que el mismo almirante; creo que es más ducha que él en los negocios. Y además, sir Walter, descubrí que ni ella ni su marido son extraños de esta comarca, pues sabrá usted que ella es hermana de un caballero que vivió unos años atrás en Monkford. ¡Ay, caramba! ¿Cómo se llamaba? En este momento no puedo recordar su nombre, a pesar de que hace poco que lo he oído. Penélope, querida, ayúdame, ¿te acuerdas tú del nombre del señor que vivió en Monkford, el hermano de la señora Croft?

Pero la señora Clay hablaba tan animadamente con la señorita Elliot que no oyó este requerimiento.

—No tengo idea de a quién puede usted referirse, Shepherd, no recuerdo a ningún caballero residente en Monkford desde los tiempos del viejo gobernador Trent.

—¡Caramba, qué fastidio! Pronto voy a olvidarme de mi propio nombre a este paso. ¡Un nombre con el que estoy tan familiarizado! Conozco al señor como a mis propias manos, le he visto cien veces; recuerdo que en una ocasión vino a consultarme acerca de un atropello del que le hizo víctima uno de sus vecinos, un labriego que entró en su huerto saltando por la tapia para robarle unas manzanas y que fue atrapado con las manos en la masa. Luego, contra mi parecer, se avino a un arreglo amistoso. ¡Qué cosa más rara!

Se hizo una pausa y Anne apuntó:

—¿Se refiere usted al señor Wentworth?

Shepherd se deshizo en demostraciones de gratitud.

—¡Wentworth! ¡Éste es el nombre! Al señor Wentworth me estaba refiriendo. Tuvo el curato de Monkford, ¿sabe usted, sir Walter?, durante dos o tres años. Vino hacia el año cinco, eso es. Estoy seguro de que lo recuerdan ustedes.

—¿Wentworth? ¡Acabáramos! El párroco de Monkford. Me desorientó usted dándole tratamiento de caballero. Pensé que hablaba de algún propietario. Ese señor Wentworth no era nadie, ya me acuerdo. Completamente desconocido, sin ninguna relación con la familia de Strafford. No puede uno por menos que extrañarse al ver tan vulgarizados muchos de nuestros nombres más ilustres.

Cuando el señor Shepherd se dio cuenta de que esta parentela de los Croft no impresionaba a sir Walter favorablemente, la dejó de lado y volvió con el mayor celo a insistir en las otras circunstancias más indiscutiblemente convincentes. La edad, el número y la fortuna de los componentes de la familia Croft, el alto concepto que tenían de Kellynch Hall y su extremado empeño en arrendarlo, hasta tal punto que no parecía sino que para ellos no había en esta tierra más felicidad que la de llegar a ser inquilinos de sir Walter Elliot, lo cual suponía por cierto un gusto extraordinario que les hacía acreedores a que sir Walter les considerase dignos de ello.

El arrendamiento se llevó a efecto. A pesar de que sir Walter miraba con muy malos ojos a cualquier aspirante a habitar en su casa, y que le habría considerado infinitamente privilegiado permitiéndole alquilarla en condiciones leoninas, se vio forzado a consentir en que el señor Shepherd procediese a cerrar el trato, autorizándole a visitar al almirante Croft, que aún residía en Taunton, para fijar el día en que debían ver la casa.

Sir Walter no era muy listo, pero tenía la suficiente experiencia de las cosas para comprender que difícilmente podía presentársele un inquilino menos objetable en todo lo esencial que el almirante Croft. Su entendimiento no llegaba a más, y su vanidad encontraba cierto halago adicional en la posición del almirante, que era todo lo elevada que se requería, pero no demasiado. «He alquilado mi casa al almirante Croft» sonaba muy requetebién, mucho mejor que decir «al señor Tal». Un señor (salvo, quizás, una media docena de nombres en toda la nación) siempre necesita una nota explicativa. La importancia de un almirante se explica sola y, al mismo tiempo, nunca puede mirar a un baronet por encima del hombro. En todo momento sir Walter Elliot tendría la precedencia.

Nada podía hacerse sin dar cuenta a Elizabeth, pero su inclinación a cambiar de lugar iba siendo tan decidida que le encantó el que ya estuviese fijado y resuelto con un inquilino a mano, por lo que se guardó muy mucho de pronunciar una sola palabra que pudiese suspender el acuerdo.

Se invistió al señor Shepherd de omnímodos poderes y tan pronto como quedó todo ultimado, Anne, que había escuchado atentamente, salió de la habitación en busca del alivio del aire fresco para sus encendidas mejillas, y mientras paseaba por su arboleda favorita, dijo con un dulce suspiro:

—Unos meses más y puede que él se pasee por aquí.

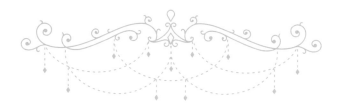

Capítulo IV

Él no era el señor Wentworth, el antiguo párroco de Monkford, a pesar de lo que hayan podido hacer creer las sospechosas apariencias, sino el capitán Frederick Wentworth, hermano del primero, que fue ascendido a comandante a raíz de la batalla de Santo Domingo. Como no le destinaron inmediatamente, fue al condado de Somerset en el verano de 1806 y, muertos sus padres, vivió en Monkford durante medio año. En aquel tiempo era un joven muy bien parecido, notablemente inteligente, ingenioso y brillante. Anne era una muchacha sumamente bonita, gentil, modesta, delicada y sensible. Con la mitad de los atractivos que poseían cada uno por su lado habría bastado, pues él no tenía nada que hacer y ella nadie a quien amar. Pero la coincidencia de tan pródigas circunstancias había de dar su resultado. Poco a poco fueron conociéndose y una vez conocidos se enamoraron el uno del otro rápida y profundamente. Habría sido difícil determinar cuál de los dos fue más feliz, si ella al escuchar su declaración y sus proposiciones o si él cuando ella las aceptó.

Siguió un periodo de indecible felicidad, aunque muy breve. Pronto surgieron los sinsabores. Sir Walter, al enterarse, no dio su consentimiento ni dijo si lo daría alguna vez, pero dio a entender su negativa mostrando un gran asombro, una gran frialdad, guardando un gran silencio e insinuando la firme resolución de no hacer nada por su hija. Consideraba aquella unión sumamente degradante, y lady Russell, a pesar de que su orgullo era más templado y más disculpable, la tuvo también por una verdadera desdicha.

¡Anne Elliot, con todos sus títulos de familia, de belleza y de inteligencia, malograrse a los diecinueve años, comprometerse en un noviazgo con un joven que no tenía nada que le avalase más que a sí mismo, sin más esperanzas para alcanzar alguna distinción que los azares de una carrera de las más inciertas, y sin relaciones que le asegurasen un ulterior encumbramiento en aquella profesión! ¡Era un desatino que sólo de pensarlo la horrorizaba! ¡Anne Elliot, tan joven, tan inexperta, atarse a un extraño sin posición ni fortuna, mejor dicho, hundirse por su culpa en un estado de dependencia extenuante, angustioso y devastador! No debía ser, si la intervención de la amistad y de la autoridad de quien era para ella casi como una madre y tenía sus derechos podían evitarlo.

El capitán Wentworth no tenía bienes. Había sido afortunado en su carrera, pero gastó liberalmente lo que liberalmente había recibido y no conservó nada. No obstante confiaba en ser rico pronto. Lleno de ardor y de vida, sabía que pronto podría tener un barco y que pronto llegaría el tiempo en que podría disponer de todo lo que quisiese. Siempre fue hombre de suerte y sabía que seguiría siéndolo. Esta confianza poderosa por su mismo entusiasmo y hechicera por el talento con que a menudo la expresaba, a Anne le bastaba; pero lady Russell lo veía de otra manera. El temperamento sanguíneo y la atrevida fantasía de Wentworth operaban en ella de un modo muy distinto. Le parecía que no hacían más que agravar el mal y añadir a los inconvenientes de Wentworth el de un carácter peligroso. Era un hombre brillante y testarudo. A lady Russell le gustaba muy poco el ingenio, y cualquier cosa que se aproximase a la temeridad le causaba horror. Así pues, las relaciones de Anne con Wentworth le parecían reprochables en todos los sentidos.

Semejante oposición y los sentimientos que provocaba eran superiores a las fuerzas de Anne; con su juventud y su gentileza todavía hubiese podido afrontar la malquerencia de su padre, que no contribuían a suavizar ninguna palabra ni ninguna mirada amables de su hermana; pero la firme oposición y las dulces maneras de lady Russell, a la que siempre había querido y obedecido, no podían dejar de influir en ella. Se persuadió de que aquel

noviazgo era una cosa disparatada, indiscreta, impropia, que difícilmente podría dar buen resultado y que no convenía. Pero al romper el compromiso no obró simplemente inducida por una egoísta cautela. Si no hubiese creído que lo hacía en bien de Wentworth más que en el suyo propio, difícilmente habría podido despedirse. Se imaginó que su prudencia y renuncia redundaban principalmente en beneficio de Wentworth, y éste fue su mayor consuelo en medio del dolor de aquella ruptura definitiva. Y necesitaba de todos los consuelos, pues por si su pena fuese poca, tuvo que soportar también la de él, que no se dio por convencido en lo más mínimo y permaneció inflexible, herido en sus sentimientos al obligársele a aquel abandono. A consecuencia de ello se fue de la comarca.

En pocos meses tuvo lugar el principio y el fin de sus relaciones. Pero Anne no dejó en pocos meses de sufrir. Su cariño y sus remordimientos le impidieron durante mucho tiempo gozar de los placeres de la juventud, y la prematura pérdida de su frescura y buen ánimo le dejaron impresa una huella indeleble.

Más de siete años habían transcurrido desde el final de esa pequeña historia de tristes intereses. El tiempo había suavizado mucho y casi borrado del todo el amor que sentía por el capitán, pero Anne no había encontrado más lenitivo que el del tiempo. Ningún cambio de lugar (excepto una visita a Bath poco después de la ruptura) ni ninguna novedad o ampliación en sus relaciones sociales la ayudaron a olvidar. No entró nadie en el círculo de Kellynch que pudiese compararse con Frederick Wentworth tal como había permanecido en su recuerdo. Ningún nuevo amor que hubiese sido la única cura completamente natural, eficaz y suficiente a su edad fue posible, dado el tono delicado de su espíritu y las exigencias de su gusto, en los reducidos límites de la sociedad que la rodeaba. Al frisar los veintidós años fue requerida para cambiar de apellido por el joven que poco después encontró una mejor disposición en su hermana menor. Lady Russell lamentó que hubiese rehusado, pues Charles Musgrove era el primogénito de un señor que en propiedades y significación no tenía por delante en la comarca más que a sir Walter, y poseía, además, muy buen aspecto y carácter. Lady Russell hubiese aspirado a algo más cuando Anne tenía diecinueve años, pero ya a los veintidós le habría encantado verla alejada de un modo tan honorable de la parcialidad e injusticia de su casa paterna, y establecida permanentemente a su vera. Pero esta vez Anne no hizo caso de los consejos ajenos. Y aunque lady Russell, tan satisfecha como siempre de su propia discreción, nunca pensaba en rectificar el pasado, empezaba ahora a sentir un ansia que rayaba en el desespero de que Anne fuese invitada por un hombre hábil e independiente a entrar en un estado para el cual la creía particularmente dotada por su ardiente efectividad y sus inclinaciones hogareñas.

Ni la una ni la otra sabían si sus opiniones sobre el punto fundamental de la existencia de Anne habían cambiado o persistían, porque no volvieron a hablar de aquel asunto; pero Anne, a los veintisiete años, pensaba de una manera muy distinta que a los diecinueve. Ni censuraba a lady Russell ni se censuraba a sí misma por haberse dejado guiar por ella, pero sentía que si cualquier muchacha en circunstancias parecidas hubiese acudido a ella en demanda de consejo, no se habría llevado a buen seguro ninguno que le acarrease tan cierta desdicha de momento y tan incierta felicidad en lo futuro. Estaba persuadida de que a pesar de todas las desventajas y oposiciones de su casa, de todas las zozobras inherentes a la profesión de Wentworth y de todos los probables temores, dilaciones y disgustos, habría sido mucho más feliz manteniendo su compromiso de lo que lo había sido sacrificándolo. Y eso se podía aplicar, estaba plenamente convencida de ello, a la mayor parte de tales solicitudes y dudas, aunque sin referirse a los actuales resultados de su caso, pues sucedió que podía haberle procurado una prosperidad más pronto de lo que razonablemente se hubiese calculado. Todas las vehementes esperanzas de Wentworth y toda su fe habían quedado justificadas. Parecía que su genio y su ánimo habían previsto y dirigido su próspero camino. Muy poco después de la ruptura, Wentworth consiguió una plaza, y todo lo que dijo que ocurriría se confirmó. Su distinguida actuación le valió un rápido ascenso y ahora, gracias a sucesivas capturas, debía de haber hecho una buena fortuna. Anne no podía saberlo más que por las listas navales y por los periódicos, pero no podía dudar de que fuese rico y, teniendo en cuenta su constancia, no veía ninguna razón para creer que se hubiese casado.

¡Cuán elocuente pudo haber sido Anne Elliot y cuán elocuentes fueron al fin y al cabo sus deseos a favor de un temprano y caluroso afecto y de una gozosa fe en el porvenir contra aquellas exageradas precauciones que parecían insultar el esfuerzo propio y desconfiar de la providencia! La obligaron a ser prudente en su juventud y con la edad se volvía romántica, lógica consecuencia de una iniciación antinatural.

Con todas estas circunstancias, recuerdos y sentimientos, no podía oír que la hermana del capitán Wentworth iba a vivir probablemente en Kellynch sin que su antigua pena se reavivase. Y fueron necesarios muchos paseos solitarios y muchos suspiros para calmar la agitación que dicha idea le producía. A menudo se dijo que era una locura, antes de haber apaciguado sus nervios lo bastante para resistir sin peligro las continuas discusiones acerca de los Croft y de sus asuntos. La ayudó, sin embargo, la perfecta indiferencia y aparente inconsciencia de los tres únicos amigos que estaban en el secreto de lo pasado, y que parecían haberlo olvidado por completo. Reconocía que los motivos de lady Russell fueron más nobles que los de su padre y su hermana, y justificaba su tranquilidad; y, por lo que pudiese acontecer, era preferible que todos hubiesen borrado de su mente lo ocurrido. En caso de que los Croft arrendasen realmente Kellynch Hall, Anne se alegraba de nuevo con una convicción que siempre le había sido grata, o sea que lo pasado no era conocido más que por tres de sus familiares a los que creía que no se les había escapado lo más mínimo, y con la certeza de que entre los de él, sólo el hermano con quien Wentworth había vivido tuvo alguna información de sus breves relaciones. Ese hermano hacía mucho tiempo que se había ido a vivir lejos, y como era un hombre discreto y además soltero, Anne estaba segura de que no habría dicho nada a ningún ser humano.

Su hermana, la señora Croft, había salido de Inglaterra para acompañar al marido en unos viajes por el extranjero. Su propia hermana Mary estaba interna en un colegio al ocurrir los hechos; en definitiva, el orgullo de unos y la delicadeza de otros seguramente impedirían que trascendiese lo ocurrido.

Con estas seguridades Anne esperaba que su relación con los Croft —totalmente previsible, puesto que lady Russell residía aún en Kellynch y Mary a sólo tres millas— no ocasionaría ningún contratiempo.

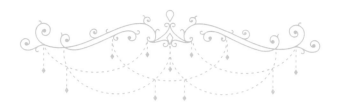

Capítulo V

La mañana fijada para que el almirante Croft y su señora visitasen Kellynch Hall a Anne le pareció lo más natural dar su paseo diario hasta la casa de lady Russell y quedarse allí hasta que la visita hubiese terminado. Aunque luego le pareció también muy natural lamentar haberse perdido la oportunidad de conocerles.

Esta entrevista de las dos partes resultó altamente satisfactoria y con ella se dejó el negocio definitivamente resuelto.

Ambas señoras estaban dispuestas de antemano a llegar a un acuerdo y, por lo tanto, ninguna de las dos vio en la otra más que buenos modales. En cuanto a los caballeros, hubo tanta cordialidad, buen humor, franqueza, sinceridad y liberalidad por parte del almirante, que sir Walter quedó conquistado, aunque las seguridades que Shepherd le había dado de que el almirante le tenía por un dechado de buena educación, gracias a las referencias que él le había dado, le halagaron y le inclinaron a hacer gala de su mejor y más cortés compostura.

La casa, los terrenos y el mobiliario fueron aprobados; los Croft fueron aprobados también, y las condiciones y el plazo, las cosas y las personas, quedaron arreglados.

El escribiente del señor Shepherd se sentó a trabajar sin que hubiese ni una sencilla diferencia preliminar que modificar en todo lo que «este contrato establece...».

Sir Walter declaró sin vacilar que el almirante era el marino más apuesto que había visto nunca, y llegó a decir que si su criado le hubiese ordenado un poco el pelo no se habría avergonzado de que le viesen con él en cualquier parte. El almirante, con simpática cordialidad, comentó a su esposa mientras atravesaban el parque, camino de regreso:

—Estoy pensando, querida, que a pesar de todo lo que nos contaron en Taunton, nos hemos entendido muy pronto. El baronet no es nada del otro mundo, pero no parece mal hombre.

Estos cumplidos recíprocos demuestran que ambos hombres habían formado el uno del otro el mismo concepto aproximadamente.

Los Croft debían tomar posesión de la casa por san Miguel, y sir Walter propuso trasladarse a Bath en el curso del mes precedente, así que no había tiempo que perder en hacer los preparativos del caso.

Lady Russell, convencida de que no se le permitiría a Anne tener voz ni voto en la elección de la casa que iban a tomar, sintió mucho verse separada tan pronto de ella e hizo todo lo posible por que se quedase con ella hasta que fuesen las dos a Bath pasadas las Navidades. Pero unos compromisos que la retuvieron fuera de Kellynch varias semanas la imposibilitaron insistir en su invitación todo lo que hubiese querido. Y Anne, aunque temía los posibles calores de septiembre en la blanca y deslumbrante Bath y la apesadumbraba renunciar a la dulce y melancólica influencia de los meses otoñales en el campo, pensó que, bien mirado, no deseaba quedarse. Sería mejor y más prudente, y por lo tanto la haría sufrir menos, irse con los demás.

No obstante ocurrió algo que dio a sus ideas un giro diferente. Mary, que estaba a menudo un poco delicaducha, siempre ocupada en sus propias lamentaciones, y que tenía la costumbre de acudir a Anne en cuanto le pasaba algo, se hallaba indispuesta. Previendo que no tendría un día bueno en todo el otoño, le rogó, o mejor dicho le exigió, pues a decir verdad no podía llamársele un ruego, que fuese a su quinta de Uppercross para hacerle compañía todo el tiempo que la necesitase en vez de irse a Bath.

—No me es posible hacer nada sin Anne —argüía Mary.

Y Elizabeth replicaba:

—Pues siendo así estoy segura de que Anne hará mejor en quedarse, porque en Bath no hace ninguna falta.

Ser solicitada como algo útil, aunque sea de una forma tan impropia, vale más, al fin y al cabo, que ser rechazada como algo inútil del todo. Y Anne, contenta de que la considerasen necesaria y de tener que cumplir algún deber, segura además de que lo cumpliría alegremente en el escenario de su propia y querida comarca, accedió en seguida a quedarse.

Esta invitación de Mary allanó todas las dificultades de lady Russell; por consiguiente, se acordó que Anne no iría a Bath hasta que lady Russell la acompañase, y que hasta entonces distribuiría su tiempo entre la quinta de Uppercross y la casita de Kellynch.

Hasta aquí todo iba sobre ruedas, pero lady Russell casi se desmayó cuando se enteró del disparate que entrañaba una de las partes del plan de Kellynch Hall y que consistía en lo siguiente: la señora Clay había sido invitada a ir a Bath con sir Walter y Elizabeth en calidad de importante y valiosa ayuda para esta última en todos los trabajos que se preparaban. Lady Russell sentía enormemente que hubiesen recurrido a tal medida. La asombraba, la afligía y le daba miedo. Y la afrenta que implicaba para Anne el hecho de que la señora Clay fuese tan necesaria mientras ella no servía para nada era un agravante más penoso todavía.

Anne estaba curtida por ese género de afrentas, pero sintió la imprudencia de aquella determinación tan agudamente como lady Russell. Dotada de una gran capacidad de serena observación y con un conocimiento del carácter de su padre que a veces hubiese querido que no fuera tan profundo, se daba cuenta de que era más que posible que aquella intimidad tuviese serias consecuencias para su familia. No podía creer que a su padre se le ocurriese por ahora nada semejante. La señora Clay era pecosa, tenía un diente salido y las muñecas gruesas, cosas que sir Walter criticaba severa y constantemente cuando ella no estaba presente, pero era joven y muy bien parecida en conjunto, y su sagacidad y asiduas y agradables maneras le daban un atractivo infinitamente más peligroso que el que pudiese tener una persona meramente agraciada. Anne estaba tan impresionada por el grado de aquel peligro que creyó indispensable tratar de hacérselo ver a su hermana. No esperaba sacar gran cosa, pero pensaba que Elizabeth, quien, si la catástrofe se producía, sería más digna de compasión que ella, no podría reprocharle en modo alguno no haberla avisado.

Le habló pero pareció que lo único que hizo fue ofenderla. Elizabeth no pudo comprender cómo le había pasado por las mientes tan absurda sospecha y le contestó, indignada, que cada cual sabía perfectamente cuál era su posición.

—La señora Clay —dijo acaloradamente— nunca olvida quién es, y como yo estoy mucho mejor enterada de sus sentimientos que tú, puedo asegurarte que sus ideas sobre el matrimonio son sumamente discretas, y que reprueba la desigualdad de condición y de rango con más energía que muchas otras personas. En cuanto a papá, creo que si en todo este tiempo no se ha casado en atención a nosotras, no es lícito que sospechemos de él ahora. Si la señora Clay fuese una mujer muy hermosa, te concedo que no estaría bien que anduviese demasiado conmigo; no porque haya nada en el mundo, estoy segura, que indujese a papá a hacer un matrimonio degradante, sino porque eso podría hacerle desgraciado. ¡Pero la pobre señora Clay, que con todos sus méritos nunca ha sido ni pasablemente bonita! Creo verdaderamente que la pobre señora Clay puede estar aquí perfectamente a salvo. ¡Cualquiera diría que nunca has oído hablar a papá de sus defectos, cuando se los has oído mentar cincuenta veces! ¡Con aquel diente y aquellas pecas! A mí las pecas no me disgustan tanto como a él, conocí a una persona que tenía la cara no del todo desfigurada por unas cuantas, pero papá las detesta. Ya debes de haberle oído comentar las pecas de la señora Clay.

—Rara vez se encuentra un defecto personal —repuso Anne— que un carácter amable no nos vaya haciendo olvidar poco a poco.

—Pues yo no pienso lo mismo —replicó Elizabeth vivamente—. Un carácter amable puede realzar unos rasgos hermosos, pero nunca puede cambiar los vulgares. De todos modos, como estoy más enterada de este asunto que nadie, creo que puedes ahorrarte tus advertencias.

Anne había cumplido con su deber y se alegraba de ello, sin desesperar del todo de que fuese eficaz. Elizabeth se había molestado con la sospecha, pero en lo sucesivo estaría ojo avizor.

El último servicio del coche de cuatro caballos fue conducir a sir Walter, a la señorita Elliot y a la señora Clay a Bath. Los viajeros partieron animadísimos. Sir Walter dispensó condescendientes saludos a todos los afligidos arrendatarios y labriegos a quienes se había avisado para que fuesen a despedirle. Y Anne se encaminó con una especie de tranquilidad desolada a la casita donde iba a pasar su primera semana.

Su amiga no estaba de mejor humor que ella. Lady Russell sentía intensamente esta separación de la familia. Su respetabilidad le era tan cara como la suya propia, y su diario intercambio con los Elliot se le había hecho indispensable con la costumbre. La apenaba verles abandonar aquellas tierras y más aún pensar que iban a dar a otras manos. Para huir de la soledad y la melancolía de aquel lugar tan cambiado y no presenciar la llegada del almirante Croft y de su mujer, determinó ausentarse ya de su casa yendo a buscar a Anne a Uppercross. Acordaron las dos que partirían de allí, y Anne se instaló en la quinta que había de ser la primera etapa del viaje de lady Russell.

Uppercross era un pueblo de tamaño moderado que pocos años atrás conservaba todo el viejo estilo inglés. Sólo albergaba dos casas de aspecto superior a las de los aldeanos y labradores: la mansión del hidalgo, de altas paredes, grandes verjas y añosos árboles, sustancial y no modernizada, y la compacta y tiesa parroquia, rodeada de su pulcro jardín, con una parra y un peral que enmarcaban sus puertas y ventanas. Cuando se casó el joven hidalgo, fue aumentada con una granja que hacía las veces de casa rústica para su residencia. La quinta de Uppercross, con su balaustrada, sus ventanas francesas y otras lindezas, era tan propia para cautivar los ojos de los viajeros como la Casa Grande, con su consistente y solemne aspecto, que se elevaba un cuarto de milla más lejos.

Anne había estado aquí frecuentemente. Conocía los caminos de Uppercross tan bien como los de Kellynch. Las dos familias estaban juntas tan constantemente y tenían tanta costumbre de entrar y salir de una y otra casa a todas horas, que se llevó una sorpresa al encontrar a Mary sola. Estar sola y sentirse enferma y malhumorada era casi lo mismo para ella. Aunque de mejor condición que su hermana mayor, Mary no tenía el entendimiento ni el buen carácter de Anne. Mientras se encontraba bien

y se sentía feliz y agasajada, estaba de muy buen talante y animadísima, pero cualquier indisposición la hundía completamente; no tenía recursos para la soledad, y habiendo heredado una parte considerable de la presunción de los Elliot, estaba muy dispuesta a añadir a sus otras congojas la de creerse abandonada y maltratada. Físicamente era inferior a sus dos hermanas, e incluso cuando estaba en lo mejor de su edad no llegó más que a ser «una agradable muchacha». Yacía ahora en el marchito sofá del bonito saloncillo cuyo mobiliario, un tiempo elegante, fue desluciéndose bajo la acción de cuatro veranos y de dos niños. Cuando vio aparecer a Anne la recibió diciéndole:

—¡Vaya! ¿Llegaste por fin? Ya empezaba a creer que no te vería nunca. Estoy tan enferma que apenas puedo hablar. ¡No he visto a nadie en toda la mañana!

—Siento que no te encuentres bien —repuso Anne—. ¡Si el jueves me mandaste decir que estabas como una rosa!

—Sí, saqué fuerzas de flaqueza, como hago siempre. Pero no me sentía bien ni mucho menos, y creo que en mi vida he estado tan mala como esta mañana. No estoy en situación de que se me deje sola. Suponte que me diese algo horrible de repente y que no fuese capaz ni de tirar de la campanilla. Lady Russell apenas debe salir de su casa, pues me parece que en todo el verano ha venido tres veces aquí.

Anne dijo lo que hacía al caso y preguntó luego a Mary por su marido.

—¡Ah! Charles se fue de caza. No le he visto desde las siete. Se ha querido marchar, a pesar de haberle dicho lo enferma que estaba. Dijo que no estaría mucho fuera, pero todavía no ha regresado y ya es casi la una. Es lo que te decía, no he visto un alma en toda esta larguísima mañana.

—¿No has estado con tus chiquillos?

—Sí, mientras he podido soportar su bullicio, pero son tan endiablados que me hacen más mal que bien. Charles no hace caso de nada de lo que le digo y Walter crece igual de malo.

—Bueno; ahora te pondrás mejor en seguida —replicó Anne jovialmente—. Ya sabes que siempre te curo en cuanto llego. ¿Cómo están tus vecinos de la Casa Grande?

—No puedo decirte nada de ellos. Hoy no he visto más que al señor Musgrove, que se ha detenido un momento y me ha hablado por la ventana, pero sin bajar del caballo. Por mucho que le dije lo mala que estaba, ninguno de ellos se me ha acercado. Me figuro que habrá sido porque a las señoritas Musgrove no les venía de paso y nunca se salen de su camino.

—Tal vez los veas antes de que pase la mañana. Es temprano todavía.

—No me hacen ninguna falta, puedes estar segura. Encuentro que charlan y ríen demasiado. ¡Ay, Anne, qué mala estoy! ¿Cómo no viniste el jueves?

—Querida Mary, acuérdate de que me mandaste decir que estabas buena y sana. Me escribiste con la mayor alegría diciéndome que te hallabas perfectamente y que no tuviese prisa en venir. Por ello quise quedarme hasta el final con lady Russell; y además del cariño que le tengo, estuve tan ocupada y he tenido tanto que hacer que de ninguna manera hubiese podido salir antes de Kellynch.

—Vaya por Dios, ¿y se puede saber qué es lo que tenías que hacer tú?

—Muchísimas cosas, te lo aseguro. Más de las que puedo recordar en este momento, pero voy a decirte algunas. Hice un duplicado del catálogo de libros y cuadros de mi padre. Estuve varias veces en el jardín con Mackenzie, tratando de entender y dándole a entender a él cuáles eran las plantas de Elizabeth que habían de apartarse para lady Russell. Tuve que arreglar muchas pequeñas cosas mías: libros y música que separar; y hube de rehacer todos mis baúles, debido a que no supe a tiempo lo que se había decidido acerca de los acarreos. Y tuve que hacer una cosa, Mary, más fatigosa aún: ir a casi todas las casas de la parroquia en visita de despedida, pues así me lo encargaron. Todas estas cosas llevan mucho tiempo.

—¡Ah, claro! —y añadió, después de una pausa—: Pero no me has preguntado nada de nuestra cena de ayer en casa de los Poole.

—¿Conque fuiste? No te pregunté nada porque me figuré que habías tenido que renunciar a la invitación.

—Ya lo creo que fui. Ayer me encontraba muy bien, no he sentido nada hasta esta mañana. Habría parecido muy raro si no hubiese ido.

—Me alegro de que estuvieses lo bastante bien; supongo que lo pasaste muy agradablemente.

—Nada del otro mundo. Siempre se sabe de antemano lo que va a ser una cena y a quiénes vas a encontrar allí. ¡Y es tan incómodo no tener coche propio! Los señores Musgrove me llevaron en el suyo y anduvimos como sardinas en lata. ¡Son tan gruesos y ocupan tanto espacio! El señor Musgrove siempre se sienta delante. Yo iba aplastada en el asiento de atrás entre Henrietta y Louisa. No me extrañaría que toda mi enfermedad de hoy fuera de eso.

Con un poco más de perseverancia en la paciencia y de forzada jovialidad consiguió Anne que Mary se restableciese en seguida. Pronto pudo incorporarse en el sofá y empezó a acariciar la esperanza de poderlo dejar para la hora de la comida. Luego se le olvidó pensar en su postración y se fue al otro extremo del salón para arreglar un ramo de flores. Se comió unos fiambres y se sintió tan aliviada que propuso ir a dar un paseo.

—¿Adónde vamos a ir? —preguntó en cuanto estuvieron listas—. Supongo que no querrás ir a visitar a los de la Casa Grande antes de que ellos hayan venido a verte.

—No tengo ningún inconveniente —replicó Anne—. Nunca se me ocurriría reparar en esas ceremonias con gente como los señores y las señoritas Musgrove, a los que tanto conozco.

—Sí, pero son ellos los que deben visitarte a ti cuanto antes. Deben saber cómo han de tratarte por ser hermana mía. Sin embargo, bien podemos ir y sentarnos con ellos un ratito, y cuando ya estemos satisfechas de la visita, nos distraemos con el paseíto de vuelta.

Anne siempre había considerado esa clase de trato como una gran imprudencia, pero había dejado de intentar oponerse porque creía que a pesar de que las dos familias se inferían mutuamente continuas ofensas, no podían estar la una sin la otra. Se dirigieron por tanto a la Casa Grande y estuvieron una buena media hora en el cuadrado gabinete decorado a la antigua usanza, con su pequeña alfombra y su lustroso pavimento, al que las actuales hijas de la casa fueron dando gradualmente su aire peculiar de confusión, con un gran piano, un arpa, floreros y mesitas por doquier. ¡Ah, si los originales de los retratos colgados contra el arrimadero, si los caballeros vestidos de pardo terciopelo y las damas envueltas en rasos azules hubiesen visto lo que pasaba y hubiesen tenido conciencia de aquel atentado contra el orden y la pulcritud! Aquellos mismos retratos parecían estar contemplando todo lo circundante boquiabiertos de asombro.

Los Musgrove, lo mismo que su casa, estaban en un estado de mudanza que tal vez era para bien. El padre y la madre se ajustaban a la vieja tradición inglesa, y la gente joven a la nueva. El señor y la señora Musgrove eran de muy buen pasta, amistosos y hospitalarios, no muy cultivados y nada elegantes. Las ideas y los modales de sus hijos eran más modernos. Era una familia numerosa, pero los dos únicos hijos crecidos, excepto Charles, eran Henrietta y Louisa, damiselas de diecinueve y veinte años que habían traído de una escuela de Exeter todo el acostumbrado bagaje de talentos y que ahora se dedicaban, como miles de otras señoritas, a vivir a la moda, felices y contentas. Sus trajes tenían todas las gracias, sus caras eran más bien bonitas, su humor excelente y sus modales desenvueltos y agradables; eran muy consideradas en su casa y mimadas fuera de ella. Anne siempre las había mirado como a unas de las más dichosas criaturas que había conocido; no obstante, por esa grata sensación de superioridad que solemos experimentar y que nos salva de desear toda posibilidad de cambio, no habría trocado su más fina y cultivada inteligencia por todos los placeres de Louisa y Henrietta; lo único que les envidiaba era aquella apariencia de buena armonía y de mutuo acuerdo y aquel afecto alegre y recíproco que ella había conocido tan poco con sus dos hermanas.

Las recibieron con gran cordialidad. Nada parecía mal en el seno de la familia de la Casa Grande; toda ella, como Anne sabía muy bien, era completamente irreprochable. La media hora transcurrió agradablemente, y Anne no se quedó nada sorprendida cuando al marcharse Mary invitó a las dos señoritas Musgrove a que las acompañaran en su paseo.

Capítulo VI

Anne no necesitaba esta visita a Uppercross para saber que cuando la gente se traslada de un sitio a otro, aunque sea a tres millas, suele cambiar totalmente de conversaciones, opiniones e ideas. Todas las veces que había estado aquí anteriormente lo había notado y hubiese querido que los otros Elliot tuviesen ocasión de ver cuán desconocidos y desconsiderados eran en Uppercross los asuntos que en Kellynch Hall se trataban con tanto interés y general alharaca. Sin embargo, pese a esta experiencia, creía que iba a tener que pasar por una nueva y necesaria lección en el arte de aprender lo insignificantes que somos fuera de nuestro propio círculo. Anne llegó totalmente embargada por los acontecimientos que habían tenido en vilo durante varias semanas las dos casas de Kellynch, y esperó encontrar más curiosidad y simpatía de las que denotaron las observaciones separadas pero similares que le hicieron el señor y la señora Musgrove:

—¿Conque sir Walter y su hermana se han marchado, señorita Anne? ¿Y en qué parte de Bath cree usted que van a radicarse?

Y esto sin prestar mucha atención a la respuesta. En cuanto a las dos muchachas, agregaron solamente:

—Me parece que este invierno iremos a Bath, pero acuérdate, papá, de que si vamos hemos de vivir en un buen lugar. ¡No vengas con tus plazas de la Reina!

Y Mary comentó ansiosamente:

—¡Caramba, pues sí que voy a lucirme mientras todos vosotros os vais a divertir a Bath!

Anne determinó precaverse en lo futuro contra semejantes desilusiones y pensó con intensa gratitud que era un don extraordinario gozar de una amistad tan sincera y afectuosa como la de lady Russell.

Los señores Musgrove tenían sus propias precauciones; vivían acaparados por sus caballos, perros y periódicos, y las mujeres estaban pendientes de todos los demás asuntos del hogar, de sus vecinos, de sus trajes, de sus bailes y de sus músicas. Anne encontraba muy lógico que cada pequeña comunidad social dictase su propio régimen, y esperaba convertirse en poco tiempo en un miembro no indigno de la comunidad a la que había sido ahora trasplantada. Con la perspectiva de pasar dos meses por lo menos en Uppercross, se afanaba por dar a su imaginación, memoria e ideas un giro lo más *uppercrossiano* posible.

No la espantaban esos dos meses. Mary no era tan hostil ni despegada como Elizabeth, ni tan impermeable a los consejos de ella. Y ninguno de los otros moradores de la quinta se mostraba reacio a la buena armonía. Anne había estado siempre en los mejores términos con su cuñado, y los niños, que la querían casi del todo y que la respetaban mucho más que a su madre, eran para ella un objeto de interés, de distracción y de sana actividad.

Charles Musgrove era cortés y simpático; su juicio y su carácter eran sin duda alguna superiores a los de su mujer, pero no poseía ni conversación ni encanto suficientes para hacer de aquel pasado que le unía a Anne algo cuyo recuerdo fuese peligroso. Sin embargo, Anne pensaba, como lady Russell, que era una lástima que Charles no hubiese hecho un matrimonio más afortunado, ya que una mujer más sensata que Mary habría podido sacar mejor partido de su carácter, dando a sus costumbres y ambiciones una mayor utilidad, razón y elegancia. En la actualidad, Charles no se interesaba más que por los deportes, y fuera de ellos desperdiciaba el tiempo sin aprovechar las enseñanzas de los libros ni de nada. Gozaba de un humor excelente y nunca parecía muy afectado por el tedio frecuente de su esposa, soportando a veces sus desatinos, con gran admiración de Anne. Por lo general, muy a menudo tenían pequeñas riñas (en las que Anne tenía que participar más de lo que hubiese querido, pues ambas partes reclamaban su arbitraje), pero podían pasar por una pareja feliz. Siempre estaban enteramente de acuerdo en lo tocante a su necesidad de disponer de más dinero y tenían una fuerte tendencia a esperar un buen regalo del padre de él. Pero tanto en esto como en todo lo demás, Charles quedaba siempre mejor que Mary, pues mientras ésta consideraba como una gran vergüenza que el tal regalo no llegase, Charles defendía a su padre diciendo que tenía muchas otras cosas en que emplear su dinero y el derecho de gastárselo como le diera la gana.

En el punto de la crianza de sus hijos, las teorías de Charles eran mucho mejores que las de su mujer y su práctica no era tan mala. «Podría educarlos muy bien si Mary no interfiriera», le oía decir Anne con frecuencia, y ésta lo creía firmemente. Sin embargo, cuando tenía que escuchar el reproche de Mary de que «Charles malcría a los chicos de tal modo que me es imposible hacerles obedecer», Anne nunca sentía la menor tentación de decirle: «Es cierto».

Una de las circunstancias menos agradables de su residencia en Uppercross era que todos la trataban con demasiada confianza y que estaba demasiado al corriente de los agravios de cada casa. Como sabían que tenía alguna influencia con su hermana, constantemente acudían a ella o por lo menos le insinuaban que interviniese hasta más allá de lo que estaba en su mano.

—Quisiera que convencieses a Mary de que no esté siempre imaginando que está enferma —le decía Charles.

Y Mary, en tono compungido, exclamaba:

—Aunque Charles me viese muriéndome, no creería que tengo nada. Estoy segura, Anne, de que si tú quieres puedes convencerle de que estoy realmente muy enferma, mucho peor de lo que parece.

Luego Mary declaraba:

—Me revienta mandar a los chicos a la Casa Grande, a pesar de que su abuela está siempre reclamándolos, porque los solivianta y los mima demasiado y además les da tantas porquerías y dulces que no hay día que no vuelvan a casa enfermos o cargantes hasta que se acuestan.

Y la señora Musgrove aprovechaba la primera oportunidad de estar a solas con Anne para decirle:

—¡Ay, señorita Anne! ¡Ojalá mi nuera aprendiese un poco de su manera de tratar a los niños! ¡Son tan diferentes con usted esas criaturas! Porque no sabe usted lo mal criados que están. Es una lástima que no pueda usted convencer a su hermana de que los eduque mejor. Son los chicos más guapos y sanos que he visto nunca, pobrecillos míos, la pasión no me ciega, pero la mujer de Charles no tiene idea de cómo debe llevarlos. ¡Virgen pura! ¡A veces se ponen insufribles! Le aseguro a usted, señorita Anne, que me quitan el gusto de verles en casa tan a menudo como quisiera, si no fuese así. Sospecho que la mujer de Charles está un poco resentida porque no los invito a venir con más frecuencia, pero ¿sabe usted lo molesto que es estar con chiquillos cuando hay que bregar con ellos a cada momento diciéndoles: «No hagas eso, no hagas aquello»? Y si una quiere estar un poco tranquila, no tiene más remedio que darles más pasteles de los que les convienen.

Además Mary le comunicó lo siguiente:

—La señora Musgrove cree que sus criadas son tan formales que sería un crimen ponerle sobre aviso, pero estoy segura, sin exageración, de que tanto la primera doncella como la lavandera, en vez de dedicarse a sus faenas, se pasan todo el santo día correteando por el pueblo. Me las encuentro adondequiera que voy, y puedo decir que nunca entro dos veces en el cuarto de mis chicos sin ver allí a la una o a la otra. Si Jemima no fuese la persona más segura y más seria del mundo, bastaría con eso para echarla a perder, pues me ha dicho que las otras están siempre incitando a que se vaya de paseo con ellas.

Por su parte la señora Musgrove decía:

—Me he prometido no meterme nunca en los asuntos de mi nuera, porque ya sé que sería inútil, pero debo decirle, señorita Anne, ya que usted puede poner las cosas en su lugar, que no tengo en buen concepto al ama de Mary. He oído contar de ella unas historias muy raras y es una trotacalles. Por lo que sé yo misma puedo decir que es una pilla redomada capaz de echar a perder a cualquier sirvienta que se le acerque. Ya sé que la mujer de Charles responde enteramente de ella, pero yo me limito a avisarla a

usted para que pueda vigilarla y para que, si ve usted algo anormal, no tenga reparo en explicar lo que sucede.

Otras veces Mary se quejaba de que la señora Musgrove se las ingeniaba para no darle a ella la precedencia que se le debía cuando comían en la Casa Grande con otras familias, y no veía por qué razón se la tenía tan en menos en aquella casa para privarla del lugar que le correspondía. Y un día, mientras Anne paseaba a solas con las señoritas Musgrove, una de ellas, después de haber estado hablando del rango, de la gente de alto rango y de la manía del rango, dijo:

—No tengo reparo alguno en observarle lo estúpidas que se ponen ciertas personas con la cuestión de su lugar, porque todos sabemos lo poco que le importan a usted esas cosas. Sin embargo, me gustaría que alguien le hiciese ver a Mary cuánto mejor sería que se dejase de esas terquedades y, especialmente, que no anduviese siempre adelantándose para quitarle el sitio a mamá. Nadie pone en duda su precedencia sobre mamá, pero sería más discreto que no estuviese siempre insistiendo en eso. No es que a mamá le preocupe en lo más mínimo, pero sé que muchas personas se lo han criticado.

¿Cómo podía Anne arreglar esas diferencias? Lo más que podía hacer era escuchar pacientemente, suavizar todas las asperezas y excusar a los unos delante de los otros, sugerir a todos la tolerancia necesaria en tan estrecha vecindad y hacer que sus consejos fuesen lo bastante generales para que alcanzasen a aprovechar a su hermana.

En otros aspectos, su visita empezó y continuó muy bien. Su estado de ánimo mejoró con el cambio de lugar y de ocupaciones sólo con haberse alejado tres millas de Kellynch. Las indisposiciones de Mary disminuyeron al tener una compañía constante, y las cotidianas relaciones con la otra familia, como no tenían que interrumpir en la quinta ningún afecto, confianza o cuidado superior, era más bien una ventaja. Dicha comunicación era lo más frecuente posible; todas las mañanas se veían y era raro que pasaran una tarde separados. Pero Anne creía que no iría todo tan bien si no fuese por la extremada corrección del señor y de la señora Musgrove, o sin la charla, la risa y los cantos de sus hijas.

Anne tocaba el piano mucho mejor que cualquiera de las señoritas Musgrove, pero como no tenía voz ni conocimiento del arpa ni padres sentados delante de ella que se mostrasen embelesados, nadie reparaba en su habilidad más que por cortesía o porque permitía descansar a los demás ejecutantes, cosa que a ella no le pasaba inadvertida. Sabía que cuando tocaba la única que disfrutaba era ella, pero no era una sensación nueva; exceptuando un corto periodo de su vida, nunca desde la edad de catorce años en que perdió a su madre había conocido la dicha de ser escuchada o alentada por una persona de verdadero gusto. En la música se había tenido que acostumbrar a sentirse sola en el mundo; y el ciego entusiasmo del señor y de la señora Musgrove por los talentos de sus hijas, con su total indiferencia hacia los de cualquier otra persona, le daba mucho más placer por la ternura que significaba que mortificación propia.

Las tertulias de la Casa Grande se engrosaban a veces con la concurrencia de otras personas. La vecindad no era muy extensa, pero todo el mundo acudía a casa de los Musgrove, y tenían más banquetes, más huéspedes y más visitantes ocasionales o invitados que ninguna otra familia. Eran más populares que nadie.

A las muchachas les encantaba bailar, y las tardes finalizaban muchas veces con un pequeño baile improvisado. Había una familia de primos cerca de Uppercross, de posición menos desahogada, que tenían en casa de los Musgrove su centro de diversiones; llegaban a cualquier hora y tocaban, bailaban o hacían lo que se presentase. Anne, que prefería el oficio de pianista a cualquier otro más activo, tocaba las contradanzas en las horas de las reuniones; sólo por esta amabilidad, los señores Musgrove apreciaban sus dotes musicales, y a menudo le dirigían estos cumplidos:

—¡Muy bien tocado, señorita Anne! ¡Muy bien tocado, por cierto! ¡Bendito sea Dios, cómo vuelan esos deditos!

Así transcurrieron las tres primeras semanas. Llegó san Miguel y el corazón de Anne voló de nuevo a Kellynch. Su hogar estaba en manos de otros; aquellas preciosas habitaciones con todo lo que contenían, aquellas arboledas y aquellas perspectivas empezaban a pertenecer a otros ojos y a otros cuerpos... El 29 de septiembre no pudo pensar en otra cosa, y por la tarde sintió una grata emoción cuando Mary, al fijarse en el día del mes en que estaban, exclamó:

—¡Querida!, ¿no es hoy el día en que los Croft van a instalarse en Kellynch? Me alegro de no haberlo pensado antes. ¡Cuánto me habría entristecido!

Los Croft tomaron posesión de la casa con un aparato completamente naval, y hubo que ir a visitarles. Mary deploró verse obligada a aquello. Nadie podía imaginarse lo que la hacía sufrir. Lo diferiría todo lo que pudiese. Pero no estuvo tranquila hasta que hubo convencido a Charles de que la llevase lo antes posible, y cuando volvió estaba en un estado de agradable excitación y de alborotadas fantasías. Anne se congratuló sinceramente de no haber podido ir. Sin embargo, deseaba ver a los Croft y le encantó estar en casa cuando ellos devolvieron la visita. Cuando llegaron, el señor de la casa estaba ausente, pero las dos hermanas se encontraban juntas. Dio la casualidad de que la señora Croft se apoderase de Anne, mientras el almirante se sentaba junto a Mary, deleitándola con sus chistosos comentarios acerca de sus chiquillos. Y Anne pudo dedicarse a buscar un parecido que, si no halló en las facciones, reconoció en la voz y en el modo de sentir y de expresarse.

La señora Croft no era alta ni gorda, pero tenía una arrogancia, una rectitud y una robustez que daban importancia a su persona. Sus ojos eran oscuros y brillantes, sus dientes hermosos y en conjunto su rostro era agradable, aunque su tez enrojecida y curtida por la intemperie, a consecuencia de pasarse en el mar casi tanto tiempo como su marido, hacía creer que tenía varios años más de los treinta y ocho que contaba. Sus modales eran francos, desenvueltos y decididos como los de una persona que no desconfía de sí misma y no duda de lo que ha de hacer, sin que eso significase ningún asomo de rudeza ni ninguna falta de buen carácter. Anne hubo de agradecerle sus sentimientos de gran consideración hacia ella en todo lo que dijo de Kellynch; estuvo muy complacida y más si cabe porque se tranquilizó pasado el primer medio minuto, en el mismo instante de la presentación, al ver que la señora Croft no daba ninguna muestra de estar en antecedentes o de tener sospechas que torciesen para nada sus intenciones. Estuvo completamente relajada sobre este particular y por consiguiente llena de fuerza y de valor, hasta que en un momento dado se quedó helada al oír que la señora Croft decía de repente:

—¿De modo que fue usted y no su hermana a quien tuvo el gusto de conocer mi hermano cuando estuvo aquí?

Anne creía que ya había pasado de la edad del rubor pero no de la edad de la emoción, por lo visto.

—Puede que no haya usted oído decir que se ha casado —agregó la señora Croft.

Anne pudo contestar ahora como era debido y cuando las siguientes palabras de la señora Croft hubieron aclarado de qué señor Wentworth estaba hablando, se alegró de no haber dicho nada que no pudiese aplicarse a ambos hermanos. Inmediatamente comprendió cuán razonable era que la señora Croft pensara y hablase de Edward y no de Frederick, y avergonzada de su error preguntó con el debido interés cómo le iba a su antiguo vecino en su nuevo estado.

El resto de la conversación fue ya tranquilísimo hasta el momento de levantarse, en que oyó que el almirante le decía a Mary:

—Pronto va a llegar un hermano de la señora Croft. Creo que ya le conoce usted de nombre.

Le interrumpió en seco el vehemente ataque de los chiquillos, que se prendieron de él como de un antiguo amigo y declararon que no se iba a marchar. Él les propuso llevárselos metidos en su bolsillo, con lo cual aumentó la jarana y ya no hubo lugar de que el almirante acabase o se acordara de lo que había empezado a decir. Anne pudo, pues, persuadirse, en lo que cabía, de que se trataba aún del mismo hermano susodicho. No logró, sin embargo, llegar hasta tal grado de certidumbre que no estuviese ansiosa por saber si los Croft habían dicho algo más sobre el particular en la otra casa en donde habían estado antes.

La gente de la Casa Grande iban a pasar la tarde aquel día a la quinta, y como ya estaba la estación muy avanzada para que semejantes visitas pudiesen hacerse a pie, aguzaban ya el oído para percibir el ruido del coche cuando la menor de las chicas Musgrove entró en la habitación. La primera y negra idea que se les ocurrió fue que venía a decir que no irían, y que tendrían que pasar solas la tarde. Mary estaba ya dispuesta a sentirse ofendida cuando Louisa restableció la calma anunciando que se había adelantado ella a pie con objeto de dejar espacio en el coche para el arpa que transportaban.

—Y además —agregó— voy a explicaros la causa de todo esto. He venido a advertiros que mamá y papá están esta tarde muy deprimidos, mamá especialmente; no hace más que pensar en el pobre Richard. Y acordamos que sería mejor tocar el arpa, pues parece que le divierte más que el piano. Voy a deciros por qué está tan alicaída. Cuando vinieron los Croft esta mañana (luego estuvieron aquí, ¿verdad?), resulta que dijeron que su hermano, el capitán Wentworth, acaba de volver a Inglaterra o que ha sido licenciado o algo por el estilo, y que vendrá a verles de un momento a otro. Lo peor de todo es que a mamá se le ocurrió, cuando los Croft se hubieron ido, que Wentworth, o algo muy parecido, era el nombre del capitán del pobre Richard en un tiempo, no sé cuándo ni dónde, pero mucho antes de que muriera, pobre chico. Se puso a mirar sus cartas y sus cosas y encontró que así era; está absolutamente segura que ése es el hombre de que se trata y no cesa de pensar en él y en el pobre Richard. Tenemos que estar lo más alegres posible para distraerla de esos lúgubres pensamientos.

Las verdaderas circunstancias de este patético episodio de una historia de familia eran que los Musgroves tuvieron la mala fortuna de echar al mundo un hijo cargante e inútil y la buena suerte de perderlo antes de que llegase a los veinte años; que le mandaron al mar porque en tierra era la más estúpida e ingobernable de las criaturas; que su familia nunca se había preocupado mucho por él, aunque siempre más de lo que merecía; y que rara vez se supo de él y poco le echaron de menos, cuando dos años atrás llegó a Uppercross la noticia de que había muerto en el extranjero.

Aunque sus hermanas hacían por él todo lo que podían llamándole ahora «pobre Richard», en realidad nunca había sido más que el muy mentecato, desnaturalizado e inaprovechable Dick Musgrove, que nunca, ni vivo ni muerto, hizo nada que le hiciese digno de más título que aquel diminutivo en su nombre.

Estuvo varios años navegando y en el curso de esos traslados a que todos los marinos mediocres están sujetos, y especialmente aquéllos a quienes todos los capitanes desean quitarse de encima, fue a dar por seis meses a la fragata Laconia del capitán Frederick Wentworth. A bordo de la Laconia y a instancias de su capitán escribió las dos únicas cartas que sus padres recibieron de él durante toda su ausencia; es decir, las dos únicas cartas desinteresadas, pues todas las demás no habían sido más que simples pedidos de dinero.

En todas ellas habló bien de su capitán, pero sus padres estaban tan poco acostumbrados a fijarse en tales cuestiones y les tenían tan sin cuidado los nombres de hombres o de barcos, que entonces apenas hicieron caso de ello. El hecho de que la señora Musgrove hubiese tenido aquel día la súbita inspiración de acordarse de la relación que guardaba con su hijo el nombre de Wentworth parecía uno de esos extraordinarios chispazos de la mente que se dan a veces.

Acudió a sus cartas y encontró confirmadas sus suposiciones. La nueva lectura de aquellas cartas después de tan largo intervalo en el que su hijo había desaparecido para siempre y todas sus faltas habían sido olvidadas, la afectó sobremanera y la sumió en un gran desconsuelo que no había sentido cuando se enteró de su muerte. El señor Musgrove estaba también afectado, aunque no tanto, y cuando llegaron a la quinta se hallaban evidentemente en disposición de que primero se escuchasen sus lamentaciones, y luego de recibir todos los consuelos que su alegre compañía pudiese suministrarles.

Fue una nueva prueba para los nervios de Anne tener que oírles hablar por los codos del capitán Wentworth, repetir su nombre, rebuscar en sus memorias de los pasados años y por fin afirmar que debía de ser, que probablemente sería, que era seguramente el mismo capitán Wentworth, aquel guapo mozo que recordaban haber visto una o dos veces después de su regreso de Clifton, sin poder precisar si hacía de eso siete u ocho años. Pensó, sin embargo, que tenía que acostumbrarse. Puesto que el capitán iba a llegar a la comarca, le era preciso dominar su sensibilidad en lo tocante a este punto. Y no sólo parecía que le esperaban y muy pronto, sino que los Musgrove, con su ardiente gratitud por la bondad con que había tratado al pobre Dick y con el gran respeto que sentían por su temple, evidenciado por el hecho de haber tenido seis meses al pobre Dick a su cuidado, quien hablaba de él con grandes aunque no muy bien ortografiados elogios, diciendo que era «un compañero muy vueno y muy brabo, sólo que demasiado parecido al maestro de la hescuela», estaban decididos a presentarse ante él y solicitar su amistad en cuanto supiesen que había llegado.

Esta resolución contribuyó a consolarles aquella tarde.

Capítulo VII

Poco después se supo que el capitán Wentworth estaba en Kellynch. El señor Musgrove fue a visitarle y volvió haciendo de él los más calurosos elogios y diciendo que le había invitado a ir con los Croft a comer a Uppercross a finales de la otra semana. Fue una gran contrariedad para el señor Musgrove que no hubiese sido posible celebrar antes esa comida, tal era su impaciencia por demostrar su gratitud al capitán Wentworth teniéndole bajo techo y dándole la bienvenida con todo lo más fuerte y mejor que hubiese en sus bodegas. Pero tenía que transcurrir una semana. «Sólo una semana», se decía Anne, para que, según suponía, volvieran a encontrarse, y aun llegó a temer que el temido momento se adelantase.

El capitán Wentworth devolvió prontamente al señor Musgrove su cortesía, y por cuestión de media hora no estuvo Anne presente. Estaban ella y Mary preparándose para ir a la Casa Grande, en donde, como más tarde supieron, tenían que habérselo encontrado inevitablemente, pero en aquel momento trajeron a la casa al chico mayor, que había sufrido una mala caída, y esto las detuvo. La situación del niño dejó la visita completamente de lado, pero Anne no pudo enterarse con indiferencia del peligro del que había escapado, ni siquiera en medio de la grave ansiedad que luego les causó la criatura.

Resultó que el pequeño se había dislocado la clavícula y había recibido tal contusión en la espalda que hizo concebir los más grandes temores. Fue una tarde de angustia y Anne tuvo que hacerlo todo a la vez: mandar por el médico, buscar e informar al padre de lo ocurrido, atender a la madre y socorrer sus ataques de nervios, dirigir a los criados, apartar al chico menor y cuidar y calmar al pobre accidentado. Y además, en cuanto se acordó, avisar a la otra casa de lo sucedido, lo que trajo una irrupción de gente que en vez de ayudar eficazmente no hizo más que aumentar la confusión.

El primer consuelo fue el regreso de su cuñado, que se encargó de cuidar de Mary, y el segundo alivio fue la llegada del médico. Hasta que él vino y reconoció al pequeño, lo peor de los temores de la familia era su vaguedad; suponían que tenía una grave lesión, pero no sabían en dónde. La clavícula fue en seguida puesta de nuevo en su lugar, y aunque el doctor Robinson palpaba y palpaba y volvía a tocar, mirando gravemente y hablando en voz baja con el padre y la tía, todos se tranquilizaron y ya pudieron irse y comerse la cena en un estado de ánimo más sosegado. Momentos antes de partir, las dos jóvenes tías dejaron de lado la situación de su sobrino para hablar de la visita del capitán Wentworth; se quedaron cinco minutos más, cuando ya sus padres se habían marchado, para tratar de expresar lo encantadas que estaban con él, diciendo que lo encontraban mucho más guapo e infinitamente más agradable que ninguno de los hombres que conocían y que habían sido antes sus favoritos, lo contentas que se pusieron cuando oyeron que su papá le invitaba a quedarse a cenar, lo tristes que se quedaron cuando él contestó que le era absolutamente imposible y lo felices que volvieron a sentirse cuando, apremiado por las otras invitaciones que le hacían los señores Musgrove, prometió ir a comer con ellos al día siguiente. ¡Mañana mismo! Y lo prometió de un modo cautivador, como si interpretase debidamente el motivo de aquellas atenciones. En suma, que había mirado y hablado de todo con una gracia tan exquisita que las niñas Musgrove podían asegurarles que las dos estaban locas por él. Y se marcharon, tan alborozadas como enamoradas, y aparentemente más preocupadas por el capitán Wentworth que por el pequeño Charles.

Las mismas escenas y los mismos arrebatos se repitieron cuando las dos muchachas volvieron con su padre al caer de la tarde para saber cómo seguía el niño. El señor Musgrove, disipada su primera inquietud por su heredero, agregó su confirmación a las alabanzas al capitán y manifestó su esperanza de que no habría necesidad de aplazar la invitación que le habían hecho, lamentando únicamente que los de la quinta probablemente no querrían dejar al niño para asistir también a la comida.

—¡Oh, no! ¡Nada de dejar al chico!

El padre y la madre estaban demasiado afectados por la seria y reciente alarma para poder ni pensarlo. Y Anne, con la alegría de volver a librarse, no pudo por menos de añadir sus calurosas protestas a las de ellos.

Sin embargo, Charles Musgrove se mostró después más inclinado a ir. El chico iba tan bien y él tenía tantas ganas de que le presentaran al capitán Wentworth, que tal vez iría a reunirse con ellos por la tarde; no quería comer fuera de casa, pero podía ir a dar un paseo de media hora. Pero al oír esto su mujer puso el grito en el cielo:

—¡Ah, no, Charles, de ningún modo! No podría soportar que te fueses. ¿Qué sería de mí si pasaba algo?

El niño pasó una buena noche y al día siguiente estaba muy mejorado. Era cuestión de tiempo cerciorarse de si se le había lesionado la columna vertebral, pero el doctor Robinson no encontraba nada que pudiese dar lugar a alarma, y por consiguiente Charles Musgrove empezó a pensar que no había ninguna necesidad de que siguiera confinado. El niño tenía que quedarse en cama y distraerse lo más quietamente posible, pero el padre ¿qué tenía que hacer allí? Eran cosas de mujeres, y le parecía enormemente absurdo que él, que en nada podía ayudar en la casa, tuviese que permanecer recluido en ella. Su padre estaba deseoso de presentarle al capitán Wentworth y, como no había ninguna razón de peso en contra de ello, tenía que ir. Todo acabó en que, al volver de cazar, Charles Musgrove declaró pública y audazmente que pensaba vestirse acto seguido e ir a comer a la otra casa.

—El chico no puede seguir mejor —dijo— y por lo tanto le acabo de decir a mi padre que iría y él ha encontrado que hacía muy bien. Estando tu hermana contigo, amor mío, no tengo ningún temor. Que tú no te separes del niño, santo y bueno; pero ya ves que yo no sirvo aquí de nada. Si pasara algo, Anne puede mandarme recado.

Las esposas y los maridos entienden generalmente cuándo son vanas las oposiciones. Mary conoció por el modo de hablar de Charles que estaba absolutamente resuelto a irse y que sería inútil contrariarle. Por lo tanto se calló hasta que él se hubo marchado, pero tan pronto como estuvo a solas con Anne, exclamó:

—¡Vamos! Ya nos dejaron solas para que nos las arreglemos con este pobre enfermito y en toda la tarde no vendrá nadie a acercársenos. Ya sabía yo lo que pasaría. ¡Siempre me ocurre lo mismo! En cuanto sucede algo desagradable puedes estar segura de que se esfumarán, y Charles no es mejor que los otros. ¡Qué fresco! Hace falta no tener entrañas para abandonar de este modo a su pobre hijito y decir encima que no le pasa nada. ¿Cómo sabe que no le pasa nada o que no puede sobrevenir un cambio repentino dentro de media hora? Nunca hubiera creído que Charles fuera tan desalmado. Ahí le tienes largándose a divertirse y yo, como soy la pobre madre, no tengo derecho a moverme. Pues por cierto que yo soy la menos capaz que nadie de atender al chico. Que sea su madre es una razón para que no se pongan mis sentimientos a prueba. No puedo resistirlo. Ya viste qué nerviosa estaba ayer.

—Pero no fue más que el efecto de tu súbita alarma, de la impresión. Ya no volverás a ponerte nerviosa. Estoy casi segura de que no ocurrirá nada que nos inquiete. He comprendido perfectamente las instrucciones del doctor Robinson y no tengo ningún temor. No me extraña la actitud de tu marido. Cuidar a los chicos no es cosa de hombres, no es asunto de su incumbencia. Un niño enfermo debe estar siempre al cuidado de su madre, sus propios sentimientos se lo imponen.

—Creo que quiero a mis hijos como la que más, pero no soy más útil yo a la cabecera que Charles, porque no puedo estar constantemente regañando y contrariando a una pobre criatura cuando está mala; ya has visto esta mañana: bastaba que dijera que se estuviese quieto para que él empezara a agitarse. Yo no tengo aguante para estas cosas.

—Pero ¿estarías tranquila si te pasaras toda la tarde lejos del pobre chiquillo?

—Sí; ya has visto que su padre lo está: ¿por qué yo no habría de estarlo? ¡Jemima es tan atenta! Nos podría mandar noticias del estado del chico a cada hora. Ya le podía haber dicho Charles a su padre que iríamos todos. El pequeño Charles ahora ya no me inspira mayor inquietud que a él. Ayer estaba muy asustada, pero hoy las cosas han cambiado muchísimo.

—Bueno, pues si no crees que ya es demasiado tarde para avisar, vete con tu marido. Deja a Charles a mi cuidado. Los señores Musgrove no lo tomarán a mal si yo me quedo con el niño.

—¿Lo dices en serio? —exclamó Mary, cuyos ojos brillaron—. ¡Chica, qué buena idea has tenido, magnífica de veras! Puedes estar segura de que lo mismo da que me vaya como que me quede, puesto que nada remedio con estarme en casa, ¿no te parece? Lo único que haría sería fatigarme. Tú que no tienes los sentimientos de una madre eres la más indicada para quedarte. Tú puedes conseguir que Charles haga lo que debe; a ti siempre te obedece. Será mucho mejor que dejarle solo con Jemima. ¡Claro que voy a ir! Pudiendo, es mucho más conveniente que vaya yo que Charles, porque tienen un gran interés en que conozca al capitán Wentworth y ya sé que a ti no te importa que te dejemos sola. ¡Has tenido una idea excelente, Anne! Voy a decírselo a Charles y estaré lista en un periquete. Ya sabes que puedes mandarnos avisar en cualquier momento si pasara algo, pero estoy casi segura de que no ocurrirá nada desagradable. Si no estuviese completamente tranquila respecto a mi querido hijito, no te quepa la menor duda de que no iría.

Un momento después Mary llamaba a la puerta del tocador de Charles, y Anne, que subía tras ella por la escalera, llegó a tiempo de oír toda la conversación, que empezó con las siguientes palabras de Mary dichas en tono de gran excitación:

—Quiero ir contigo, Charles, porque no hago más falta en casa de la que tú haces. Si estuviese encerrada más tiempo con el chico, no sería capaz de convencerle de que hiciese lo que él no quiere hacer. Anne se queda; ha decidido quedarse en casa y encargarse del chico. Ella misma me lo ha propuesto, así que puedo ir contigo. Y será mucho mejor, pues no he comido en la otra casa desde el martes.

—Anne es muy amable —contestó el marido— y me encantaría llevarte, pero me parece un poco duro dejarla sola en casa haciendo de niñera de nuestro hijo enfermo.

Anne acudió a defender su propia causa y su sinceridad no tardó en ser suficiente para convencer a Charles, quien, al fin y al cabo, deseaba convencerse, y no puso inconveniente alguno en dejarla comer sola. No obstante, todavía le dijo que fuese a pasar con ellos la tarde cuando ya no hubiese que hacerle nada al chico hasta el día siguiente, y la instó afectuosamente para que le dejase ir a recogerla; pero no hubo manera de persuadir a Anne, en vista de lo cual poco rato después tuvo el gusto de verles partir a los dos contentos y felices. Iban a divertirse, pensaba Anne, por muy extrañamente tramada que semejante diversión pudiese parecer. En cuanto a ella, se quedó con una sensación de bienestar que tal vez nunca había experimentado. Sabía que el niño la necesitaba; ¿qué le importaba que Frederick Wentworth no estuviese más que a una milla de allí, ganándose la admiración de todos?

Le habría gustado saber qué sentiría el capitán al encontrarse con ella. Puede que le dejase indiferente, si la indiferencia cabía en semejantes circunstancias. Sentiría o indiferencia o desdén. Porque si hubiese deseado volver a verla, no habría esperado hasta entonces; habría hecho lo que Anne estaba convencida que ella habría hecho en su lugar, tan pronto como su situación le había proporcionado la independencia económica, que era lo único que necesitaba.

La hermana y el cuñado volvieron satisfechísimos de su nuevo amigo y de la reunión en general. Tocaron, cantaron, hablaron y rieron, todo del modo más agradable; el capitán Wentworth era encantador, no había en él ni cortedad ni reserva; fue como si siempre se hubiesen conocido, y a la mañana siguiente iba a ir a cazar con Charles. Vendría a almorzar, pero no en la quinta, tal como al principio se le propuso, porque se le rogó que fuese a hacerlo en la Casa Grande, y él se mostró temeroso de molestar a la señora de Charles Musgrove, a causa del niño. Por lo tanto, fuese como fuese y sin que supieran exactamente cómo había ido la cosa, acabaron por resolver que Charles almorzaría con el capitán en casa de su padre.

Anne lo comprendió. Frederick quiso evitar verla. Supo que había preguntado por ella ligeramente, como si se hubiese tratado de una vieja amistad superficial, sin afectar conocerla más de lo que ella le había conocido y obrando, quizá, con la misma intención de rehuir la presentación cuando se encontrasen.

En la quinta siempre se levantaban más tarde que en la otra casa, pero al día siguiente, la diferencia fue tan grande que Anne y Mary empezaban sólo a desayunarse cuando llegó Charles a decirles que los otros iban a salir en aquel momento y que él venía a buscar los perros. Sus hermanas venían tras él con el capitán Wentworth, pues las chicas querían ver a Mary y al niño, y el capitán deseaba también saludar a Mary si no había inconveniente. Charles le había dicho que el estado del chico no era para que hubiese inconveniente de ningún tipo, pero el capitán Wentworth no se habría quedado tranquilo si él no hubiese acudido antes a anunciarle.

Mary, halagadísima con esta atención, dijo que le recibiría encantada. Mientras tanto, mil encontrados sentimientos agitaban a Anne; el más consolador de todos era que el trance pronto habría pasado. Y pronto pasó, efectivamente. Dos minutos después de la preparación de Charles, aparecieron en el salón los anunciados. Los ojos de Anne se encontraron a medias con los del capitán Wentworth; se hicieron una inclinación y un saludo. Anne oyó su voz: estaba hablando con Mary y diciéndole las cosas de rigor; dijo algo a las señoritas Musgrove, lo bastante para demostrar seguridad. La habitación parecía llena, llena de personas y voces, pero a los pocos minutos todo hubo terminado. Charles se asomó a la ventana, todo estaba dispuesto; los visitantes saludaron y se fueron. Las señoritas Musgrove se fueron también, repentinamente resueltas a llegar hasta el final del pueblo con los cazadores. La habitación quedó despejada, y Anne logró terminar su desayuno como pudo.

«¡Ya pasó! ¡Ya pasó!», se repetía a sí misma una y otra vez, nerviosamente aliviada. «¡Ya pasó lo peor!»

Mary hablaba, pero Anne no la oía. La había visto. Se habían encontrado. ¡Habían estado una vez más bajo el mismo techo!

Sin embargo, no tardó en empezar a razonar consigo misma y en procurar dominar sus sentimientos. Ocho años, casi ocho años habían transcurrido desde su ruptura. ¡Cuán absurdo era recaer en la agitación que aquel intervalo había relegado a la distancia y al olvido! ¿Qué no podían hacer

ocho años? Sucesos de toda clase, cambios, mudanzas, partidas, todo, todo cabía en ocho años. ¡Y cuán natural y cierto era que entretanto se olvidase el pasado! Aquel periodo significaba casi una tercera parte de su propia vida.

Pero, ¡ay!, a pesar de todos sus razonamientos, Anne se dio cuenta de que, para los sentimientos arraigados, ocho años eran poco más que nada.

Y ahora, ¿cómo leer en el corazón de Frederick? ¿Deseaba huir de ella? Y en seguida se odió a sí misma por haberse hecho esta loca pregunta.

Pero todas sus dudas quedaron aclaradas por otra cuestión en la que tal vez su extrema perspicacia no había reparado. Las señoritas Musgrove volvieron a la quinta para despedirse, y cuando se hubieron ido, Mary le proporcionó esta espontánea información:

—El capitán Wentworth no estuvo muy galante contigo, Anne, a pesar de lo atento que estuvo conmigo. Henrietta le preguntó qué le parecías cuando se marcharon y él le dijo que estás tan cambiada que no te habría reconocido.

Por lo general, Mary no acostumbraba respetar los sentimientos de su hermana, pero no tenía la menor sospecha de la herida que le infligía.

«¡Cambiada hasta el punto de no reconocerme!» Anne se quedó sumida en una silenciosa y profunda mortificación. Así era, sin duda, y no podía desquitarse, porque él no había cambiado sino para mejor. Lo notó al instante y no podía rectificar su juicio, aunque él pensara de ella lo que quisiera. No, los años que habían distraído su juventud y su lozanía no habían hecho más que darle a él mayor esplendor, hombría y desenvoltura, sin menoscabar para nada sus dotes personales. Anne había visto al mismo Frederick Wentworth.

«¡Tan cambiada que no la habría reconocido!» Estas palabras no podían menos que obsesionarla. Poco después comenzó a regocijarse de haberlas oído. Eran tranquilizadoras, apaciguantes, reconfortaban y, por tanto, debían hacerla feliz.

Frederick Wentworth había dicho estas palabras u otras parecidas sin pensar que iban a llegar hasta ella. Había pensado en ella como espantosamente cambiada, y en la primera emoción del momento dijo lo que sentía. No había perdonado a Anne Elliot. Ella le había hecho daño, le había abandonado y desilusionado; más aún: al hacer esto lo había hecho por debilidad de carácter, y un temperamento recto no puede soportar tal cosa. Lo había dejado para agradar a otros. Todo fue efecto de repetidas persuasiones, fue debilidad y timidez.

Él estuvo fuertemente ligado a ella, y jamás encontró ninguna mujer que se le pareciese, pero, exceptuando una sensación de natural curiosidad, no había deseado encontrarla de nuevo. La atracción que ella ejerció sobre él había desaparecido para siempre.

Pensaba él ahora en casarse; era rico y deseaba establecerse, y se establecería en cuanto encontrase una ocasión digna. Deseaba enamorarse con toda la rapidez que una mente clara y un gusto certero pueden permitirlo. Su corazón estaba allí a merced de cualquiera de las hermanas Musgrove, con tal de que lo supieran pescar. En una palabra, sus sentimientos se abrían para cualquier mujer joven que cruzase su camino, con excepción de Anne Elliot. Y así lo consideraba él cuando, al responder a las suposiciones de su hermana, decía:

—Sí, Sophy, estoy dispuesto a casarme como un tonto. Toda mujer entre los quince y los treinta puede contar con mi posible declaración. Un poco de belleza, unas cuantas sonrisas, unos elogios a la Marina, y soy hombre perdido. ¿No es acaso esto bastante para conquistar a un marino rudo que no ha tenido relación con las mujeres?

Su hermana comprendía que decía esto para ser contradicho. Su orgulloso mirar decía claramente que se sabía agradable. Y Anne Elliot no estaba fuera de sus pensamientos cuando más seriamente describía a la mujer con quien le agradaría encontrarse.

—Una mentalidad fuerte y dulzura en los modales —eran el principio y el fin de su descripción—. Ésa es la mujer que quiero —decía—. Transigiría con algo un poco inferior, pero siempre que no lo fuera mucho. Si hago una tontería no será por no haber meditado sobre este asunto más que la mayoría de los hombres.

Capítulo VIII

A partir de aquel momento, el capitán Wentworth y Anne Elliot empezaron a frecuentar los mismos círculos. Bien pronto se encontraron comiendo en casa de los señores Musgrove, porque el estado del pequeño no permitía a su tía una excusa para ausentarse. Esto fue el comienzo de otras comidas y otros encuentros.

Si los sentimientos antiguos se habían de renovar era algo que aún estaba por probarse. El pasado indudablemente debía retornar a la memoria de ambos: estaban forzados a volver a él. El año de su compromiso no podía menos de ser mentado por él en las pequeñas narraciones y descripciones que trae la conversación. Su profesión le predisponía a ello, su estado de ánimo le hacía hablar: «Esto fue en el año seis», «esto fue después de hacerme a la mar en el año seis», fueron frases dichas en el transcurso de la primera tarde que pasaron juntos. Y a pesar de que su voz no se alteró, y a pesar de que ella no tenía razón para suponer que sus ojos la buscaban al hablar, Anne conocía de sobra su modo de pensar como para juzgar imposible que no lo acecharan los mismos recuerdos, pero estaba muy lejos de presumir que despertaran en él el mismo dolor.

No hubo otras conversaciones entre ellos que las que exige la más elemental cortesía mundana. ¡Con lo que habían sido antaño el uno para el otro! Y nada ahora. En cierta época de su vida les hubiese sido difícil pasar un momento sin hablarse, aun en medio de la mayor reunión del salón de

Uppercross. Con excepción quizá del almirante y la señora Croft, que parecían muy unidos y felices (Anne no conocía otra excepción, ni siquiera entre los matrimonios), no había habido dos corazones tan abiertos, dos gustos tan similares, más comunidad de sentimientos ni figuras más mutuamente amadas. Ahora eran dos extraños. No, peor que extraños, porque jamás podrían volver a conocerse. Era un alejamiento definitivo.

Cuando él hablaba, era la misma voz la que ella escuchaba, y adivinaba los mismos pensamientos. Había gran ignorancia de asuntos navales entre los concurrentes a la reunión. Le interrogaban mucho, especialmente las señoritas Musgrove —que no parecían tener ojos más que para él—, acerca de la vida de a bordo, las órdenes diarias, la comida, los horarios, etcétera, y la sorpresa ante sus relatos, al escuchar el grado de comodidades que podían obtenerse, daban a la voz de él cierto, lejano y agradable tono burlón, que le recordaba a Anne los lejanos días cuando ella también era ignorante y suponía que los marineros vivían a bordo sin nada que comer, sin cocina para abastecerse, criados que aguardasen órdenes y cubiertos que usar.

Mientras pensaba y escuchaba esto, se oyó un murmullo de la señora Musgrove, quien, conmovida por tiernos recuerdos, no podía menos que decir:

—¡Ah, señorita Anne, si el cielo hubiera permitido vivir a mi pobre hijo, sería igual a éste en la actualidad!

Anne reprimió una sonrisa y escuchó bondadosamente, mientras la señora Musgrove aliviaba su corazón un poco más, y, por unos momentos, le fue imposible seguir la conversación de los demás.

Cuando pudo permitir a su atención seguir sus naturales deseos, encontró a las señoritas Musgrove revisando una lista naval (propiedad de ellas, y la única que jamás había sido vista en Uppercross) y, sentándose juntas para examinarla, trataban de encontrar los barcos que el capitán Wentworth había comandado.

—El primero fue el Asp, bien lo recuerdo; busquemos el Asp.

—No lo encontrarán ustedes ahí: estaba viejo y roto. Fui el último en comandarlo. Apenas servía ya entonces. Por un año o dos fue considerado bueno para servicios locales y, con tal fin, fue enviado a las Indias Occidentales.

Las muchachas miraron sorprendidas.

—El Almirantazgo —prosiguió él— se entretiene en enviar de vez en cuando algunos centenares de hombres al mar en barcos que ya no sirven. Pero ellos tienen que cuidar muchísimas cosas, y entre los miles que de todos modos se irán al fondo, les es difícil distinguir cuál es el grupo que sería más de lamentar.

—¡Bah, bah! —exclamó el viejo almirante—. ¡Qué charlas sin sentido tienen estos jóvenes! Jamás hubo mejor goleta que el Asp en su tiempo. Entre las goletas de construcción antigua jamás encontrarán ustedes rival. ¡Dichoso quien la tuvo! Él sabe que debe haber habido veinte hombres pidiéndola en aquel tiempo. ¡Dichoso el individuo que obtuvo tan pronto algo semejante, no teniendo más interés que el suyo propio!

—Le aseguro, almirante, que comprendo mi suerte —respondió seriamente el capitán Wentworth—. Estaba tan contento con mi destino como usted habría podido estarlo. Era una gran cosa para mí, en aquella época, estar en el mar, una gran cosa. Deseaba hacer algo.

—Ciertamente lo hizo. ¿Para qué ha de permanecer en tierra medio año un hombre joven como usted? Si un hombre no tiene esposa, pronto desea volver a bordo.

—Pero, capitán Wentworth —exclamó Louisa—, ¡cuán humillado se sentiría usted cuando, llegando a bordo del Asp, vio el viejo barco que se le destinaba!

—Ya conocía el barco de antes —respondió él sonriendo—. No tenía más descubrimientos que hacer con él que los que tendría usted con una vieja pelliza, prestada entre casi todas sus amistades, y que un buen día se la prestaran a usted también. ¡Ah! ¡Era muy querido el viejo Asp para mí! Hacía todo lo que yo deseaba. Tuve siempre esa certeza. Sabía que habíamos de irnos al fondo juntos o salir de él siendo algo; nunca tuve un día de mal tiempo mientras lo comandé; después de haber tomado suficientes corsarios como para pasarla bien, tuve la buena suerte, a mi vuelta el otoño siguiente, de toparme con la fragata francesa que deseaba. La traje a Plymouth, y esto también fue obra de la buena suerte. Estuvimos sondando seis horas cuando súbitamente se levantó un vendaval que duró cuatro días y que hubiera terminado con el viejo Asp en menos de lo que tardo en decirlo, de manera que nuestra llegada a esta gran nación no hubiera mejorado la situación. Veinticuatro horas más y yo hubiera sido un valiente marino, el capitán Wentworth, en un pequeño párrafo de una columna de los periódicos. Y, habiendo muerto en el primer viaje, nadie me hubiera recordado.

Anne debía ocultar sus sentimientos, mientras las señoritas Musgrove podían ser tan sinceras como lo deseaban en sus exclamaciones de piedad y horror.

—Y entonces —dijo la señora Musgrove quedamente, como pensando en voz alta— fue cuando lo destinaron al Laconia y se encontró con nuestro pobre muchacho. Charles, querido mío —haciendo señas para que le prestara atención—, pregunta al capitán Wentworth cuándo se encontró con tu pobre hermano. Siempre lo olvido.

—Creo que fue en Gibraltar, madre. Dick fue dejado enfermo en Gibraltar con una recomendación de su anterior capitán para el capitán Wentworth.

—¡Oh! Pero, Charles, dile al capitán Wentworth que no debe temer mencionar a Dick delante de mí, porque para mí será un placer oír hablar de él a tan buen amigo.

Charles, más escéptico sobre el asunto que su madre, asintió con la cabeza y se fue.

Las muchachas se habían puesto ahora en búsqueda del Laconia y el capitán Wentworth no pudo evitar tomar el precioso volumen en sus manos para evitarles molestias, y una vez más leyó en voz alta su nombre y los demás pormenores, comprobando que también el Laconia había sido un buen amigo, uno de los mejores.

—¡Ah, eran días muy agradables aquéllos en que comandaba el Laconia ¡Cuán rápidamente hice dinero en él! ¡Un amigo mío y yo tuvimos tan grata travesía desde las islas occidentales! ¡Pobre Harville! Ustedes saben cuánto necesitaba dinero, aún más que yo. Tenía mujer. Era un muchacho excelente. Jamás olvidaré su felicidad. Sufría todo por amor a ella. Deseé encontrarlo nuevamente en el verano siguiente, cuando yo tenía todavía la misma suerte en el Mediterráneo.

—Ciertamente, señor —dijo la señora Musgrove—, fue un día feliz para nosotros cuando le hicieron a usted capitán de aquel barco. Nunca olvidaremos lo que usted hizo.

Sus sentimientos le hacían hablar en voz alta, y el capitán Wentworth, oyendo sólo parte de lo que decía, y no teniendo probablemente en su mente a Dick Musgrove, quedó en suspenso, como esperando algo.

—Habla de mi hermano —dijo una de las muchachas—. Mamá está pensando en el pobre Richard.

—Pobre chico —continuó la señora Musgrove—. Se había puesto tan serio... sus cartas eran excelentes mientras estuvo bajo su mando. Hubiera sido dichosa si nunca le hubiese abandonado a usted. Puedo asegurarle, capitán Wentworth, que hubiéramos sido muy felices todos nosotros en tal caso.

Una momentánea expresión del capitán Wentworth, mientras hablaba, una rápida mirada de sus brillantes ojos, un gesto de su hermosa boca, bastó para probar a Anne que en lugar de compartir los deseos de la señora Musgrove respecto a su hijo, había tenido indudablemente mucho deseo de verse libre de él; pero esto fue un movimiento tan rápido que ninguno que no le conociera tanto como ella podría haberlo percibido. Un instante después, dominándose, tomó aire serio y reposado, y casi de inmediato, encaminándose al sofá, ocupado por Anne y la señora Musgrove, se sentó al lado de ésta y entabló en voz baja una conversación con ella acerca de su hijo, haciéndolo con simpatía y gracia natural, mostrando la mayor consideración por todo lo que había de real y sincero en los sentimientos de los padres.

Ocupaban, pues, el mismo sofá, porque la señora Musgrove le hizo lugar inmediatamente. Sólo ésta se interponía entre ellos, y, en verdad, no se trataba de un obstáculo insignificante. La señora Musgrove era bastante robusta, mucho más hecha por la naturaleza para expresar la alegría y el buen humor que la ternura y el sentimiento. Y mientras las agitaciones del esbelto cuerpo de Anne y las contracciones de su pensativo rostro delataban su sentir, el capitán Wentworth conservó toda su presencia de ánimo, informando a una obesa madre sobre el destino de un hijo del cual nadie se ocupó mientras estuvo vivo.

Las proporciones corporales y el pesar no deben guardar necesariamente proporción. Un gran cuerpo voluminoso tiene tanto derecho a estar profundamente afligido como el más gracioso conjunto de miembros delgados. Pero, justo o no, hay cosas irreconciliables que la razón tratará de justificar en vano, porque el gusto no las tolera y porque el ridículo las acoge.

El almirante, después de dar dos o tres vueltas alrededor del cuarto, con las manos detrás, habiendo sido llamado al orden por su esposa, se aproximó al capitán Wentworth, y sin la menor idea de que podía interrumpir, dio curso a sus propios pensamientos diciendo:

—De haber estado usted en Lisboa la primavera última, Frederick, habría tenido que dar usted pasaje a lady Mary Grierson y sus hijas.

—¿De verdad? ¡Pues me alegro de haber entrado una semana después!

El almirante le echó en cara su falta de galantería. El capitán se defendió alegando, sin embargo, que de buena voluntad jamás consentiría mujeres a bordo, excepto para un baile o una visita de unas pocas horas.

—Si usted me conociera —dijo—, comprendería que no hago esto por falta de galantería. Es por saber cuán imposible es, pese a todos los esfuerzos y sacrificios que puedan hacerse, proporcionar a las mujeres todas las comodidades que merecen. No es falta de galantería, almirante; es colocar muy altas las necesidades femeninas de comodidad personal, y esto es lo que hago. Detesto oír hablar de mujeres a bordo, o verlas embarcadas, y ninguna nave bajo mi mando aceptará señoras, si es posible evitarlo...

Esto llamó la atención de su hermana.

—¡Oh, Frederick! No puedo comprender esto en ti. Son refinamientos perezosos. Las mujeres pueden estar tan confortables a bordo como en la mejor casa de Inglaterra. Creo haber vivido a bordo más que muchas mujeres, y puedo asegurar que no hay nada superior a las comodidades de que disfrutan los hombres de guerra. Declaro que jamás ha habido galanterías especiales para mí, ni siquiera en Kellynch Hall —dirigiéndose a Anne—, que pudieran compararse a las de los barcos en los que he vivido. Y creo que éstos han sido cinco.

—Eso no quiere decir nada —replicó su hermano—, tú eras la única mujer a bordo y viajabas con tu marido.

—Pero tú mismo has llevado a la señora Harville, su hermana, su prima y sus tres niños desde Portsmouth a Plymouth. ¿Dónde dejaste entonces esa extraordinaria galantería tuya?

—Abusaron de mi amistad, Sophy. Ayudaré siempre a la esposa de cualquier oficial compañero mientras me sea posible, y hubiera llevado también cualquier cosa de Harville hasta el fin del mundo, si me lo hubiese pedido. Pero esto no quiere decir que lo encuentre bien.

—Razón por la cual ellas estuvieron muy cómodas.

—Quizá sea por lo que no me gusta. ¡Las mujeres y los niños no tienen derecho a estar cómodos a bordo!

—Tonterías, mi querido Frederick. Di, ¿qué sería de nosotras, pobres esposas de marinos, que a menudo debemos ir de un puerto a otro en busca de nuestros maridos, si todos tuvieran tus sentimientos?

—Mis sentimientos, tú lo reconoces, no me impidieron llevar a la señora Harville y toda su familia a Plymouth.

—Pero detesto oírte hablar tan caballerosamente, y como si las mujeres fueran todas damas refinadas, en lugar de seres normales. Ninguna de nosotras espera siempre buen tiempo para viajar.

—Querida mía —explicó el almirante—, ya pensará de otro modo cuando tenga esposa. Si está casado y si tenemos la suerte de estar vivos en la próxima guerra, ya le veremos hacer como tú, yo y muchos otros hemos hecho. Estará muy agradecido a cualquiera que lleve a su esposa.

—¡Desde luego que sí!

—Terminemos —exclamó el capitán Wentworth—. Cuando los casados empiezan a atacarme diciendo: «Ya pensará usted de otro modo cuando se case», lo único que puedo contestar es: «No, no lo haré», ellos responden entonces: «Sí, lo hará usted», y esto pone punto final al asunto.

Se levantó y se alejó.

—¡Qué gran viajera ha sido usted, señora! —dijo la señora Musgrove a la señora Croft.

—He viajado bastante en los quince años de mi matrimonio, aunque algunas mujeres han viajado aún más. He cruzado el Atlántico cuatro veces, y he estado en las Indias Orientales y he vuelto. Una vez estuve también en

lugares cercanos como Cork, Lisboa y Gibraltar. Pero nunca he pasado el estrecho de Magallanes o llegado hasta las Indias Occidentales. Nosotros nunca llamamos Bermudas o Bahamas a las Indias Occidentales, ¿saben ustedes?

La señora Musgrove no pudo replicar nada. Por otra parte, jamás había oído mencionar aquellos lugares en su vida.

—Y puedo asegurarle, señora —continuó la señora Croft—, que nada hay superior a las comodidades de los marinos. Hablo, naturalmente, de los navíos de primera calidad. Cuando se viaja en una fragata, naturalmente, se está más confinada, pero cualquier mujer razonable puede ser perfectamente feliz en esta clase de barcos. Personalmente puedo decir que los periodos más felices de mi vida los he pasado a bordo. Cuando estábamos juntos, sabe usted, no había nada que temer. A Dios gracias he tenido siempre salud excelente y los cambios de clima no tienen efecto sobre mí. Unas pocas molestias las primeras veinticuatro horas de navegación es todo lo que he sentido, pero jamás he estado mareada después. La sola vez que realmente sufrí, en cuerpo y alma, la única vez que no me encontré del todo bien, o que temí al peligro, fue el invierno que pasé sola en Deal cuando el almirante (capitán Croft, por aquel entonces) estaba en el mar del Norte. Vivía en constante zozobra, llena de temores imaginarios, sin saber qué hacer con mis horas, o cuándo tendría noticias de él. Pero en cuanto estamos unidos, nada me asusta, y jamás he encontrado el menor inconveniente.

—¡Ah, ciertamente! Estoy completamente de acuerdo con usted, señora Croft —fue la cálida respuesta de la señora Musgrove—. Nada hay tan malo como la separación. El señor Musgrove asiste siempre a las sesiones, y puedo asegurarle que soy muy feliz cuando éstas terminan y él retorna a mi lado.

La tarde terminó con un baile. Al pedirse música, Anne ofreció sus servicios como de costumbre, y a pesar de que sus ojos estaban en algunos momentos llenos de lágrimas al tocar el instrumento, se alegraba mucho de tener algo que hacer, pidiendo como sola recompensa no ser observada.

Fue una reunión alegre, agradable, y ninguno parecía de mejor ánimo que el capitán Wentworth. Anne sentía que tenía condiciones que lo elevaban sobre el resto, y atraía consideración y atención, especialmente de las

jóvenes. Las señoritas Hayter, de la familia de primos ya mencionada, aparentemente aceptaban como un honor estar enamoradas de él; en cuanto a Henrietta y Louisa, parecían no tener más ojos que para él, y solamente la continua fluencia de atenciones entre ambas podía hacer creer que no se consideraban rivales. ¿Estaría él engreído por la admiración general que despertaba? ¿Quién podría decirlo?

Estos sentimientos ocupaban a Anne mientras sus dedos trabajaban mecánicamente, y así continuó durante media hora, sin errores, pero sin conciencia de lo que hacía. En un momento sintió que la miraba, que observaba sus facciones alteradas, buscando quizás en ellas los restos de la belleza que una vez le había encantado; en un momento pensó que debía de estar hablando de ella, pero apenas lo comprendió hasta oír la respuesta. En un momento estuvo cierta de haberle oído preguntar a su compañera si la señorita Elliot no bailaba nunca. La respuesta fue: «Nunca. Ha abandonado completamente el baile. Prefiere tocar el piano». En un momento, también, debió de hablarle. Ella había abandonado el instrumento al terminar el baile, y él lo ocupó, tratando de encontrar una melodía que quería hacer escuchar a una de las señoritas Musgrove. Inintencionadamente, ella se encaminó hacia ese rincón de la habitación. Él se levantó de inmediato del taburete y dijo con estudiada cortesía:

—Perdón, señorita, éste es su asiento.

Y a pesar de que ella rehusó ocuparlo otra vez, él no se sentó de nuevo.

Anne no deseaba más aquellos discursos y miradas. Su fría cortesía, su ceremoniosa gracia, eran peores que cualquier otra cosa.

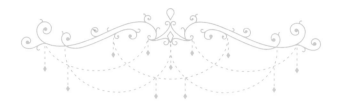

CAPÍTULO IX

El capitán Wentworth había llegado a Kellynch como a su propia casa, para quedarse allí tanto como desease, siendo obvio que era el objeto de la fraternal amistad del almirante y de su esposa. Su primera intención al llegar había sido hacer una corta estancia y luego encaminarse rápidamente a Shropshire a visitar a su hermano, que estaba establecido en aquel condado; pero los atractivos de Uppercross le indujeron a posponer esta idea. Había demasiado halago, demasiado calor amistoso, algo que realmente encantaba en aquella recepción; los viejos eran muy hospitalarios, los jóvenes muy agradables; así pues, no podía resolverse a dejar aquel lugar, y aceptaba sin discusión los encantos y atractivos de la esposa de Edward.

Uppercross ocupó pronto casi todos sus días. Difícil era decir quién tenía más prisa: él por aceptar la invitación o los Musgrove por hacerla. Por las mañanas particularmente iba allí, porque no tenía compañía, puesto que el matrimonio Croft pasaba fuera las primeras horas del día, recorriendo sus nuevas posesiones, sus llanuras de pasto, sus ovejas, pasando el tiempo en una forma que se comprendía incompatible con la presencia de una tercera persona. A veces también recorrían el campo en un birlocho que habían adquirido hacía poco tiempo.

Los huéspedes de los Musgrove y éstos compartían la misma impresión acerca del capitán Wentworth: una admiración general y calurosa en la que todos convenían. Pero esta convicción establecida entre todos produjo mucho desagrado e incomodidad a un tal Charles Hayter, quien al volver a reunirse con el grupo, pensó que el capitán Wentworth estaba absolutamente de más.

Charles Hayter era el mayor de los primos, un joven agradable y gentil; entre él y Henrietta había existido, aparentemente, una considerable atracción antes de la llegada del capitán Wentworth. Era pastor y tenía un curato en los alrededores, en el cual no era imprescindible la residencia y, por lo tanto, vivía en casa de su padre, que distaba solamente dos millas de Uppercross. Una corta ausencia había dejado a su dama sin vigilancia, en un periodo crítico de sus relaciones, y al volver tuvo el dolor de encontrar los modales de ella cambiados y de ver allí al capitán Wentworth.

Las señoras Musgrove y Hayter eran hermanas. Ambas habían tenido dinero, pero sus matrimonios habían establecido una gran diferencia entre ellas. El señor Hayter poseía algo, pero su propiedad era insignificante comparada con la de los Musgrove; por otra parte, los Musgrove pertenecían a la mejor sociedad del lugar, mientras que a los Hayter, debido a la vida ruda y retirada de los padres, a los defectos de su educación y al nivel inferior en que vivían, no podía considerárseles como pertenecientes a ninguna clase, y el único contacto que tenían con la gente provenía de su parentesco con los Musgrove. La excepción era este hijo mayor, naturalmente, que había sido educado para ser un culto caballero y, por lo tanto, su educación y maneras eran muy diferentes a las de los demás.

Ambas familias habían guardado siempre las mejores relaciones, sin orgullo de una parte ni envidia de la otra. Cierto sentimiento de superioridad de parte de las señoritas Musgrove se traducía en el placer de educar a sus primos. Las atenciones de Charles a Henrietta habían sido observadas por el padre y la madre de ésta sin ninguna desaprobación. «No será un gran matrimonio para ella, pero si le agrada...». Y a Henrietta parecía agradarle...

Así lo creía ella antes de la llegada del capitán Wentworth. A partir de entonces, el primo Charles fue echado al olvido.

Cuál de las dos hermanas era la preferida del capitán Wentworth, resultaba dudoso de establecer, en lo que Anne podía ver al respecto. Henrietta era quizá la más bella, pero Louisa parecía más inteligente y atractiva. Por otra parte, ella no podía decir ahora si él se sentiría atraído por la belleza o el carácter.

Los esposos Musgrove, bien fuera por darse poca cuenta de las cosas, bien por entera confianza en el buen criterio de sus hijas o de los jóvenes que las rodeaban, parecían dejar todo en manos de la casualidad. En la Casa Grande no había la más leve muestra de que alguien se ocupase de estas cosas; en la quinta era diferente, los jóvenes estaban más dispuestos a comentar y averiguar. Debido a esto, apenas había el capitán Wentworth concurrido tres o cuatro veces, y Charles Hayter había reaparecido, cuando Anne tuvo que escuchar la opinión de su hermana y su cuñado acerca de cuál sería el preferido. Charles decía que el capitán Wentworth sería para Louisa, Mary que para Henrietta, pero convenían que a cualquiera de las dos que se dirigiese Wentworth les sería grato.

Charles jamás había visto un hombre más agradable en su vida. Por otra parte, de acuerdo con lo que le había oído decir al mismo capitán Wentworth, podía afirmar que por lo menos había hecho en la guerra alrededor de veinte mil libras. Esto ya ponía una fortuna de por medio, además de las perspectivas de hacer otra en una próxima guerra. Por otra parte, tenía la certeza de que el capitán Wentworth era muy capaz de distinguirse como cualquier oficial de la Armada. ¡Oh, ciertamente sería un matrimonio muy ventajoso para cualquiera de sus hermanas!

—Es verdad que lo sería —replicaba Mary—. ¡Dios mío, si llegara a alcanzar grandes honores! ¡Si llegara a tener un día algún título! «Lady Wentworth» suena ciertamente bien. ¡Sería una gran cosa para Henrietta! ¡Ocuparía mi puesto entonces y Henrietta estaría encantada! «Sir Frederick y lady Wentworth» suena encantador, aunque es verdad que no me agrada la nobleza de nuevo cuño; jamás he estimado demasiado nuestra nueva aristocracia.

Mary prefería casar a Henrietta con el fin de desbaratar las pretensiones de Charles Hayter, que jamás había sido de su agrado. Sentía que los Hayter eran gente decididamente inferior, y consideraba una verdadera desgracia que pudiera renovarse el parentesco entre ambas familias… especialmente para ella y sus hijos.

—Ya sabéis —decía— que no puedo hacerme a la idea de que éste sea un buen matrimonio para Henrietta y, considerando las alianzas que hemos hecho los Musgrove, realmente no debe rebajarse ella en esa forma. No creo que ninguna joven tenga derecho a elegir a alguien que sea desventajoso para los mayores de su familia, dándoles parentela indeseable. Veamos un poco: ¿quién es Charles Hayter? Nada más que un pastor de pueblo. ¡Una alianza muy conveniente para la señorita Musgrove de Uppercross!

Su marido no convenía en esto con ella. Además de sentir cierta simpatía por su primo Charles Hayter, recordaba que éste era primogénito, y siéndolo él mismo, veía las cosas desde este punto de vista.

—Dices tonterías, Mary —era su respuesta—; no será un partido demasiado ventajoso para Henrietta, pero Charles puede obtener, por medio de los Spicer, algo del obispo dentro de un año o dos; por otra parte, no debes olvidar que es el hijo mayor. Cuando mi tío muera heredará una buena propiedad. Los terrenos de Winthrop no son menos de cien hectáreas, además de la granja cercana a Taunton, que es de las mejores tierras del lugar. Te aseguro que Charles no sería un matrimonio desventajoso para Henrietta. Debe ser así. El único candidato posible es Charles. Es un joven bondadoso y de buen carácter. Por otra parte, cuando herede Winthrop lo convertirá en una cosa muy diferente de lo que ahora es, y vivirá una vida muy distinta a la que ahora lleva. Con esta propiedad no puede ser nunca un candidato despreciable. ¡Una bonita propiedad, por cierto! Henrietta haría muy mal si perdiera esta oportunidad; y si Louisa se casa con el capitán Wentworth, te aseguro que podremos darnos por satisfechos.

—Charles podrá decir lo que le venga en gana —le decía Mary a Anne apenas éste dejaba el salón—, pero sería chocante que Henrietta se casase con Charles Hayter. Sería malo para *ella* y peor para *mí*. Es muy de desear que el capitán Wentworth se lo saque de la cabeza, como realmente creo que ha sucedido. Apenas miró a Charles Hayter ayer. Me habría gustado que hubieses estado presente para ver su comportamiento. En cuanto a suponer que al capitán Wentworth le guste Louisa tanto como Henrietta, es un verdadero absurdo. Le gusta Henrietta muchísimo más. ¡Pero Charles es tan positivo! De haber estado ayer habrías decidido cuál de nuestras dos opiniones era la justa. No dudo de que hubieses pensado como yo, a menos que hubieras querido llevarme la contraria.

Anne habría tenido ocasión de ver todas estas cosas en una comida en casa de los Musgrove, pero se excusó de concurrir poniendo el pretexto de un dolor de cabeza y una leve recaída del pequeño Charles. En realidad, no había ido para evitar encontrarse con Wentworth. A las ventajas de la noche que había pasado tranquilamente, se añadían ahora las de no haber sido la tercera en discordia.

En cuanto al capitán Wentworth, opinaba ella que debía éste conocer sus sentimientos lo bastante pronto como para no comprometer su honorabilidad, o poner en peligro la felicidad de cualquiera de las dos hermanas, escogiendo a Louisa en lugar de Henrietta o a Henrietta en lugar de Louisa. Cualquiera de las dos sería una esposa cariñosa y agradable. En cuanto a Charles Hayter, le apenaba el dolor que podía causar la ligereza de una joven, y su corazón simpatizaba con las penas que sufriría él. Si Henrietta se equivocaba respecto a la naturaleza de sus sentimientos, no podía decirse tan rápidamente.

Charles Hayter había encontrado en la conducta de su prima muchas cosas que le intranquilizaban y mortificaban. Su afecto mutuo era demasiado antiguo para haberse extinguido en dos nuevos encuentros y no dejarle otra solución que cortar sus visitas a Uppercross. Pero, ciertamente, existía un cambio que podía considerarse alarmante si se atribuía a un hombre como el capitán Wentworth. Hacía solamente dos domingos que Charles Hayter la había dejado y estaba ella entonces interesada (de acuerdo con los deseos de él) en que obtuviera el curato de Uppercross en lugar del que tenía. Parecía entonces lo más importante para ella que el doctor Shirley, el rector —que durante cuarenta años había atendido celosamente los deberes de su curato, pero que en la actualidad se sentía demasiado enfermo para poder continuar—, se sirviese de un buen auxiliar como lo sería Charles Hayter. Muchas eran las ventajas: Uppercross estaba cerca y no tendría que recorrer seis millas para llegar a su parroquia; obtener una parroquia mejor, desde cualquier punto de vista; haber ésta pertenecido al querido doctor Shirley, y poder éste, por fin, retirarse de las fatigas que ya no podían soportar sus años. Todas éstas eran grandes ventajas según Louisa, pero más aún según Henrietta, hasta el punto de que llegaron a constituir su principal preocupación. Pero a la vuelta de Charles Hayter, ¡vive Dios!, todo el interés había pasado. Louisa no demostraba el menor deseo de saber lo que había conversado últimamente con el doctor Shirley: permanecía en la ventana esperando ver pasar al capitán Wentworth. Henrietta misma parecía sólo prestar una parte de su atención al asunto, y parecía haber olvidado también toda su ansiedad al respecto.

—Me alegro mucho de verdad. Siempre he creído que lo obtendrías. Estuve siempre segura. No me parece que... En una palabra, el doctor Shirley debe tener un pastor con él, y tú has obtenido su promesa. ¿Lo ves venir, Louisa?

Una mañana después de la comida en casa de los Musgrove, a la cual Anne no había podido asistir, el capitán Wentworth entró en el salón de la quinta, en momentos en que no estaban allí más que Anne y el pequeño inválido Charles, que descansaba en el sofá.

La sorpresa de encontrarse casi a solas con Anne Elliot alteró la habitual compostura de sus modales. Se detuvo y solamente atinó a decir:

—Creía que las señoritas Musgrove estaban aquí. La señora Musgrove me dijo que podría encontrarlas...

Después se encaminó hacia la ventana para tranquilizarse un poco y encontrar manera de reponerse.

—Están arriba con mi hermana, creo que vendrán en seguida —fue la respuesta de Anne, en medio de la natural confusión. Si el niño no la hubiese llamado en aquel momento, ella habría huido de la habitación, aliviando así la tensión establecida entre ambos.

Él continuó en la ventana, y después de decir cortésmente: «Espero que el niño esté mejor», guardó silencio.

Ella se vio obligada a arrodillarse al lado del sofá y permanecer allí para dar gusto al pequeño paciente. Esto se prolongó algunos minutos hasta que, con gran satisfacción, oyó los pasos de alguien que cruzaba el vestíbulo. Esperó ver entrar al dueño de la casa, pero se trataba de una persona que no habría de facilitar las cosas: Charles Hayter, quien no pareció alegrarse más de ver al capitán Wentworth que éste de ver a Anne.

Anne atinó a decir:

—¿Cómo está usted? ¿Desea sentarse? Los demás vendrán en seguida.

El capitán Wentworth dejó la ventana y se aproximó, aparentemente con deseos de entablar conversación. Pero Charles Hayter se encaminó a la mesa enfrascándose en la lectura de un periódico. El capitán Wentworth retornó a la ventana.

En el minuto siguiente, un nuevo personaje entró en acción. El niño más pequeño, una fuerte y desarrollada criatura de dos años, probablemente inducido por alguien que desde afuera le abrió la puerta, apareció entre ellos, y se dirigió directamente al sofá para enterarse de lo que pasaba e iniciar cualquier travesura.

No habiendo nada para comer, lo único que podía hacer era jugar, y como la tía no le permitía molestar a su hermano enfermo, se prendió de ella en tal forma que, estando ocupada en atender al enfermito, no podía librarse de él. Anne le habló, le reprendió, insistió, pero todo fue en vano. En un momento consiguió quitárselo de encima, pero sólo para que volviera a prenderse de su espalda.

—Walter —dijo Anne—, déjame en paz. Eres muy molesto. Me enfadas.

—Walter —gritó Charles Hayter—, ¿por qué no haces lo que te mandan? ¿No oyes lo que te dice tu tía? Ven aquí, Walter, ven con el primo Charles.

Pero Walter no se movía.

Súbitamente se sintió Anne liberada de Walter. Alguien, inclinándose sobre ella, había separado de su cuello las manos del niño, y Anne se encontró libre antes de comprender que era el capitán Wentworth quien había levantado a la criatura.

Las sensaciones que tuvo al descubrir tal cosa fueron intraducibles. Ni siquiera pudo agradecérselo, hasta tal punto había quedado sin habla. Lo único que pudo hacer fue inclinarse sobre el pequeño Charles en una confusión de sentimientos. La bondad demostrada al correr en su auxilio, la manera, el silencio en que lo había hecho, todos los pequeños detalles, junto con la convicción (dado el ruido que comenzó a hacer el niño) de que lo que menos deseaba era su agradecimiento y que lo que más deseaba era evitar su conversación, produjeron una confusión de variados y dolorosos sentimientos, de los que no lograba reponerse, hasta que la entrada de las hermanas Musgrove le permitió dejar el pequeño paciente a su cuidado y abandonar el cuarto. No podía permanecer allí. Hubiera sido una oportunidad de atisbar las esperanzas y los celos de los cuatro. Era una ocasión de verlos juntos, pero no podía soportarlo. Era evidente que Charles Hayter no estaba bien dispuesto hacia el capitán Wentworth. Tenía idea de haber oído decir entre dientes, después de la intervención del capitán Wentworth: «Debiste haberme hecho caso, Walter. Te dije que no molestaras a tu tía», en un tono de voz resentido; comprendió el enojo del joven porque el capitán Wentworth había hecho lo que él debería haber hecho. Pero por el momento, ni los sentimientos de Charles Hayter ni los de nadie contaban hasta que hubiera tranquilizado los suyos propios. Estaba avergonzada de sí misma, de estar nerviosa, de prestar tanta atención a una niñería, pero así era, y requirió largas horas de soledad y reflexión para reponerse.

Capítulo X

Pero no faltaron oportunidades para que Anne tuviera ocasión de observar. Llegó un momento en el que, estando en compañía de los cuatro, pudo formarse su opinión al respecto, aunque era demasiado discreta para hacerla conocer al resto de la casa, sabiendo que no había de agradar a la esposa ni al marido. A pesar de que creía que Louisa era la favorita, no podía suponer (por lo que recordaba del carácter del capitán Wentworth) que estuviera enamorado de ninguna de las dos. Ellas parecían enamoradas de él pero, en verdad, no podía hablarse de amor. Se trataba de una fiebre admirativa, que indudablemente terminaría en enamoramiento. Charles Hayter comprendía que contaba muy poco y, sin embargo, Henrietta algunas veces parecía dividir sus atenciones entre los dos. Anne hubiera deseado tener poder para hacerles ver la verdad y señalarles los males a los que se exponían. No atribuía malos designios a ninguno. Y no fue poca satisfacción para ella el descubrir que el capitán Wentworth no parecía consciente del daño que ocasionaba. No había engreimiento o compasión en sus modales. Posiblemente nunca había oído hablar ni había pensado en Charles Hayter. Su único error consistía en aceptar (porque no era otra la palabra que podía emplearse) las atenciones de las dos jóvenes.

Después de un corto tiempo de lucha, Charles Hayter pareció abandonar el campo. Pasaron tres días sin que apareciera por Uppercross. Esto significaba un cambio decidido. Hasta rehusó una invitación formal a comer.

Habiendo sido encontrado en una ocasión por el señor Musgrove ocupado con unos grandes libros, consiguió que el señor y la señora Musgrove comentaran que algo le ocurría y que estudiaba tanto que terminaría por morir. Mary creía con alivio que había recibido un rechazo de Henrietta, y su marido vivía pendiente de verle aparecer al día siguiente. En cuanto a Anne, le parecía bastante sensata la actitud de Charles Hayter.

Una mañana, mientras Charles Musgrove y el capitán Wentworth habían ido juntos a una excursión de caza, Anne y Mary estaban sentadas trabajando tranquilamente cuando recibieron la visita de las hermanas de la Casa Grande.

Era una hermosa mañana de noviembre, y las señoritas Musgrove venían andando en medio de los campos sin otro propósito, según dijeron, que dar un largo paseo. Por consiguiente, suponían que Mary no tendría deseos de acompañarlas, a lo que ésta, ofendida de que no se la supusiera buena caminadora, respondió rápidamente:

—¡Oh!, me gustaría acompañarlas, soy una aficionada a las caminatas.

Anne tuvo la convicción, por las miradas de las dos hermanas, que esto era precisamente lo que no deseaban, y se admiró una vez más de la costumbre que crean los hábitos familiares de que todo paso que damos deba ser comunicado y hecho en unión, a pesar de que no nos agrade o nos cree inconvenientes. Trató de disuadir a Mary de acompañar a las hermanas, pero todo fue en vano. Y en este caso, pensó que lo mejor era aceptar la invitación que las Musgrove le hacían también a ella, ya que por cierto era mucho más cordial, puesto que con ella podía volverse su hermana y dejar a las hermanas Musgrove libres para cualquier plan que tuvieran preparado.

—¡No puedo imaginar por qué suponen que no me agradan las caminatas! —exclamó Mary mientras subían la escalera—. Todos piensan que no soy gran caminadora. Sin embargo no les hubiera agradado que rechazara su invitación. Cuando la gente viene expresamente a invitarnos, ¿cómo sería posible rehusar?

En el momento en que partían, volvieron los caballeros. Habían llevado consigo un perro cachorro que les había arruinado la diversión y a causa del cual volvían a casa temprano. Por lo tanto, su tiempo disponible y su ánimo

parecían convidarles a este paseo, que aceptaron inmediatamente. Si Anne hubiese previsto esto, ciertamente se habría quedado en casa; sentimientos de curiosidad e interés eran lo único que le llevaba con gusto al paseo. Pero era demasiado tarde para rehusar y los seis se pusieron en marcha en la dirección que llevaban las señoritas Musgrove, quienes evidentemente se consideraban encargadas de guiar el paseo.

Anne no deseaba estorbar a nadie, y, por consiguiente, en las vueltas del camino, se las ingeniaba para estar al lado de su hermana y su cuñado. Su placer provenía del ejercicio y del hermoso día, de la vista de las últimas sonrisas del año sobre las leonadas hojas y los mustios setos y del recuerdo de algunas descripciones poéticas del otoño, esta estación de peculiar e inextinguible influencia en las almas tiernas y de buen gusto, esta estación que ha arrancado a cada poeta digno de ser leído algunas líneas descriptivas o algunos sentimientos. Se ocupaba cuanto era posible en atraer estas remembranzas a su mente, pero era imposible que estando cerca del capitán Wentworth y las hermanas Musgrove no hiciera algún esfuerzo para oír sus conversaciones. Poco notable pudo escuchar, sin embargo. Era una conversación ligera, como la que puede tener cualquier gente joven en un paseo más o menos íntimo. Conversaba él más con Louisa que con Henrietta. Louisa, indudablemente, le llamaba más la atención que su hermana. Esta atención parecía crecer y hubo unas frases de Louisa que sorprendieron a Anne. Después de uno de los continuos elogios que se hacían al hermoso día, el capitán Wentworth había señalado:

—¡Qué tiempo admirable para el almirante y mi hermana! Tenían la intención de ir lejos en el coche esta mañana; quizá les veamos surgir detrás de una de estas colinas. Hablaron de venir por este lado. Me preguntó dónde volcarán hoy. Les pasa muy a menudo, pero a mi hermana parece importarle un bledo volcar o no volcar.

—¡Oh! Ya sé que exagera —exclamó Louisa—, pero en el lugar de su hermana yo haría absolutamente lo mismo. Si amara a un hombre de la misma manera que ella ama al almirante, estaría siempre con él, nada podría separarnos, y preferiría volcar con él en un coche que viajar tranquilamente dirigida por otro.

Había hablado con entusiasmo.

—¿De verdad? —repuso él adoptando el mismo tono. Después guardaron silencio por un rato.

Anne no pudo refugiarse nuevamente en el recuerdo de algún verso. Las dulces escenas de otoño se alejaron, con excepción de algún suave soneto en el que se hacía referencia al año terminante, las imágenes de la juventud, de la esperanza y de la primavera declinantes, el cual ocupó su memoria vagamente. Se apresuró a decir mientras marchaban por otro sendero:

—¿No es éste uno de los caminos a Winthrop?

Pero nadie oyó su pregunta, o al menos nadie respondió.

Winthrop, o sus alrededores, en donde los jóvenes se reunían a veces, era adonde se dirigían. Una larga marcha entre caminos en donde trabajaban los arados, y en donde los surcos recién abiertos hablaban de las tareas del labrador, iban en contra de la dulzura de las poesías y sugerían una nueva primavera. Llegaron en estos momentos a lo alto de una colina que separaba Uppercross de Winthrop y desde donde se podía contemplar una vista completa del lugar, al pie de la elevación.

Winthrop, sin belleza y sin dignidad, se tendía ante ellos. Una casa baja, insignificante, rodeada de las construcciones y edificios de una granja.

Mary exclamó:

—¡Válgame Dios! Ya estamos en Winthrop. No tenía idea de haber andado tanto. Creo que es más conveniente que nos volvamos ahora, estoy excesivamente cansada.

Henrietta, consciente y avergonzada, no viendo aparecer al primo Charles por ninguno de los senderos ni surgiendo de ningún portal, estaba pronta a cumplir con el deseo de Mary.

—¡Oh, no! —dijo Charles Musgrove.

—No, no —dijo Louisa con mayor energía, y conduciendo a su hermana hacia un pequeño aparte parecieron argumentar calurosamente sobre el asunto.

Charles, por otra parte, estaba dispuesto a ver a su tía, ya que el destino les llevaba tan cerca. Era asimismo evidente que con mayor temor trataba de inducir a su esposa a que les acompañara. Pero éste era uno de los puntos en los que la dama mostraba su fuerza de carácter, y así, cuando se le recomendó la idea de descansar un cuarto de hora en Winthrop, ya que estaba absolutamente cansada, respondió:

—¡Oh, no, ciertamente no!

Estaba convencida de que el descenso de aquella colina habría de causarle una molestia que no recompensaría ningún descanso que el lugar pudiera proporcionarle. En una palabra, sus gestos y maneras afirmaban que no tenía la más remota intención de ir.

Después de una breve serie de debates y consultas, fue arreglado con Charles y sus dos hermanas que él y Henrietta bajarían por unos pocos minutos para ver a su tía mientras el resto de la partida les esperaría en lo alto de la colina. Louisa parecía la principal organizadora del plan, y como marchó un poco hacia abajo por la colina, hablando con Henrietta, Mary aprovechó la oportunidad para mirarla desdeñosa y burlonamente y decirle al capitán Wentworth:

—No es muy grato tener tal parentela. Pero le aseguro a usted que no he estado en esa casa más de dos veces en mi vida.

No recibió más respuesta que una artificial sonrisa de asentimiento, seguida de una desdeñosa mirada, al mismo tiempo que le volvía la espalda; Anne conocía demasiado bien el significado de esos gestos. El borde de la colina donde permanecieron era un alegre rincón; Louisa volvió y Mary, habiendo encontrado un lugar confortable para sentarse en el umbral de un pórtico, se sentía sumamente satisfecha de verse rodeada de los demás. Pero Louisa llevó consigo al capitán Wentworth con el objeto de buscar unas nueces que crecían junto a un cerco, y cuando desaparecieron de su vista, Mary dejó de ser dichosa. Comenzó a enfadarse hasta con el asiento que ocupaba... seguramente Louisa había encontrado uno mejor en alguna otra parte. Se aproximó hasta la misma entrada del sendero, pero no pudo verlos por ninguna parte. Anne había encontrado un buen asiento para ella, en un banco soleado, detrás del cercado, en donde estaba segura que se encontraban los otros dos, tranquilamente, en un lugar u otro. Mary volvió a sentarse, pero su tranquilidad no duró; estaba segura de que Louisa había encontrado un buen asiento en alguna otra parte, y ella debería compartirlo.

Anne, realmente cansada, se alegraba de sentarse; poco después oyó al capitán Wentworth y a Louisa marchando detrás del cerco, en busca del camino de vuelta entre el rudo y salvaje sendero central. Hablaban a medida que se aproximaban. La voz de Louisa era la primera que podía distinguirse. Parecía estar en medio de un acalorado discurso. Lo primero que Anne escuchó fue:

—Y por eso la hice ir. No podía soportar la idea de que se asustara de la visita por semejante tontería. ¿Qué, habría acaso yo dejado de hacer algo que he deseado hacer y creo justo por los aires y las intervenciones de una persona semejante, o de cualquier otra persona? No, por cierto que no es tan fácil persuadirme. Cuando deseo hacer algo lo hago. Y Henrietta tenía toda la determinación de ir a Winthrop hoy, pero lo hubiera abandonado todo por una complacencia sin sentido.

—¿Entonces, habría vuelto, de no haber sido por usted?

—Así es. Casi me avergüenza decirlo.

—¡Suerte para ella tener un criterio como el de usted a mano! Después de lo que usted me ha dicho, y de mis propias observaciones al respecto, la última vez que los vi juntos, no me cabe la menor duda de lo que está ocurriendo. Me doy cuenta de que se trata de algo más que una visita de cortesía a su tía. Gran dolor les espera a ambos, cuando se trate de asuntos importantes, si tal circunstancia llega a presentarse para ellos cuando se requieran en realidad certeza y fuerza de carácter, si ya ella no tiene carácter para imponerse en una niñería como ésta. Su hermana es una criatura encantadora, pero bien veo que es usted quien posee un carácter decidido y firme. Si aprecia la felicidad de ella, procure en todo lo posible infundirle su espíritu. Esto, no hay duda, es lo que usted ya está haciendo. El peor mal de un carácter indeciso y débil es que jamás puede contarse con él enteramente. Jamás podremos tener la certeza de que una buena impresión sea duradera. Cualquiera puede cambiarla; dejemos que sean felices aquéllos que son firmes. Esta nuez —exclamó, tomándola de una rama alta— nos servirá de ejemplo: una hermosa nuez que dotada de fuerza original ha sobrevivido a todas las tormentas del otoño. Ni un punto, ni un rincón débil. Esta nuez —prosiguió con juguetona solemnidad—, mientras muchas de

las de su familia han caído y han sido pisoteadas, es aún dueña de toda la felicidad que puede poseer una nuez. —Luego, volviendo a su tono habitual, continuó—: Mi mayor deseo para todas aquellas personas que me interesan es que sean firmes. Si Louisa Musgrove desea ser feliz en el otoño de su vida, debe preservar y emplear todo el poder de su mente.

Al terminar de hablar sólo le respondió el silencio. Hubiese sido una sorpresa para Anne que Louisa hubiera podido contestar de inmediato a este discurso. ¡Palabras tan interesantes, dichas con tanto ardor! Podía imaginar lo que Louisa sentía. En cuanto a ella, temía moverse de miedo a ser vista. Al pasar ellos, una gruesa rama la protegió y avanzaron sin verla. Antes de desaparecer, sin embargo, volvió a oírse la voz de Louisa:

—Mary es muy buena bajo ciertos aspectos —dijo—, pero a veces me enfada con su estupidez y orgullo, el orgullo de los Elliot. Tiene demasiado del orgullo de los Elliot. Hubiéramos preferido que Charles se casara con Anne. ¿Sabía usted que era a ella a quien pretendía?

Después de una pausa, el capitán Wentworth preguntó:

—¿Quiere decir que ella le rechazó?

—Oh, ciertamente.

—¿Cuándo ocurrió esto?

—No podría decirlo con exactitud, porque Henrietta y yo estábamos por entonces en el colegio. Creo que un año antes de que se casara con Mary. Hubiera deseado que Anne le aceptara. A todos nos gustaba ella muchísimo más, y papá y mamá siempre creen que todo fue obra de su gran amiga lady Russell. Ellos creen que, por no ser Charles lo suficientemente cultivado y amante de los libros, lady Russell no lo consideraba adecuado, y que, por consiguiente, ésta persuadió a Anne de que le rechazara.

Las voces se retiraban y Anne no pudo oír más. Sus propias emociones la mantuvieron quieta. El destino fatal del que escucha no podía aplicársele enteramente: había oído hablar de sí misma, pero no había oído hablar mal, y, sin embargo, estas palabras eran de dolorosa importancia. Veía ahora cómo consideraba su propio carácter el capitán Wentworth. Y era el sentimiento y la curiosidad que había adivinado en las palabras de él lo que la agitaba en extremo.

Tan pronto como le fue posible, fue a reunirse con Mary, y una vez que la hubo encontrado, ambas se dirigieron a su primitivo puesto. Pero sólo sintió un alivio cuando todos se encontraron de nuevo reunidos y la partida se puso en movimiento. Su estado de ánimo requería la soledad y el silencio que pueden encontrarse entre un grupo numeroso de personas.

Charles y Henrietta volvieron trayendo con ellos, como era presumible, a Charles Hayter. Los detalles de todo este asunto, Anne no podía entenderlos; hasta el capitán Wentworth parecía no haber sido iniciado enteramente en el asunto. Era evidente, sin embargo, cierto retraimiento de parte del caballero, y cierto enternecimiento de parte de la dama; también era evidente que ambos se alegraban de verse nuevamente. Henrietta parecía un poco avergonzada, pero su dicha era innegable. En cuanto a Charles Hayter, se le notaba excesivamente feliz; ambos se dedicaron a sí mismos casi desde los primeros pasos de la vuelta a Uppercross.

Todo señalaba ahora a Louisa como la candidata para el capitán Wentworth: jamás había sido nada más evidente. Si es que eran necesarias nuevas divisiones de la partida o no, no podía decirse, pero lo cierto es que ambos caminaron lado a lado casi tanto tiempo como la otra pareja. En una amplia pradera donde había espacio para todos, se habían dividido ya de esta manera, en tres partidas distintas. Anne necesariamente pertenecía a aquélla de las tres partidas que mostraba menos animación y complacencia. Se había unido a Charles y a Mary; estaba tan cansada que llegó a aceptar el otro brazo de Charles. Pero éste, pese a encontrarse de buen humor con respecto a ella, parecía enfadado con su esposa. Mary se había mostrado insumisa, y ahora debía sufrir las consecuencias, que no eran otras que el abandono que hacía del brazo de ella a cada momento para cortar con su bastón algunas ortigas que sobresalían del cerco. Mary comenzó a quejarse, como de costumbre, arguyendo que estar situada al lado del cerco hacía que se la molestase a cada instante, mientras que Anne marchaba por el lado opuesto sin ser incomodada; a esto él respondió abandonando el brazo de ambas y emprendiendo la persecución de una comadreja que vio por casualidad; entonces casi llegaron a perderlo de vista.

La larga pradera bordeaba un sendero cuya vuelta final debían cruzar; cuando toda la partida hubo llegado al portal de salida, un coche al que se había oído en la distancia durante largo tiempo llegó hasta ellos, y resultó que era el birlocho del almirante Croft. Él y su esposa acababan de realizar el proyectado paseo y volvían a casa. Después de enterarse de la larga caminata hecha por los jóvenes, buenamente ofrecieron un asiento a cualquiera de las señoras que se encontrara particularmente cansada; de esta forma le evitarían andar una milla y, por otra parte, tenían intención de cruzar Uppercross. La invitación fue general, pero todas la declinaron. Las señoritas Musgrove no se sentían fatigadas en modo alguno; en cuanto a Mary, o bien se sintió ofendida de no haber sido preguntada primero, o bien el orgullo de los Elliot se sublevó ante la idea de ocupar el tercer puesto en la silla de un pequeño birlocho.

La partida había ya cruzado el sendero y subía por el declive opuesto, y el almirante había ya puesto en movimiento su caballo cuando el capitán Wentworth se aproximó para decirle alguna cosa a su hermana. Lo que esta cosa era pudo adivinarse por el efecto causado.

—Señorita Elliot, ciertamente está usted cansada —dijo la señora Croft—. Permítanos el placer de llevarla a casa. Hay muy cómodamente lugar para tres, puedo asegurárselo. Si todos tuviéramos sus proporciones diría que hay sitio para cuatro. Debe venir con nosotros.

Anne estaba aún en el sendero y, aunque instintivamente quiso declinar la invitación, no se le permitió proseguir. El almirante acudió en ayuda de su esposa; era imposible rehusar a ambos. Se apretujaron cuanto fue posible para dejarle espacio, y el capitán Wentworth, sin decir palabra, la ayudó a trepar al carruaje.

Sí, lo había hecho. Se encontraba sentada en el coche, y era él quien la había colocado allí, su voluntad y sus manos lo habían hecho; este descanso se debía a la percepción que él tuvo de su fatiga y a su deseo de darle descanso. Se sintió muy afectada al comprobar la disposición de ánimo que abrigaba hacia ella y que todos estos detalles transparentaban. Esta pequeña circunstancia parecía el corolario de todo lo que había ocurrido antes. Ella le entendía. No podía perdonarla, pero no podía ser indiferente hacia ella. Pese a condenarla en el pasado, recordándolo con justo y gran resentimiento, a pesar de no importarle nada de ella y de comenzar a interesarse por otra, no podía verla sufrir sin el deseo inmediato de darle alivio. Era el resto de los antiguos sentimientos, un impulso de pura e inconsciente amistad, una prueba de su corazón amable y cariñoso; ella no podía contemplar todo esto sin sentimientos confusos entre los que se mezclaban el placer y el dolor, sin poder decir cuál prevalecía.

Sus respuestas a las atenciones y preguntas de sus compañeros fueron inconscientes al principio. Habían andado la mitad del rudo sendero antes de que ella comprendiera de lo que estaban hablando. Hablaban de «Frederick».

—Ciertamente está interesado en alguna de esas dos muchachas, Sophy —decía el almirante—, pero ni él mismo sabe por cuál de las dos. Ya las ha cortejado bastante como para saber a cuál escoger. Ah, éstas son las consecuencias de la paz. Si hubiera guerra ya se habría decidido hace tiempo. Los marinos, señorita Elliot, no podemos permitirnos el lujo de hacer un cortejo largo en tiempo de guerra. ¿Cuántos días pasaron, querida, entre el primer día que te vi y aquél en que nos sentamos juntos en nuestras propiedades de North Yarmouth?

—Mejor no hablar de ello, querido —dijo la señora Croft suavemente—, porque si la señorita Elliot oyera cuán rápidamente llegamos a entendernos, nunca podría entender que hayamos sido tan felices juntos. Te conocía, sin embargo, de oídas desde mucho antes.

—Y yo había oído hablar de ti como de una muchacha muy bonita. Por otra parte, ¿qué teníamos que esperar? No me gusta aguardar mucho por nada. Desearía que Frederick se apresurase un poco y nos trajese a casa a una de estas damitas en Kellynch. Siempre habrá allí compañía para ellas. Y en verdad son muy agradables, aunque apenas distingo a la una de la otra.

—Muchachas sinceras y de buen carácter realmente —dijo la señora Croft en tono de tranquilo elogio, con algo en la manera de hablar que hizo pensar a Anne que no consideraba a ninguna de las dos hermanas dignas de casarse con su hermano— y de una familia muy respetable. No se podría encontrar mejores parientes... ¡Mi querido almirante, ese poste! ¡Nos vamos contra ese poste!

Pero, empuñando ella misma las riendas, esquivó el peligro; más adelante evitó un surco y caer bajo las ruedas de un coche grande; Anne, ligeramente divertida por la manera de conducir de ambos, unidos sobre las riendas, lo que también podía ser un símbolo de su unión en otras cosas, se encontró tranquilamente de vuelta en su casa.

Capítulo XI

Se aproximaba el tiempo de la vuelta de lady Russell. Ya estaba fijado el día. Anne, dispuesta a unirse a ella tan pronto como volviera a establecerse, estaba pensando en su próxima partida a Kellynch, y se preguntaba si su tranquilidad se vería afectada por ello.

Estaría en la misma villa que el capitán Wentworth, a una milla escasa; deberían frecuentar la misma iglesia, e indudablemente se establecerían relaciones entre ambas familias. Esto iba en contra de ella, pero, por otra parte, él pasaba tanto tiempo en Uppercross que irse de allí suponía más bien alejarse de él que acercársele, como ocurría en verdad. Por otra parte, en lo que a sí misma concernía, no podía evitar el pensamiento de que salía ganando al cambiar la compañía de Mary por la de lady Russell.

Hubiera deseado no ver para nada al capitán Wentworth, especialmente en su casa solariega, cuyas estancias estaban tan llenas de dolorosos recuerdos para ella, puesto que eran las de sus primeros encuentros. Más aún la preocupaba el posible encuentro del capitán Wentworth y lady Russell. Ambos no simpatizaban, y una renovación del trato no podría acarrear nada bueno. Por otra parte, en caso de verlos juntos a ellos dos, lady Russell iba a encontrar que él tenía gran dominio de sí mismo y ella muy poco.

Estas reflexiones constituían su mayor preocupación mientras preparaba su despedida de Uppercross, en donde creía haber estado ya bastante.

Los cuidados que había prodigado al pequeño Charles llenarían el recuerdo de estos dos meses con cierta dulzura, puesto que había sido necesaria y útil. Pero el pequeño recobraba fuerzas de día en día y ya no había razón para permanecer allí más tiempo.

El final de su visita, sin embargo, difirió en cierta forma de todo lo previsto por ella. El capitán Wentworth, después de dos días de haber desaparecido de Uppercross, apareció nuevamente relatando los motivos que le habían tenido apartado. Una carta de su amigo el capitán Harville, que por fin había llegado a su poder, traía el relato de los proyectos que él tenía de establecerse con su familia durante el invierno en Lyme; por consiguiente, el capitán y su amigo habían estado, sin saberlo, apenas a veinte millas el uno del otro. El capitán Harville nunca había recobrado enteramente su salud después de una seria herida recibida dos años antes, y la ansiedad que el capitán Wentworth sentía por ver a su amigo le hicieron partir inmediatamente para Lyme. Había estado allí veinticuatro horas. Sus excusas fueron enteramente aceptadas, su celo amistoso muy ponderado, su amigo despertó gran interés, y, por último, la descripción de las bellezas panorámicas de Lyme llamaron tanto la atención de los miembros de la reunión que la inmediata consecuencia fue un proyecto para ir de excursión a este lugar.

Los jóvenes parecían muy impacientes por conocer Lyme. El capitán Wentworth hablaba de volver; Lyme distaba solamente diecisiete millas de Uppercross; a pesar de correr el mes de noviembre, el tiempo era en modo alguno malo, y, por último, Louisa, que era la más ansiosa entre las ansiosas y estaba resuelta a ir, no logró que quebrantaran su propósito las sugestiones de su padre y de su madre para posponer la excursión hasta la entrada del verano. Así pues, a Lyme debían ir todos: Charles, Mary, Anne, Henrietta, Louisa y el capitán Wentworth.

El primer proyecto fue partir por la mañana y volver a la noche, y se hubiera llevado a cabo de no intervenir el señor Musgrove, que pensaba en sus caballos. Por otra parte, pensándolo bien, en el mes de noviembre un solo día no iba a dejar mucho tiempo para conocer el lugar, en especial descontando las siete horas que el mal estado de los campos requería para ir y volver. Por consiguiente, resolvieron pasar la noche en Lyme y no volver hasta el día siguiente a la hora de cenar. Esto fue considerado muchísimo mejor por todo el grupo. Así, a pesar de haberse reunido en la Casa Grande a una hora más bien temprana para desayunar y de la puntualidad que todos tuvieron, era bastante después del mediodía cuando los dos carruajes, el del señor Musgrove ocupado por las cuatro señoras, y el carricoche de Charles, en que éste llevaba al capitán Wentworth, descendieron por la larga colina que conducía a Lyme y entraron en la tranquila calle del pueblo. Era evidente que no hubieran tenido tiempo de recorrerla antes de que la luz y el calor del día hubieran desaparecido.

Después de encontrar alojamiento y ordenar la comida en una de las posadas, lo que correspondía hacer, indudablemente, era preguntar el camino del mar. Habían llegado a una altura demasiado avanzada del año para disfrutar de cualquier entretenimiento o variedad que Lyme pudiera proporcionar como lugar público. Las habitaciones estaban cerradas, los huéspedes retirados, casi no quedaban más familias que las de los habituales residentes, y, como había muy poco que admirar en los edificios por sí mismos, lo único que quedaba para que pudieran admirar los paseantes era la notable situación del pueblo, con su calle principal cayendo directamente hacia el mar, el camino a Cobb, rodeando la pequeña y agradable bahía que en la estación veraniega tiene la admiración que le prestan las casetas de baños y la grata compañía de la gente; por último, Cobb, con sus antiguas maravillas, con su hermosa línea de los riscos destacándose al este de la ciudad; esto, y no otra cosa, era lo que debían buscar los forasteros; en realidad, debía ser un forastero muy extraño aquél que viendo los encantos de la población no deseara conocerla mejor para descubrir nuevas bellezas. Los alrededores, Charmouth, con sus alturas y su limpia campiña, y, más aún, su suave bahía retirada, detrás de negros peñascos, con fragmentos de roca baja entre las arenas, en donde podían sentarse tranquilamente para contemplar el flujo y reflujo de la marea. Luego estaban las boscosidades de la alegre villa de High Lyme, y sobre todo Pinny, con sus verdes claros surgiendo entre románticas rocas, donde los espaciados árboles del bosque y las huertas lujuriosas eran testimonio de que muchas generaciones habían pasado desde que el primer desmoronamiento de la roca preparó el terreno

103

que había de llegar a este estado, en donde, en una palabra, se veían escenas tan encantadoras y maravillosas como puede serlo cualquiera de las de la renombrada isla de Wight. Lugares que deben visitarse una y otra vez para llegar a conocer lo mejor de Lyme.

Las gentes de Uppercross pasaron por delante de los alojamientos, ahora desiertos y melancólicos; descendiendo más, se encontraron en la orilla del mar, y deteniéndose el momento necesario para mirarlo, que siempre atrae la atención cuando vuelve a vérsele, continuaron su marcha a Cobb, para cumplir con el propósito, tanto de ellos como del capitán Wentworth. En una pequeña casa al pie de un viejo embarcadero, allí colocado desde tiempo inmemorial, vivían los Harville. El capitán Wentworth regresó para visitar a su amigo y los demás continuaron su marcha hacia Cobb, donde aquél habría de reunírseles nuevamente.

No estaban en modo alguno cansados de admirar y vagar. Ni siquiera Louisa creía lejano el tiempo en que se habían separado del capitán Wentworth, cuando lo vieron retornar acompañado por tres amigos, bien conocidos para el grupo a través de las descripciones del capitán: el matrimonio Harville y el capitán Benwick, que pasaba una temporada con ellos.

El capitán Benwick había sido primer teniente del Laconia; el relato que de su carácter había hecho el capitán Wentworth, el cálido elogio que hizo de él, presentándolo como un excelente y joven oficial, a quien apreciaba altamente, había sido seguido por unos pequeños detalles sobre su vida privada que contribuyeron a volverle interesante ante los ojos de las señoras. Había estado comprometido en matrimonio con la hermana del capitán Harville, y lloraba ahora su pérdida. Durante un año o dos habían esperado una fortuna y una mejora de posición. La fortuna llegó, siendo su sueldo de teniente bastante elevado, y la promoción también llegó finalmente, pero Fanny Harville no vivió para verlo. Había muerto el año precedente mientras él se encontraba en el mar. El capitán Wentworth creía imposible que un hombre pudiera haber amado más a una mujer de lo que amó el pobre Benwick a Fanny Harville, o alguien que hubiera sido más profundamente afectado por la terrible realidad. Creía el capitán Wentworth que el carácter de este joven era de aquéllos que sufren intensamente, uniendo sentimientos muy profundos a modales tranquilos, serios y retirados, un decidido gusto por la lectura y una vida sedentaria. Para hacer aún más interesante la historia, su amistad con los Harville se había intensificado a raíz del suceso que hacía imposible para siempre una alianza entre ambas familias, y, en la actualidad, podía afirmarse que vivía enteramente en compañía del matrimonio. El capitán Harville había alquilado la casa por medio año; sus gustos, su salud y sus medios económicos no le permitían una residencia lujosa, y, por otra parte, estaba cerca del mar. La magnificencia del país y el aislamiento de Lyme en el invierno parecían igualmente a propósito para el estado de ánimo del capitán Benwick. La simpatía y la buena voluntad que todos sintieron hacia el capitán Benwick fue en realidad muy grande.

«Y, sin embargo —pensó Anne mientras marchaban al encuentro del grupo—, es muy posible que no sufra más que yo. No puedo creer que sus perspectivas de dicha hayan terminado completamente. Es más joven que yo, más joven de sentimientos en caso de que no lo sea por la edad. Más joven por ser un hombre. Podrá rehacer su vida y ser feliz con alguna otra.»

Se encontraron, y unos y otros fueron presentados. El capitán Harville era un hombre alto y moreno con un rostro bondadoso y sensible; cojeaba un poco, y su falta de salud y sus facciones más duras le hacían parecer de más edad que el capitán Wentworth. El capitán Benwick parecía, y era, el más joven de los tres, y comparado con los otros dos era un hombre pequeño. Tenía una cara agradable y un aspecto melancólico, tal como le correspondía, y evitaba la conversación.

El capitán Harville, aunque no igualaba los modales del capitán Wentworth, era un perfecto caballero, sin afectación, sincero y simpático. La señora Harville, ligeramente menos pulida que su esposo, parecía tener igual bondad de sentimientos, y nada podía ser más grato que su deseo de considerar al grupo como si fueran amigos personales, puesto que eran amigos del capitán Wentworth, ni nada más agradable que la manera de invitar a todos para que comiesen con ellos. La comida ya ordenada en la posada fue finalmente aceptada como excusa, pero parecieron heridos en sus sentimientos que el capitán Wentworth hubiese traído un grupo de amigos a Lyme sin considerar que debían, como cosa natural, comer con ellos.

Había en todo esto tanto afecto hacia el capitán Wentworth, y tal encanto en esta hospitalidad tan desusada, tan fuera del común tomar —y recibir— invitaciones y comidas por pura fórmula y aburrimiento, que Anne tuvo que luchar contra un amargo sentimiento al comprobar que ningún beneficio redundaría para ella en el encuentro con gentes tan encantadoras. «Éstos hubieran sido mis amigos», era su doloroso pensamiento, y tuvo que luchar contra un gran desaliento que amenazaba dominarla.

Saliendo de Cobb, se dirigieron a la casa en compañía de los nuevos amigos, y encontraron habitaciones tan pequeñas como sólo aquéllos que hacen invitaciones realmente de corazón podrían haber supuesto capaces de alojar a un grupo tan grande. Anne misma tuvo un momento de sorpresa, pero bien pronto desapareció entre los sentimientos agradables que surgían al ver los arreglos y las pequeñas privaciones del capitán Harville para conseguir el mayor espacio posible, para evitar las deficiencias del mobiliario y defender las ventanas y puertas de las fuertes tormentas que vendrían. La variedad en el arreglo de los cuartos, en donde los utensilios menos valiosos de uso común contrastaban con algunos objetos de maderas raras, excelentemente trabajados, y con otros, curiosos y valiosos, provenientes de los distintos países que había visitado el capitán Harville, eran más que divertidos para Anne. Todo hablaba de su profesión, era el fruto de sus labores, la influencia de sus hábitos, y esto, en un marco de dicha doméstica, le hacía sentir algo que en cierto modo podía compararse a la gratitud.

El capitán Harville no era aficionado a la lectura, pero había hecho sitio y adornado unos bonitos estantes que contenían los libros del capitán Benwick. Su cojera le impedía hacer mucho ejercicio, pero su ingeniosidad y su deseo de ser útil le hacían ocuparse constantemente de algo. Encolaba, hacía trabajos de carpintería, barnizaba, construía juguetes para los niños, renovaba agujas y alfileres y remendaba en los ratos perdidos su red de pescar, que descansaba en uno de los extremos del cuarto.

Anne pensó que dejaba una gran felicidad cuando se fueron de la casa, y Louisa, que caminaba a su lado, prorrumpió en expresiones de admiración

y contento al referirse al carácter de los marinos —su afectuosidad, su camaradería, su franqueza y su dignidad—, asegurando que estaba convencida de que eran los mejores hombres y los más cariñosos de Inglaterra, que solamente ellos sabían vivir, solamente ellos merecían ser respetados y amados.

Regresaron a vestirse para la cena. Tan bien se había desarrollado el proyecto hasta ese momento que no hallaron objeción alguna, a pesar de que los dueños de la posada se deshicieron en excusas porque «estamos fuera de temporada», «no es tiempo de recorrer Lyme» y «no esperamos visitantes».

Por entonces sintió Anne que se estaba acostumbrando a la compañía del capitán Wentworth mucho más de lo que en un principio pudo imaginarse, hasta el punto de que sentarse a la misma mesa con él e intercambiar mutuas cortesías en esas ocasiones (nunca fueron más allá) carecía para ella ahora de todo significado.

Las noches eran demasiado oscuras para que las señoras se visitaran a horas que no fueran las de la mañana, pero el capitán Harville había prometido una visita por la noche. Acudió con su amigo, lo que fue más de lo que todo el mundo esperaba, estando todos de acuerdo en que el capitán Benwick tenía todo el aspecto de sentirse turbado en presencia de tantos desconocidos. Sin embargo, volvió entre ellos de nuevo, aunque su ánimo no parecía adecuarse a la alegría de aquella reunión.

Mientras los capitanes Wentworth y Harville hablaban en un extremo del cuarto y, recordando viejos tiempos, narraban abundantes anécdotas para entretener al auditorio, sucedió que Anne se sentó más bien lejos, con el capitán Benwick, y un impulso de su bondadosa naturaleza la llevó a entablar conversación con él. Él era tímido y con tendencia a ensimismarse, pero la encantadora dulzura del rostro de ella y la amabilidad de sus modales pronto surtieron efecto, y Anne fue recompensada por su primer esfuerzo de aproximación. Él era un joven a quien gustaba mucho la lectura, sobre todo la poesía, y, además de la certeza de haberle proporcionado una velada agradable al hablar de temas por los cuales sus compañeros no sentían posiblemente ninguna atracción, ella tenía la esperanza de ser útil en algunas observaciones, como el deber y la utilidad de luchar contra las penas morales, tema que había surgido con naturalidad en su conversación. Aunque era tímido, no parecía reservado, y daba la impresión de estar contento de no reprimir sus sentimientos, y habían hablado de poesía, de la riqueza de la actual generación, y hecho una breve comparación entre los poetas de primera línea, procurando decidirse entre *Marmion* o *La dama del lago,* y cuál era el valor de *Giaour* y *La novia de Abydos,* y, además, cómo debía pronunciarse *Giaour,* demostrando estar íntimamente familiarizado con los más tiernos poemas de tal poeta y las apasionadas descripciones de desesperado dolor de tal otro. Repetía con voz trémula los versos que describen un corazón deshecho o un espíritu herido por la maldad, y se expresaba con tal vehemencia, que ella deseó que el joven no leyera solamente poesía, y dijo que la desgracia de la poesía era no poder ser gozada impunemente por aquéllos que de ella gozaban verdaderamente, y que los violentos sentimientos que permitían apreciarla eran los mismos sentimientos que debían aconsejarnos la prudencia en su manejo.

Como el rostro de él no parecía afligido, sino, por el contrario, halagado por esta alusión, ella se atrevió a proseguir, y, consciente del derecho que le daba una mayor madurez mental, se animó a recomendarle que leyera más obras en prosa, y al preguntarle el joven qué clase de obras, sugirió ella algunas de nuestros mejores moralistas, algunas colecciones de nuestras cartas más hermosas, algunas memorias de personas dignas y golpeadas por el dolor, que le parecieron a ella en ese momento indicadas para elevar y fortificar el ánimo por medio de sus nobles preceptos y los ejemplos más vigorosos de perseverancia moral y religiosa.

El capitán Benwick escuchaba atentamente y parecía agradecer aquel interés, y, a pesar de que con una sacudida de cabeza y algunos suspiros expresó su poca fe en la eficacia de tales libros para curar un dolor como el suyo, tomó nota de los libros recomendados, prometiendo obtenerlos y leerlos.

Al finalizar la velada, Anne no pudo menos que pensar con ironía en la idea de haber ido a Lyme a aconsejar paciencia y resignación a un joven que nunca había visto, ni pudo dejar de pensar, reflexionando más seriamente, que, al igual que grandes moralistas y predicadores, había sido ella muy elocuente sobre un punto en el que su propia conducta dejaba algo que desear.

Capítulo XII

Anne y Henrietta, que fueron las primeras en levantarse al día siguiente, convinieron en bajar a la playa antes del desayuno. Llegaron hasta la arena y observaron el vaivén de las olas que una brisa del sudeste hacía lucir con toda la belleza que permitía una playa tan extensa. Alabaron la mañana, se regocijaron con el mar, gozaron de la fresca brisa y guardaron silencio hasta que Henrietta, súbitamente, empezó a hablar.

—¡Oh, sí! Estoy convencida de que, salvo raras excepciones, el aire del mar es bueno. No cabe duda de que ha sido muy benéfico para el doctor Shirley después de la enfermedad que tuvo hace un año en la primavera. Él dice que un mes de permanencia en Lyme le prueba más que todas las medicinas, y que el mar le hace sentirse otra vez joven. Pienso que es una lástima que no viva siempre junto al mar. Yo creo que debería dejar Uppercross para siempre y fijar su residencia en Lyme. ¿No le parece, Anne? ¿No cree usted, como yo, que sería lo mejor que podría hacer, tanto para él como para su esposa? Él tiene primos aquí, y muchos conocidos que harían la estadía de ella muy animada; estoy segura de que ella estaría contenta de vivir en un lugar donde puede tener a mano los cuidados médicos en caso de enfermar nuevamente. En verdad, creo que es muy triste que personas tan excelentes como el doctor y su señora, que han pasado toda la vida haciendo el bien, gasten sus últimos días en un lugar como Uppercross, donde salvo nuestra familias, están apartados del mundo. Me gustaría que sus amigos le propusieran esto al doctor, en realidad creo que deberían hacerlo. En cuanto a obtener una licencia, creo que no habría dificultad alguna, dados su edad y su carácter. Mi única duda es si puede haber algo que le persuada a abandonar su parroquia. ¡Es tan severo y escrupuloso! Demasiado escrupuloso, en realidad. ¿No piensa usted lo mismo, Anne? ¿No cree usted que es un error que un clérigo sacrifique su salud por deberes que podrían ser igualmente bien cumplidos por otra persona? Por otra parte, estando en Lyme a sólo diecisiete millas, podría oír inmediatamente las noticias de cualquier irregularidad que allí pasara.

Anne sonrió más de una vez para sí misma al oír estas palabras, y se interesó por el tema procurando ayudar a la joven como antes lo había hecho con el joven, aunque aquí la ayuda era sin importancia, pues ¿qué podía ofrecer que no fuera un asentimiento general? Dijo todo lo que era razonable y propio al respecto; estuvo de acuerdo en que el doctor Shirley necesitaba reposo; comprendió cuán deseable era que tomara los servicios de algún joven activo y respetable como párroco, y fue tan cortés que insinuó la ventaja de que ese párroco estuviese casado.

—Me gustaría —dijo Henrietta, muy halagada por su compañera—, me gustaría que lady Russell viviera en Uppercross y fuera amiga del doctor Shirley. He oído decir que lady Russell es una mujer que ejerce gran influencia sobre todo el mundo. La considero una persona capaz de persuadir a cualquiera. Le tengo miedo, por ser tan inteligente, pero la respeto muchísimo, y me gustaría tenerla como vecina en Uppercross.

A Anne le causó gracia el agradecimiento de Henrietta, y que el curso de los acontecimientos y de los nuevos intereses de Henrietta hubieran puesto a su amiga en una situación favorable a los ojos de la familia Musgrove; no tuvo tiempo sin embargo más que para dar una respuesta vaga y desear que tal mujer viviera en Uppercross antes de que la conversación fuera interrumpida por la llegada de Louisa y el capitán Wentworth. Venían también a pasear antes del desayuno, pero al recordar Louisa, de inmediato, que debía comprar algo en una tienda, invitó a todos a volver al pueblo. Todos se pusieron a su disposición.

Al llegar a los peldaños que subían desde la playa encontraron a un caballero que se preparaba en ese momento a bajar, que cortésmente se retiró para ceder el paso. Subieron y lo dejaron atrás, mas, al pasar, el caballero le dirigió a Anne una mirada de respetuosa admiración que a ella no le pasó inadvertida. La verdad es que estaba muy guapa: sus bellas y proporcionadas facciones habían recobrado la frescura de la juventud por obra del saludable aire, y sus ojos estaban muy animados. Era evidente que el caballero —su aspecto así lo demostraba— había experimentado una extraordinaria admiración. El capitán Wentworth la miró rápidamente en una forma que demostraba haber notado el hecho. Fue una rápida mirada, una brillante mirada que parecía decir: «El hombre está prendado de ti, y yo mismo, en este momento, creo ver algo de la antigua Anne Elliot».

Después de acompañar a Louisa en su diligencia y pasear un poco más, regresaron a la posada, y al pasar rápidamente Anne de su dormitorio al comedor estuvo a punto de tropezar con mismo caballero de la playa, que salía en ese momento de un departamento contiguo. En un principio había supuesto ella que era un forastero como ellos, y que cierto mozo de buena apariencia que habían visto por los alrededores de las dos posadas cuando volvían debía de ser su criado. El hecho de que tanto el amo como el presunto criado llevaran luto parecía corroborar la idea. Era ahora un hecho que se alojaba en la misma posada que ellos; este segundo encuentro, pese a su brevedad, probó asimismo, por las miradas del caballero, que encontraba a Anne encantadora, y por la prontitud y propiedad de sus maneras al excusarse, que se trataba de un verdadero caballero. Parecía tener unos treinta años, y aunque no podía calificársele de hermoso, su persona era evidentemente agradable. Anne comprendió que le agradaría saber de quién se trataba.

Acababan de terminar el almuerzo, cuando el ruido de un coche (el primero que habían escuchado desde su llegada a Lyme) atrajo a todos hacia la ventana. Era el coche de un caballero —un cabriolé de dos caballos—, que venía desde el establo a la puerta principal. Alguien partía. Lo conducía un criado vestido de luto.

La palabra «cabriolé» despertó la curiosidad de Charles Musgrove, que inmediatamente deseó comparar aquel coche con el suyo. El criado de luto atrajo la atención de Anne, de modo que los seis se encontraron en la ventana en el momento en que el dueño del coche, entre los saludos y cortesías de la servidumbre, tomaba asiento para irse.

—¡Ah! —exclamó el capitán Wentworth de inmediato y mirando de reojo a Anne—, es el hombre con quien nos hemos cruzado.

Las señoritas Musgrove convinieron en ello; todos miraron, pues, el coche hasta que desapareció tras la colina, y luego volvieron a la mesa del desayuno. El mozo entró en la habitación poco después.

—Haga usted el favor —dijo el capitán Wentworth inmediatamente—, ¿podría usted decirnos quién es el caballero que acaba de salir?

—Sí, señor: es un tal señor Elliot, un caballero de gran fortuna. Llegó ayer procedente de Sidmouth; posiblemente habrán ustedes oído el coche mientras se encontraban cenando. Iba ahora hacia Crewkherne, camino de Bath y Londres.

—¡Elliot! —Todos se miraron entre sí y todos repitieron el nombre, antes incluso de que el mozo terminara su conciso relato.

—¡Dios mío! —exclamó Mary—. ¡Este señor Elliot debe de ser nuestro primo, no cabe duda! Charles, Anne, ¿no os parece a vosotros así? De luto, justo como debe ir nuestro señor Elliot. ¡Es extraordinario! ¡En la misma posada que nosotros! Anne, ¿este señor Elliot no es el próximo heredero de mi padre? Haga usted el favor —dirigiéndose al mozo—, ¿no ha oído usted a su criado decir si pertenecía a la familia Kellynch?

—No, señora, no ha mencionado ninguna familia determinada. Pero el criado dijo que su amo era un caballero muy rico y que sería barón algún día.

—¡Ahí tenéis! —exclamó Mary extasiada—. Tal como lo he dicho. ¡El heredero de sir Walter Elliot! Ya sabía yo que llegaríamos a saberlo. No falla: es un detalle que los criados se encargan siempre de airear por todas partes. ¡Anne, imagina cuán extraordinario es! Me hubiera agradado mirarle más detenidamente. Me hubiera agradado saber a tiempo de quién se trataba para poder ser presentados. ¡Es en verdad una pena que no hayamos sido presentados! ¿Les parece a ustedes que tiene el aspecto de la familia Elliot? Me sorprende que su escudo de armas no me haya llamado la atención, pero su gran capa lo ocultaba; si no, estoy segura de que me habría fijado. Y la librea también. Si el criado no hubiera estado de luto le habríamos reconocido por la librea.

—Considerando estas circunstancias —dijo el capitán Wentworth—, debemos creer que ha sido cosa de la providencia que no haya sido usted presentada a su primo.

Cuando pudo llamar la atención de Mary, Anne, tranquilamente, trató de convencerla de que su padre y el señor Elliot, durante largos años, no habían estado en tan buenas relaciones como para hacer deseable una presentación.

Sentía al mismo tiempo la satisfacción de haber visto a su primo y de saber que el futuro dueño de Kellynch era indudablemente un caballero y tenía aspecto de poseer buen sentido. Bajo ninguna circunstancia mencionaría que se habían encontrado una segunda vez. A Dios gracias, Mary no se había fijado al cruzárselo por la mañana durante el paseo, pero era indiscutible que se habría disgustado al enterarse de que Anne había chocado con él en el pasillo y había recibido sus amables disculpas, mientras que Mary no había tenido ocasión de estar cerca de él. Sí, aquella entrevista debía quedar en total secreto.

—Naturalmente —dijo Mary—, mencionarás nuestro encuentro con el señor Elliot la próxima vez que escribas a Bath. Mi padre debe saberlo. Cuéntale todo.

Anne no respondió nada, porque se trataba de una circunstancia que creía no solamente innecesaria de ser comunicada, sino que no debía mencionarse para nada. Bien sabía la ofensa que varios años atrás había recibido su padre, y sospechaba que Elizabeth la había sufrido también. Y, por otra parte, el mero recuerdo del señor Elliot siempre irritaba a ambos. Mary jamás escribía a Bath, toda la tarea de mantener una insatisfactoria correspondencia con Elizabeth recaía sobre Anne.

El desayuno había terminado hacía ya largo rato cuando se les unieron el capitán Harville, su esposa y el capitán Benwick, con quienes habían convenido en dar un último recorrido por Lyme. Pensaban partir a Uppercross alrededor de la una, y mientras la hora llegaba pasearían todos juntos al aire libre.

Al salir a la calle advirtió Anne que el capitán Benwick se ponía a su lado. Su conversación de la velada precedente le predisponía a buscar la compañía de ella nuevamente. Marcharon juntos cierto tiempo, conversando como la vez anterior de Walter Scott y de Lord Byron, y como la vez anterior, al igual que muchos otros lectores, no se hallaban capaces de discriminar exactamente los méritos de ambos, hasta que un cambio general en la partida de caminantes trajo a Anne al lado del capitán Harville.

—Señorita Elliot —dijo éste en voz más bien baja—, ha hecho usted un gran bien haciendo conversar tanto a este pobre muchacho. Desearía que pudiese disfrutar de su compañía más a menudo. Es bien malo para él estar constantemente aislado, pero ¿qué podemos hacer nosotros? No podemos, por otra parte, separarnos de él.

—Bien comprendo esto —dijo Anne—. Pero con tiempo... bien sabe qué gran influencia tiene el tiempo sobre cualquier aflicción. Y no debe usted olvidar, capitán Harville, que nuestro amigo hace poco tiempo que guarda luto. Creo que sucedió el último verano, ¿no es así?

—Así es, en junio... —dijo, dando un profundo suspiro.

—Y posiblemente haga menos tiempo aún que él lo supo...

—Lo supo en la primera semana de agosto, cuando volvió de Ciudad del Cabo, a bordo del Grappler. Yo estaba en Plymouth y temía encontrarle. Él envió cartas, pero el Grappler debía ir a Portsmouth. Hasta allí debieron llegarle las noticias, pero ¿quién se hubiera atrevido a decírselo cara a cara? Yo no hubiera podido hacerlo. Habría preferido ser colgado. Nadie hubiera podido hacerlo con excepción de ese hombre —señaló al capitán Wentworth—. El Laconia había llegado a Plymouth la semana anterior, y no iba a ser mandado a la mar nuevamente, así que aprovechó la ocasión: escribió pidiendo licencia, pero sin esperar la respuesta, viajó día y noche hasta Portsmouth, fue remando en bote hasta el Grappler y desde aquel instante no abandonó al pobre joven por espacio de una semana. ¡Ningún otro hubiera podido salvar al pobre James! Ya puede usted imaginar, señorita Elliot, cuánto le estimamos por esto.

Anne reflexionó sobre el asunto y respondió según se lo permitieron sus sentimientos, o, mejor dicho, según lo que él podía soportar, puesto que el asunto era para él tan doloroso que no pudo continuar con el mismo tema, y cuando habló nuevamente, lo hizo refiriéndose a otra cosa.

La señora Harville, juzgando que su esposo habría caminado bastante cuando llegaran a casa, dirigió al grupo en lo que había de ser su último paseo. Deberían acompañar al matrimonio hasta la puerta de su residencia, y luego volver y preparar la partida. Según calcularon, tenían tiempo justo para todo esto, pero cuando llegaron cerca de Cobb sintieron un deseo unánime de caminar por allí una vez más. Estaban tan dispuestos, y Louisa mostró pronto tanta decisión, que juzgaron que un cuarto de hora más no marcaría mucha diferencia. Así pues, con todo el pesar e intercambio de promesas e invitaciones que puede imaginarse, se separaron del capitán y de la señora Harville en su misma puerta, y, acompañados por el capitán Benwick, que parecía querer estar con ellos hasta el final, se encaminaron a dar un verdadero adiós a Cobb.

Anne se encontró nuevamente junto al capitán Benwick. Los oscuros mares azules de Lord Byron volvían con el panorama, y así Anne, de buena voluntad, prestó al joven cuanta atención era posible, aunque pronto ésta fue forzosamente distraída en otro sentido.

Había demasiado viento para que la parte alta de Cobb resultase agradable a las señoras y convinieron en descender a la parte baja, y todos se alegraron de bajar despacio y con cuidado un tramo de empinada escalera, con excepción de Louisa, a quien el capitán Wentworth ayudó a bajar de un salto. En todos los paseos que habían hecho, él debió ayudarla a saltar los peldaños y la sensación era deliciosa para ella. La dureza del pavimento amenazaba esta vez lastimar los pies de la joven, y el capitán temía esto vagamente. Sin embargo, la ayudó a saltar y todo sucedió perfectamente, tanto que, para mostrar su contento, ella trepó otra vez de inmediato para saltar de nuevo. Él la previno temiendo que la sacudida fuese muy violenta, pero razonó y habló en vano; ella sonrió y dijo: «Quiero y he de hacerlo». Él tendió, pues, los brazos para recibirla, pero ella se adelantó una fracción de segundo y cayó como muerta sobre el pavimento. No había herida ni sangre visible, pero sus ojos estaban cerrados, no se oía su respiración y su semblante parecía muerto. ¡Con qué horror la contemplaron todos! El capitán

Wentworth, que la había levantado, se arrodilló con ella en sus brazos, mirándola con un rostro tan pálido como el de ella, en su agonía silenciosa.

—¡Está muerta, está muerta! —gritó Mary abrazando a su esposo y contribuyendo con su propio horror a mantenerle inmóvil de espanto.

Henrietta, desmayándose ante la idea de su hermana muerta, hubiera caído también al pavimento de no impedirlo Anne y el capitán Benwick, que la sostuvieron a tiempo entre ambos.

—¿No hay quien pueda ayudarme? —fueron las primeras palabras del capitán Wentworth, en tono desesperado y como si hubiera perdido toda su fuerza.

—¡Vaya usted con él! —gritó Anne—. ¡Por el amor de Dios, vaya con él! Yo puedo sostenerla. Déjeme usted y vaya con él. Frotadle las manos y las sienes; aquí hay sales, tómelas usted, tómelas.

El capitán Benwick obedeció y Charles, librándose de su esposa, acudió también al mismo tiempo. Louisa fue más firmemente levantada entre todos, y todo lo que Anne indicó se hizo, pero en vano. El capitán Wentworth, apoyándose contra el muro, exclamaba en la más amarga consternación:

—¡Oh, Dios! ¡Pobres padres!

—¡Un médico! —dijo Anne.

Él escuchó la palabra y el ánimo pareció renacer de pronto, diciendo solamente:

—Es verdad, hay que traer a un médico inmediatamente.

Se dispuso a partir cuando Anne rápidamente sugirió:

—¿No es mejor que vaya el capitán Benwick? Seguro que él sabrá dónde encontrar uno.

Cualquiera capaz de pensar en aquellos momentos comprendió la ventaja de la idea, e instantáneamente (todo esto pasaba vertiginosamente) el capitán Benwick había soltado en brazos del hermano la pobre figura desmayada y partía a la ciudad con toda rapidez.

En cuanto a los que quedaron, difícilmente podría haberse dicho, de los que conservaban sus sentidos, quién sufría más, si el capitán Wentworth, Anne o Charles, quien siendo en verdad un hermano cariñoso, sollozaba amargamente y no podía apartar los ojos de sus dos hermanas más que para encontrar la desesperación histérica de su esposa, quien reclamaba de él un consuelo que no podía prestarle.

Anne, atendiendo con toda su fuerza, celo e instinto a Henrietta, trataba aún, a intervalos, de animar a los otros, tranquilizando a Mary, animando a Charles, confortando al capitán Wentworth. Ambos parecían contar con ella para cualquier decisión.

—Anne, Anne —exclamaba Charles—, ¿qué debemos hacer después? Por Dios, ¿qué debemos hacer?

Los ojos del capitán Wentworth estaban también vueltos a ella.

—¿No es mejor llevarla a la posada? Sí, llevadla con cuidado hasta la posada.

—Sí, sí, a la posada —repitió el capitán Wentworth, algo aliviado, y deseoso de hacer algo—. Yo la llevaré. Musgrove, cuide usted de los demás.

Por entonces, el rumor del accidente había corrido entre los pescadores y barqueros de Cobb, y muchos se habían aproximado a ofrecer sus servicios, o a disfrutar de la vista de una joven muerta, mejor dicho, de dos jóvenes muertas, que tal parecían, lo que ciertamente era una cosa poco usual, digna de ser vista y repetida. A los que tenían mejor aspecto les fue confiada Henrietta, quien, a pesar de haber vuelto algo en sí, no era aún capaz de marchar por sí sola. En esta forma, con Anne caminando a su lado y Charles atendiendo a su esposa, se pusieron en marcha con sentimientos inenarrables, sobre el mismo camino por el que hacía tan poco, realmente tan poco, habían pasado con el corazón alegre.

No habían salido de Cobb cuando se les unieron los Harville. Habían visto pasar apresuradamente al capitán Benwick con rostro descompuesto, y habían sido informados de todo mientras se encaminaban al lugar. A pesar de la conmoción, el capitán Harville conservaba sus nervios y su sentido común, que indudablemente se volvían de inapreciable valor en el momento. Una mirada cambiada entre él y su esposa resolvió lo que debía hacerse. Deberían llevarla a casa de ellos —todos debían ir a su casa— y esperar allí la llegada del médico. No querían oír ninguna excusa; fue obedecido, todos se encaminaron bajo su techo; Louisa fue llevada arriba siguiendo la indicación de la señora Harville, quien le proporcionó su propio lecho, su asistencia, medicinas y sales, mientras su esposo proporcionaba calmantes a los demás.

Louisa había abierto una vez los ojos, pero volvió a cerrarlos, en apariencia completamente inconsciente. Esta prueba de vida le había sido, sin embargo, útil a su hermana. Henrietta, absolutamente incapaz de permanecer en el mismo cuarto con Louisa, entre el miedo y la esperanza, no podía recobrar sus sentidos. Mary, por su parte, parecía calmarse algo.

El médico llegó antes de lo que parecía posible. Todos sufrieron horrores mientras duró el examen, pero el cirujano no perdió la esperanza. La cabeza había recibido una seria contusión, pero había visto contusiones más graves de las cuales se había salvado gente; en modo alguno parecía descorazonado, hablaba alegremente.

Que no fuese un caso desesperado, que no había de terminar todo en unas pocas horas, sobrepasaba las esperanzas de todos; la alegría, la dicha profunda y silenciosa que experimentaron, después de dar fervorosas gracias al cielo, es fácilmente concebible.

El tono, la mirada con que el capitán Wentworth dijo: «¡A Dios gracias!», era algo que Anne comprendió que jamás olvidaría. Tampoco olvidaría cuando, más tarde, lo vio con los brazos cruzados sobre la mesa, como si, vencido por sus emociones, quisiera calmarse por medio de la oración y la reflexión.

Los miembros de Louisa estaban a salvo, sólo la cabeza había sido dañada.

Era el momento de pensar qué convenía hacer para resolver la situación general planteada. Esta vez fueron ya capaces de hablarse y consultarse. Que Louisa debía quedarse allí, a pesar de la molestia que experimentaban todos por abusar de los Harville, era algo que no admitía lugar a dudas. Llevarla de vuelta a casa era imposible. Los Harville silenciaron todo escrúpulo, y, en cuanto les fue posible, toda gratitud. Habían preparado y arreglado todo antes de que los demás tuvieran tiempo de pensar. El capitán Benwick les dejaría su habitación y conseguiría una cama en cualquier parte; todo estaba arreglado. Lo único grave era que la casa no podía albergar a más gente, pero sin embargo, «poniendo a los niños en la habitación de la criada» o «colgando una cortina de alguna parte», podían albergarse dos o tres personas si es que deseaban quedarse. En cuanto a asistir a la señorita Musgrove, no debía haber ningún reparo en dejarla enteramente bajo el cuidado de la señora Harville, que era una enfermera experimentada; también lo era su criada, quien la había acompañado a muchos sitios y estaba a su servicio desde hacía tiempo. Entre las dos la atenderían día y noche. Todo esto fue dicho con verdad y sinceridad irresistibles.

Charles, Henrietta y el capitán Wentworth consultaban algo entre ellos: Uppercross, la necesidad de que alguien fuera a Uppercross; dar las noticias; la sorpresa de los señores Musgrove a medida que el tiempo pasaba sin verles llegar; la necesidad de haber partido hacía una hora; la imposibilidad de estar allí a un tiempo razonable... Al principio no podían más que hacer tales exclamaciones, pero después de un rato dijo el capitán Wentworth:

—Debemos decidirnos inmediatamente. Todo minuto es precioso. Alguien debe ir a Uppercross; Musgrove, usted o yo debemos ir.

Charles asintió, pero declaró que no deseaba ir. Molestaría lo menos posible a los señores Harville, pero de ninguna manera deseaba o podía abandonar a su hermana en tal estado. Así lo había decidido; Henrietta, por su parte, declaró lo mismo. Sin embargo, prontamente se le hizo cambiar de idea. ¡La inutilidad de su estadía!... ¡Ella, que no había sido capaz de permanecer en la habitación de Louisa, o mirarla, con aflicciones que la tornaban inútil para cualquier ayuda eficaz! Se le obligó a reconocer que no podía hacer nada bueno. Pero pese a ello no quería partir hasta que recordó a sus padres; consintió entonces, deseosa de volver a casa.

Ya estaba el plan arreglado, cuando Anne, volviendo silenciosamente del cuarto de Louisa, no pudo por menos de oír lo que sigue, porque la puerta de la sala estaba abierta:

—Está, pues, arreglado, Musgrove —decía el capitán Wentworth—, usted se quedará aquí y yo acompañaré a su hermana a casa. La señora Musgrove, naturalmente, deseará volver junto a sus niños. Para ayudar a la señora Harville no es necesario más que una persona, y si Anne quiere quedarse, nadie es más capaz que ella en estas circunstancias.

Ella se detuvo un momento para reponerse de la emoción de oírse nombrar. Los demás asintieron calurosamente las palabras del capitán, y entonces entró Anne.

—Usted se quedará, estoy seguro —exclamó él—, se quedará y la cuidará. —Se había vuelto a ella y le hablaba con una viveza y gentileza tal que parecían pertenecer al pasado. Ella se sonrojó profundamente, y él, recobrándose, se alejó. Ella manifestó prontamente su voluntad de quedarse. Era lo que había estado pensando. Una cama en el cuarto de Louisa, si la señora Harville deseaba tomarse la molestia, era todo lo que necesitaba.

Una cosa más y todo estaría arreglado. Aunque era más bien de desear que los señores Musgrove estuvieran alarmados ya por una demora, el tiempo que tardarían en llevarlos de vuelta los caballos de Uppercross sería espantosamente largo. Así, convinieron el capitán Wentworth y Charles Musgrove que sería mejor que el primero tomase un coche en la posada y dejase el carruaje y los caballos del señor Musgrove hasta la mañana siguiente, cuando además se pudieran enviar nuevas noticias de la salud de Louisa.

El capitán Wentworth se apresuraba por su parte para arreglar todo, y las señoras pronto le imitaron. Sin embargo, cuando Mary conoció el plan, la paz terminó instantáneamente. Se sentía espantosamente ultrajada ante la injusticia de quererla enviar de vuelta y dejar a Anne en el puesto que le correspondía a ella. ¡Anne, que no era parienta de Louisa, mientras ella era su hermana política y le correspondía el derecho de permanecer allí en el lugar que debía ser de Henrietta! ¿Por qué no había de ser ella tan útil como Anne? ¡Tener que volver a casa además sin Charles... sin su esposo! ¡No, aquello era demasiado poco bondadoso! Al rato había dicho más de lo que su esposo podía soportar, y como desde el momento que él abandonaba el plan primitivo nadie podía insistir, el reemplazo de Anne por Mary se hizo inevitable.

Anne jamás se había sometido más a desgana a los celos y malos juicios de Mary, pero así debía hacerse y partieron hacia el pueblo, quedándose Charles al cuidado de su hermana mientras el capitán Benwick la acompañaba a ella. Recordó durante un momento, mientras se alejaban, las escenas que los mismos parajes habían contemplado durante la mañana. Allí había oído ella los proyectos de Henrietta para que el doctor Shirley dejase Uppercross; allí había visto la primera vez al señor Elliot; todo ahora desaparecía ante Louisa para aquéllos que se vieron envueltos en el accidente.

El capitán Benwick era enormemente atento con ella, y unidos por las angustias pasadas durante el día, ella sentía inclinación hacia él y hasta cierta satisfacción ante el pensamiento de que ésta era quizás una ocasión de estrechar su conocimiento.

El capitán Wentworth les esperaba, y un coche para cuatro, estacionado para mayor comodidad en la parte baja de la calle, estaba también allí. Pero su sorpresa ante el cambio de una hermana por la otra, el cambio de su fisonomía, lo atónito de sus expresiones, mortificaron a Anne, o mejor dicho, la hicieron creer que sólo la había considerado valiosa en la medida en que podía ser útil a Louisa.

Procuró aparecer tranquila y ser justa. Sin los sentimientos de una Emma por su Henry, hubiera atendido a Louisa con un celo más allá de lo común, por afecto a él; esperaba que él no fuera injusto al suponer que ella abandonaba tan rápidamente los deberes de amiga.

Entre tanto ya estaba en el coche. El capitán Wentworth las había ayudado a subir y se había colocado entre ellas. De esta manera, bajo estas circunstancias, llena de sorpresa y emoción, Anne dejó Lyme. Cómo transcurriría el largo viaje, en qué ánimo estarían, era algo que ella no podía prever. Sin embargo, todo pareció natural. Él hablaba siempre con Henrietta, volviéndose hacia ella para atenderla o animarla. En general, su voz y sus maneras parecían estudiadamente tranquilas. Evitarle agitaciones a Henrietta parecía ser lo principal. Sólo una vez, cuando comentaba ésta el malhadado, el desdichado paseo a Cobb, lamentando haber ido allí, pareció dejar libres sus sentimientos:

—No hable usted, no hable usted de ello —exclamó—. ¡Oh, Dios, no debí haberla dejado en el fatal momento seguir su impulso! ¡Debí haber cumplido con mi deber! ¡Pero estaba tan ansiosa y tan resuelta! ¡Querida, encantadora Louisa!

Anne se dijo si se le ocurriría en ese momento preguntarse algo sobre sus opiniones acerca de la firmeza de carácter, y si no le sorprendería la consideración de que ésta, como otras cualidades del espíritu, tiene su límite y proporciones. Ella se preguntó asimismo si no pensaría él que muchas veces más vale un carácter persuasivo que la firmeza de un carácter resuelto.

Viajaban rápidamente. Anne se sorprendía de encontrar tan pronto los mismos objetos y colinas que suponía más distantes. La velocidad de la marcha y el temor al final del viaje hacían parecer el camino mucho más corto que el día anterior. Era bastante oscuro, sin embargo, cuando llegaron a los alrededores de Uppercross; habían guardado silencio durante cierto tiempo. Henrietta se había recostado en el asiento, con un chal sobre el rostro, y lloró hasta quedar dormida. Cuando subían la última colina, el capitán Wentworth habló con Anne. Dijo con voz recelosa:

—He pensado en lo que nos conviene hacer. Al principio es mejor que no esté ella delante. No podría soportarlo. Me parece lo mejor que se quede usted en el coche acompañándola, mientras yo comunico la noticia a los señores Musgrove. ¿Le parece a usted una buena idea?

Ella asintió; él pareció satisfecho y no dijo nada. Pero el recuerdo de que le hubiera dirigido la palabra la hacía feliz, era una prueba de amistad, una deferencia hacia su buen criterio, un gran placer. Y a pesar de ser casi una despedida, el valor de la consulta no se desvanecía.

Cuando las poco tranquilizadoras nuevas fueron comunicadas en Uppercross, y los padres estuvieron tan tranquilos como las circunstancias lo permitían, y la hija satisfecha de encontrarse con ellos, Wentworth anunció su decisión de volver a Lyme en el mismo coche. Cuando los caballos hubieron comido, partió.

Capítulo XIII

El resto del tiempo que Anne había de pasar en Uppercross, nada más que dos días, los pasó en la Casa Grande, y tuvo la satisfacción de sentirse útil allí, tanto haciendo compañía inmediata como ayudando en los preparativos para el futuro, que la intranquilidad de los señores Musgrove les impedía atender.

A la mañana siguiente, temprano, tuvieron noticias de Lyme: Louisa seguía igual. No había aparecido ningún síntoma de empeoramiento. Horas más tarde llegó Charles para dar noticias más detalladas. Estaba de bastante buen ánimo. Una curación rápida no podía esperarse, pero el caso marchaba tan bien como la gravedad del golpe lo permitía. Hablando de los Harville, parecíale increíble la bondad de esta gente, especialmente los desvelos de la señora Harville como enfermera. En realidad, no dejó a Mary nada por hacer. Y la noche anterior los habían convencido a Mary y a él de que se retirasen a la posada temprano. Mary había estado nuevamente histérica por la mañana. Cuando él salió, ella se disponía a salir de paseo con el capitán Benwick, lo que suponía que le sentaría bien. Fue una lástima no lograr convencerla de que volviese a casa el día anterior, pero la verdad era que la señora Harville no dejaba a nadie nada por hacer.

Charles pensaba volver a Lyme esa misma tarde, y su padre tuvo por un instante la intención de acompañarle, pero las señoras no se lo permitieron.

Únicamente serviría para aumentar las molestias de los otros, e intranquilizarse más; se propuso y se siguió un plan mucho mejor. Se envió un coche a Crewkherne y se trajo a una persona mucho más útil, la antigua niñera de la familia, quien, habiendo educado a todos los niños hasta ver al mimado y delicado Harry en el colegio, vivía ahora en la desierta habitación de los pequeños, remendando medias, componiendo todas las abolladuras y desperfectos que caían en su mano y que, naturalmente, se sintió enormemente feliz de ir a ayudar y atender a la querida señorita Louisa. La señora Musgrove y Henrietta ya habían expresado unos vagos deseos de enviar a Sarah allí, pero sin la intervención de Anne nada se habría decidido ni llevado a efecto tan pronto.

Al día siguiente quedaron en deuda con Charles Hayter por informarles del estado de Louisa, cosa que debía hacerse cada veinticuatro horas. Tomó como cosa propia ir a Lyme, y las noticias que trajo fueron aún más alentadoras. Los intervalos en los que recuperaba el sentido parecían ser más frecuentes. Todas las noticias comunicaban que el capitán Wentworth no parecía tener intención de abandonar Lyme.

Anne había de dejarlos al día siguiente, y todos temían este acontecimiento. ¿Qué habrían de hacer sin ella? Ellos apenas sabían consolarse entre sí. Y tanto dijeron en este sentido que Anne juzgó que lo mejor era que dijesen claramente lo que deseaban en secreto y ella sabía, convenciéndoles de que fueran a Lyme en seguida. Poco les costó persuadirlos; decidieron irse a la mañana siguiente, alojarse en alguna posada y aguardar hasta que Louisa pudiese ser trasladada. Debían evitar molestia alguna a las buenas gentes que la cuidaban; debían al menos aliviar a la señora Harville del cuidado de sus niños; en general, estuvieron tan contentos de la decisión, que Anne se alegró de lo que había hecho, y pensó que la mejor manera de pasar su última mañana en Uppercross sería ayudándoles en los preparativos y enviándolos allá en una hora temprana, aunque quedarse sola en la desierta casa fuese la consecuencia inmediata.

¡Ella era la última, con excepción de los hijos de Charles y Mary, la última de todo el grupo que había animado y llenado ambas casas, dando a Uppercross su carácter alegre! ¡Gran cambio, en verdad, en tan pocos días!

Si Louisa se curaba, todo estaría nuevamente bien. Habría aún más felicidad que la que hubo anteriormente. No cabía duda, al menos para ella, de lo que seguiría a la curación. Unos pocos meses y el cuarto, ahora desierto, ocupado solamente por su silencio, sería nuevamente ocupado por la alegría y la felicidad y el brillo del amor, por todo aquello que nada tenía que ver con Anne Elliot.

Una hora de abandono en estas reflexiones, en un sombrío día de noviembre, con una llovizna empañando los objetos que podían verse desde la ventana, era suficiente para hacer más que bienvenido el sonido del coche de lady Russell, y, pese al deseo de irse, no pudo abandonar la Casa Grande, o decir adiós de lejos a la quinta, con su oscura y poco agradable terraza, o mirar a través de los empañados cristales las humildes casitas de la villa, sin sentir que su corazón se entristecía. Las escenas pasadas en Uppercross lo volvían precioso. Tenía el recuerdo de muchos dolores, intensos una vez, pero acallados ahora; y también algunos momentos de sentimientos más dulces, atisbos de amistad y de reconciliación, que nunca más volverían y que nunca dejarían de ser un precioso recuerdo. Todo esto lo dejaba tras de sí... todo, menos el recuerdo.

Anne no había vuelto a Kellynch desde que había partido de la casa de lady Russell, en septiembre. No había sido necesario, y las ocasiones que se le presentaron las había evitado. Ahora regresaba para ocupar de nuevo sus modernas y elegantes estancias y alegrar los ojos de su dueña.

Alguna ansiedad se mezclaba a la alegría de lady Russell al volverla a ver. Sabía quién había frecuentado Uppercross. Pero felizmente Anne había mejorado de aspecto y apariencia, o así lo imaginó lady Russell. Al recibir el testimonio de su admiración, Anne secretamente la comparó con la de su primo y esperó ser bendecida con el milagro de una segunda primavera de juventud y belleza.

Al ponerse a conversar comprendió que había también un cambio en su espíritu. Los asuntos que habían llenado su corazón cuando dejó Kellynch, y que tanto había sentido, parecían haberse calmado entre los Musgrove, y eran actualmente de interés secundario. Hasta había descuidado a su padre y su hermana, y a Bath. Lo más importante parecía ser lo de Uppercross, y cuando lady Russell volvió a sus antiguas esperanzas y temores y habló de su satisfacción por la casa de Camden Place, que había tomado, y su satisfacción de que la señora Clay estuviese aún con ellos, Anne se avergonzó por cuánta más importancia tenía para ella Lyme, y Louisa Musgrove, y todas las personas que conociera allí; cuánto más interesante era para ella la amistad de los Harville y del capitán Benwick, que la propia casa paterna en Camden Place, o la intimidad de su hermana con la señora Clay. Tenía que esforzarse para aparentar ante lady Russell una atención similar en asuntos que, por lógica, debían interesarle más.

Hubo cierta dificultad, al principio, al tratar otro asunto. Hablaban del accidente de Lyme. No hacía cinco minutos de la llegada de lady Russell, el día anterior, cuando fue informada al detalle de todo lo ocurrido, pero ella deseaba averiguar más, conocer las particularidades, lamentar la imprudencia y el fatal resultado, y, naturalmente, el nombre del capitán Wentworth debía ser mencionado por las dos. Anne tuvo conciencia de que no tenía la presencia de ánimo de lady Russell. No podía pronunciar el nombre y mirar a la cara a lady Russell hasta no haber informado brevemente a ésta de lo que ella creía existir entre el capitán y Louisa. Cuando lo dijo, pudo hablar tranquilamente.

Lady Russell no podía hacer más que escuchar y desearles felicidad a ambos. Pero interiormente su corazón sintió un placer rencoroso y despreciativo al pensar que el hombre que a los veintitrés años parecía entender algo de lo que valía Anne Elliot estuviera ahora, ocho años más tarde, encantado por una Louisa Musgrove.

Los primeros tres o cuatro días pasaron tranquilamente, sin ninguna circunstancia excepcional, como no fueran una o dos notas de Lyme, enviadas a Anne, no sabía ella cómo, y que informaban satisfactoriamente de la salud de Louisa. Finalmente, la tranquila pasividad de lady Russell no pudo continuar por más tiempo, y el ligero tono amenazante del pasado volvió en tono decidido:

—Debo ver a la señora Croft, debo verla pronto. Anne, ¿tendrás el valor de acompañarme a visitar aquella casa? Será una prueba para nosotras dos.

Anne no rehusó; muy al contrario, sus sentimientos fueron sinceros cuando dijo:

—Creo que usted será quien sufrirá más. Sus sentimientos son más difíciles de cambiar que los míos. Estando en la vecindad, mis afectos se han endurecido.

Podrían haber dicho algo más sobre el asunto. Porque tenía tan alta opinión de los Croft y consideraba a su padre tan afortunado con sus inquilinos, creía tanto en el buen ejemplo que recibiría toda la parroquia, así como en las atenciones y el alivio que tendrían los pobres, que, aunque apenada y avergonzada por la necesidad del reencuentro, no podía menos de pensar que los que se habían ido eran los que debían irse, y que, en realidad, Kellynch había pasado a mejores manos. Esta convicción, naturalmente, era dolorosa y realmente dura, pero serviría para prevenir el mismo dolor que experimentaría lady Russell al entrar nuevamente en la casa y recorrer las tan conocidas dependencias.

En tales momentos Anne no tendría el poder de decirse a sí misma: «¡Estas habitaciones deberían ser nuestras! ¡Oh, cuánto han desmerecido en su destino! ¡Cuán indignamente ocupadas están! ¡Una antigua familia haber sido arrojada de esta manera! ¡Extraños en un lugar que no les corresponde!». No, ciertamente, con excepción de cuando recordaba a su madre y el lugar en el que ella acostumbraba sentarse y presidir. Ciertamente no podía pensar así.

La señora Croft la había tratado siempre con una amabilidad que le hacía sospechar una secreta simpatía. Esta vez, al recibirla en su casa, las atenciones fueron especiales.

El triste accidente de Lyme fue pronto el centro de la conversación. Por lo que sabían de la enferma estaba claro que las señoras hablaban de las noticias recibidas en el día anterior; así se supo que el capitán Wentworth había estado en Kellynch el último día (por primera vez desde el accidente) y de allí había despachado a Anne la nota cuya procedencia ella no había podido explicar, y había vuelto a Lyme, al parecer sin intenciones de alejarse de allí nuevamente. Había preguntado especialmente por Anne. Había hablado de los esfuerzos realizados por ella, ponderándolos. Esto fue hermoso... y produjo en ella mayor placer que cualquier otra cosa.

En cuanto al desdichado accidente, era juzgado solamente en una forma por las tranquilas señoras, cuyos juicios debían darse sólo sobre los hechos. Estaban de acuerdo en que había sido el resultado de la irreflexión y de la imprudencia. Las consecuencias habían sido alarmantes y asustaba pensar cuánto tiempo había de pasar aún hasta que se desvaneciese toda incertidumbre acerca de la curación de Louisa y las consecuencias que pudiera acarrear. El almirante concretó todo esto diciendo:

—¡Ay, en verdad es un mal asunto! Una nueva manera de hacer la corte es ésta. ¡Un joven rompiendo la cabeza a su pretendida! ¿No es así, señorita Elliot? ¡Esto sí que se llama romper la cabeza para poner la venda!

Las maneras del almirante Croft no eran las que más agradaban a lady Russell, pero encantaban a Anne. La bondad de su corazón y la simplicidad de su carácter eran irresistibles.

—Realmente esto debe de ser muy malo para usted —dijo de pronto, como despertando de un ensueño—, venir y encontrarnos aquí. No había pensado en ello antes, lo confieso, pero debe de ser muy malo... Vamos, no haga ceremonias. Levántese y recorra todas las habitaciones de la casa, si así lo desea.

—En otra ocasión, señor. Muchas gracias, pero no ahora.

—Bueno, cuando a usted le convenga. Puede recorrer cuanto guste. Ya encontrará nuestros paraguas colgando detrás de la puerta. Es un buen lugar, ¿verdad? Bien —recobrándose—, usted no creerá que éste es un buen lugar porque ustedes los guardaban siempre en el cuarto del criado. Así pasa siempre, creo. La manera que tiene una persona de hacer las cosas puede ser tan buena como la de otra, pero cada cual quiere hacerlo a su manera. Ya juzgará usted por sí misma, si es que recorre la casa.

Anne, sintiendo que debía negarse, lo hizo así, agradeciéndoselo mucho.

—¡Hemos hecho pocos cambios, en verdad! —continuó el almirante, después de pensar un momento—. Muy pocos. Ya le informamos acerca de la puerta del lavadero en Uppercross. Ésta ha sido una gran mejora. ¡Lo que me sorprende es que una familia haya podido soportar el inconveniente de la manera en que se abría durante tanto tiempo! Le dirá usted a sir Walter lo que hemos hecho, y que el señor Shepherd opina que es la mayor mejora hecha hasta ahora. Realmente, debo hacer justicia al decir que las pocas modificaciones que hemos hecho han servido para mejorar el lugar. Mi esposa es quien lo ha dirigido. Yo he hecho bien poca cosa, con excepción de quitar algunos grandes espejos de mi cuarto de vestir, que era el de su padre. Un buen hombre y un verdadero caballero, cierto es, pero... yo pienso, señorita Elliot —mirando pensativamente—, pienso que debe haber sido un hombre muy cuidadoso de su ropa, en su tiempo. ¡Tanta cantidad de espejos! Dios mío, uno no podía huir de sí mismo. De tal modo que le pedí a Sophy que me ayudara y pronto los sacamos del medio. Y ahora estoy muy cómodo con mi espejito de afeitar en un rincón y otro gran espejo al que nunca me acerco.

Anne, divertida a pesar suyo, no halló respuesta que darle, y el almirante, temiendo no haber sido bastante amable, volvió al tema.

—La próxima vez que escriba usted a su buen padre, señorita Elliot, transmítale mis saludos y los de la señora Croft, y dígale que estamos aquí cómodamente establecidos y no encontramos ningún defecto al lugar. La chimenea del comedor echa un poco de humo, a decir verdad, pero solamente cuando el viento norte sopla fuerte, lo cual no ocurre más que tres veces en invierno. En realidad, ahora que hemos estado en la mayor parte de las casas de aquí y podemos juzgar, ninguna nos gusta más que ésta. Dígale eso y envíele mis saludos. Quedará muy contento.

Lady Russell y la señora Croft estaban encantadas la una con la otra, pero la relación que se entabló en esta visita no pudo continuar mucho tiempo, pues cuando fue devuelta, los Croft anunciaron que se ausentarían algunas pocas semanas para visitar a sus parientes en el norte del condado, y que probablemente no estarían de vuelta antes de que lady Russell partiera para Bath.

Disipóse así el peligro de que Anne encontrara al capitán Wentworth en Kellynch Hall o de verlo en compañía de su amiga. Todo era seguro ahora, y sonrió al recordar los angustiosos sentimientos que le había inspirado tal perspectiva.

Capítulo XIV

Aunque Charles y Mary habían permanecido en Lyme mucho tiempo después de la llegada de los señores Musgrove, tanto que Anne llegó a pensar que serían allí necesarios, fueron, sin embargo, los primeros de la familia en regresar a Uppercross, y tan pronto como les fue posible se dirigieron en coche hacia Kellynch. Cuando se separaron de Louisa, ésta ya comenzaba a sentarse, pero su mente, aunque clara, estaba excesivamente débil, y sus nervios susceptibles en grado extremo, y aunque podía decirse que marchaba bastante bien, era aún imposible decir cuándo estaría en condiciones de ser llevada a casa; y sus padres, que debían estar a tiempo para recibir a los niños más pequeños en las vacaciones de Navidad, tenían escasa esperanza de poder llevarla con ellos.

Todos habían estado en hospedajes. La señora Musgrove había mantenido a los hijos de los Harville tan apartados como le había sido posible, y cuanto pudo llevarse de Uppercross para facilitar la tarea de los Harville se había traído, mientras éstos invitaban a comer a los Musgrove todos los días. En suma, parecía que aquello era una puja por ambas partes para ver cuál era más desinteresada y hospitalaria.

Mary había pasado sus males, pero, en conjunto, según era además evidente por su larga estadía, había hallado más diversiones que sufrimientos. Charles Hayter había estado en Lyme más de lo que a ella le había gustado, y cuando cenaban con los Harville no había habido más que una doncella para atender, y al principio la señora Harville había dado siempre preferencia a la señora Musgrove. Pero luego había recibido Mary unas excusas tan gratas al descubrirse de quién era hija, y habían estado juntas tan a diario, habían ido y venido tan a menudo entre la posada y la casa de los Harville, y tantas veces había traído y devuelto libros de la biblioteca, que el balance final era a favor de los de Lyme en lo que a atenciones respecta. Además la habían llevado a Charmouth, en donde había tomado baños y concurrido a la iglesia, en la que había mucha más gente que mirar que en Lyme o Uppercross. Todo esto, unido a la sensación de sentirse utilísima, había contribuido a una estadía muy agradable.

Anne preguntó por el capitán Benwick. El rostro de Mary se ensombreció y Charles soltó la risa.

—Oh, el capitán Benwick está muy bien, según creo, pero es un joven muy extraño. No sé lo que es, en verdad. Le pedimos que viniera a casa durante un día o dos; Charles tenía intenciones de hacer alguna cacería con él, y él parecía encantado; yo, por mi parte, creía todo definitivamente arreglado cuando, vean ustedes, en la noche del martes dio un excusa bastante pobre, diciendo que «nunca cazaba» y que «había sido mal interpretado», y que había prometido esto y aquello; en una palabra, no pensaba venir. Supuse que tendría miedo de aburrirse, pero en verdad creo que en la quinta somos gente muy alegre para un hombre tan desesperado como el capitán Benwick.

Charles rio nuevamente y dijo:

—Vamos, Mary, bien sabes lo que ocurrió en realidad. Todo fue por ti —dijo, volviéndose a Anne—. Pensó que si venía con nosotros iba a encontrarse muy cerca de ti; creía que todos vivimos en Uppercross, y cuando descubrió que lady Russell vivía tres millas más lejos se desilusionó y se le quitaron las ganas de venir. Esto es exactamente lo ocurrido, y Mary lo sabe también.

Esto no fue muy del agrado de Mary, aunque no se sabe si por no considerar al capitán Benwick de cuna lo bastante digna para enamorarse de una Elliot o bien porque no podía convencerse de que Anne fuera en Uppercross una atracción mayor que ella misma. La buena disposición de Anne, sin embargo, no disminuyó por lo que oía. Consideró que se la halagaba en demasía, y continuó haciendo preguntas:

—¡Oh, habla de ti —exclamó Charles— de una manera...!

Mary interrumpió:

—Declaro, Charles, que jamás le oí mencionar el nombre de Anne dos veces en todo el tiempo que estuve allí. Confieso, Anne, que jamás habló de ti.

—No —admitió Charles—, sé que nunca lo ha hecho, en una manera general, pero de cualquier modo, es obvio que te admira hasta el extremo. Su cabeza está llena de libros que lee a recomendación tuya y desea comentarlos contigo. Ha encontrado algo en algunos de estos libros que piensa... Oh, no es que pretenda recordarlo, pero era algo muy bueno... le escuché diciéndoselo a Henrietta y allí «la señorita Elliot» fue mencionada muy elogiosamente. Declaro que así ha sido, Mary; yo lo oí y tú estabas en el otro cuarto. «Elegancia, dulzura, belleza.» ¡Oh, los encantos de la señorita Elliot eran interminables!

—Y estoy segura —exclamó Mary vivamente— de que esto no le hace mucho favor si lo ha hecho. La señorita Harville ha muerto solamente el pasado junio. Esto demuestra demasiada ligereza. ¿No opina así, lady Russell? Estoy segura de que usted compartirá mi opinión.

—Debo ver al capitán Benwick antes de pronunciarme —contestó lady Russell sonriendo.

—Y bien pronto tendrá usted ocasión, señora —dijo Charles—. Aunque no tuvo ánimo para venirse con nosotros y después concurrir aquí en una visita formal, vendrá a Kellynch por su propia cuenta, puede usted darlo por seguro. Le enseñé el camino, le expliqué la distancia, y le dije que la iglesia era digna de ser vista, porque tiene gusto por estas cosas, y yo pensé que sería una buena excusa, y él me escuchó con toda su atención y su alma; estoy seguro, por sus modales, de que le verán ustedes aquí con buenos ojos. Así que ya lo sabe usted, lady Russell.

—Cualquier conocido de Anne será siempre bienvenido para mí —fue la bondadosa respuesta de lady Russell.

—Oh, en cuanto a ser conocido de Anne —dijo Mary—, creo más bien que es conocido mío, porque últimamente le he visto diariamente.

—Bien, como conocido suyo, también tendré sumo placer en ver al capitán Benwick.

—No encontrará usted nada particularmente grato en él, señora. Es uno de los jóvenes más aburridos que he conocido. Ha caminado a veces conmigo, de un extremo al otro de la playa, sin decir una palabra. No está bien educado. Estoy segura de que no le agradará.

—No estoy de acuerdo contigo, Mary —dijo Anne—. Creo que lady Russell simpatizará con él y que estará tan encantada con su inteligencia que bien pronto no encontrará deficiencia en sus modales.

—También pienso así —dijo Charles—. Estoy seguro de que lady Russell lo encontrará de su agrado. Es justamente como para que ella simpatice con él. Dadle un libro y leerá todo el día.

—Eso sí —dijo Mary insultantemente—. Se sentará con un libro y no prestará atención cuando una persona le habla, o cuando a una se le caigan las tijeras, o cualquier otra cosa que pase a su alrededor. ¿Creen ustedes que a lady Russell le gustará esto?

Lady Russell no pudo menos que reír:

—Palabra de honor —dijo—, jamás creí que mi opinión pudiera generar tanta diferencia en las conjeturas, siendo como soy tan simple y tan llana. Realmente tengo curiosidad de conocer a la persona que promueve estas diferencias. Desearía que se le indicara que viniese. Y entonces, Mary, ciertamente le daré a usted mi opinión. Pero estoy resuelta a no juzgar de antemano.

—No le agradará a usted, estoy segura.

Lady Russell comenzó a hablar de otra cosa. Mary empezó a hablar animadamente del extraordinario encuentro, o más bien desencuentro, con el señor Elliot.

—Es un hombre —dijo lady Russell— a quien no deseo encontrar. Su negativa a estar en buenos términos con el cabeza de su familia me ha producido muy mala impresión.

Esta frase calmó el entusiasmo de Mary, y la detuvo de golpe en medio de su defensa de los Elliot.

Respecto al capitán Wentworth, aunque Anne no aventuró ninguna pregunta, las informaciones espontáneas fueron suficientes. Su ánimo había mejorado mucho últimamente, como bien podía esperarse. A medida que Louisa mejoraba, él había mejorado también; era ahora un individuo muy distinto al de la primera semana. No había visto a Louisa, y temía mucho que un encuentro dañase a la joven, razón por la que no había insistido en visitarla. Por el contrario, parecía tener el proyecto de irse por una semana o diez días, hasta que la cabeza de la joven estuviese más fuerte. Había hablado de irse a Plymouth a pasar una semana, y deseaba que el capitán Benwick le acompañase. Pero, según Charles afirmó hasta el final, el capitán Benwick parecía mucho más dispuesto a llegarse hasta Kellynch.

Indudablemente, tanto Anne como lady Russell se quedaron pensando en el capitán Benwick. Lady Russell no podía oír la campanilla de la puerta de entrada sin imaginar que sería un mensajero del joven, y Anne no podía volver de algún solitario paseo por los que habían sido terrenos de su padre, o de cualquier visita de caridad en el pueblo, sin preguntarse cuándo le vería. Sin embargo, el capitán Benwick no llegaba. O bien estaba menos dispuesto de lo que Charles imaginaba o era demasiado tímido. Y después de una semana, lady Russell juzgó que era indigno de la atención que se le dispensara en un principio.

Los Musgrove vinieron a esperar a sus hijos más pequeños, que volvían del colegio, acompañados de los niños de los Harville, para aumentar el ruido en Uppercross y disminuirlo en Lyme. Henrietta se quedó con Louisa, pero todo el resto de la familia había regresado.

Lady Russell y Anne efectuaron una visita de cumplido inmediatamente, y Anne encontró en Uppercross la antigua animación. Aunque faltaban Henrietta, Louisa, Charles Hayter y el capitán Wentworth, la habitación presentaba un claro contraste con la última vez que ella la había visto.

Alrededor de la señora Musgrove estaban los pequeños Harville, a los que protegía de la tiranía de los dos niños de Charles y Mary, especialmente venidos para entretenerlos. En un lado había una mesa, ocupada por unas niñas charlatanas, cortando seda y papel dorado, y en el otro había fuentes y bandejas, dobladas con el peso de los pasteles fríos, en donde alborotaban los niños; todo esto con el crepitar de una hoguera de Navidad que parecía dispuesta a hacerse oír pese a todo el ruido de la gente. Charles y Mary, naturalmente, se hicieron presentes; el señor Musgrove juzgó que su deber era presentar sus respetos a lady Russell y se sentó junto a ella durante diez minutos, hablando en voz muy alta, debido a la algarabía de los niños que trepaban a sus rodillas, pero, generalmente, se le oía poco. Era una hermosa escena de familia.

Anne, juzgando de acuerdo con su propio temperamento, hubiera presumido aquel huracán doméstico como un mal restaurador para los nervios, alterados ya por la enfermedad de Louisa; pero la señora Musgrove, que se sentó junto a Anne para agradecerle cordialmente sus atenciones, terminó considerando brevemente cuánto había sufrido ella misma, y con una rápida mirada alrededor de la habitación recalcó que después de lo pasado nada podía haber mejor que la tranquila alegría del hogar.

Louisa se recobraba ahora plácidamente. Su madre pensaba que hasta quizá fuese posible su regreso a casa antes de que sus hermanos y hermanas volvieran al colegio. Los Harville habían prometido ir con ella y permanecer en Uppercross. El capitán Wentworth había ido a visitar a su hermano en Shropshire.

—Espero que en el futuro —dijo lady Russell cuando estuvieron sentadas en el coche para volver— me acordaré de no visitar Uppercross en la fiestas de Navidad.

Cada cual tiene sus gustos particulares, en ruidos como en cualquier otra cosa, y los ruidos son sin importancia o molestos más por su categoría que por su intensidad. Cuando lady Russell, no mucho tiempo después, entraba en Bath en una tarde lluviosa, en coche desde el puente viejo hasta Camden Place, por las calles llenas de coches y pesados carretones, entre los gritos de los anunciadores, vendedores y lecheros, y el incesante rumor de los zuecos, ciertamente, no se quejó. No, tales ruidos formaban parte de las diversiones del invierno. El ánimo de la dama se alegraba bajo su influencia, y, al igual que la señora Musgrove, aunque sin decirlo, juzgaba que después de una temporada en el campo nada podía hacerle tanto bien como un poco de apacible bulla.

Anne no compartía estos sentimientos. Ella continuaba sintiendo una silenciosa pero segura antipatía por Bath. Recibió la nebulosa vista de los

grandes edificios, nublados de lluvia, sin ningún deseo de verlos mejor. Sintió que su marcha por las calles, pese a ser desagradable, era muy rápida, porque ¿quién había de alegrarse de su llegada? Y recordaba con pesar el bullicio de Uppercross y la reclusión de Kellynch.

La última carta de Elizabeth había comunicado noticias de algún interés. El señor Elliot estaba en Bath. Había ido a Camden Place, había vuelto una segunda vez, una tercera, y había sido excesivamente atento. Si Elizabeth y su padre no se engañaban, había tomado tanto cuidado en buscar la relación como antes en descuidarla. Esto era maravilloso en caso de ser cierto, y lady Russell se sentía en un estado de agradable curiosidad y perplejidad acerca del señor Elliot, casi echándose atrás, por el sentimiento que había expresado a Mary, como de un hombre a quien «no deseaba ver». Sentía gran deseo de verlo. Si realmente deseaba cumplir con su deber de buena rama, sería perdonado por su alejamiento del árbol familiar.

A Anne esta circunstancia no le produjo el mismo entusiasmo, pero pensó que también le gustaría ver de nuevo al señor Elliot, cosa que en verdad podía decir de muy pocas personas en Bath.

Descendió Anne en Camden Place y lady Russell se encaminó a su alojamiento en la calle Rivers.

Capítulo XV

Sir Walter había tomado una buena casa en Camden Place, en una situación elevada y digna, tal como correspondía a un hombre igualmente digno y elevado. Y él y Elizabeth se habían establecido allí para su completa satisfacción.

Anne entró en la casa con el corazón desmayado, anticipándose una reclusión de varios meses y diciéndose ansiosamente a sí misma: «Oh, ¿cuándo volveré a dejaros?». Sin embargo, una cordialidad inesperada a su arribo le hizo mucho bien. Su padre y su hermana se alegraban de verla, por el placer de mostrarle la casa y el mobiliario, y fueron a su encuentro cariñosamente. El que fueran cuatro para las comidas era, además, una ventaja.

La señora Clay se mostraba muy amable y sonriente, pero sus cortesías y sus sonrisas no pasaban de ser eso mismo: cortesía. Anne sintió que pretendía hacer siempre lo que fuera conveniente y propio, pero la buena voluntad de los otros era inesperada y genuina. Estaban de excelente ánimo, y bien pronto se enteró del porqué. No tenían interés en escucharla. Tras esperar algún cumplido sobre que se los echaba mucho de menos en su antigua vecindad, que Anne no pudo pronunciar, tuvieron bien pocas preguntas que hacer y la conversación cayó en sus manos. Uppercross no excitaba el interés; Kellynch, muy poco; lo más importante era Bath.

Tuvieron el placer de asegurarle que Bath había sobrepasado sus expectativas en todos los sentidos. Su casa era indiscutiblemente la mejor de

Camden Place, su sala tenía todas las ventajas sobre las que habían visitado u oído hablar de ellas, y la superioridad consistía además en lo adecuado del mobiliario. Todos buscaban relacionarse con ellos. Todos deseaban visitarles. Habían rechazado muchas presentaciones, y sin embargo vivían asediados por tarjetas dejadas por gentes de las que nada sabían.

¡Cuántos motivos de regocijo! ¿Podía dudar Anne de que su padre y su hermana eran felices? Podía verse que su padre no se sentía rebajado en el cambio; nada echaba de menos de los deberes y la dignidad de un propietario de tierras y encontraba satisfacción en la vanidad de una pequeña ciudad; y debió ir aprobando y sonriendo y maravillándose de que Elizabeth se pasease de una habitación a otra, ponderando su espaciosidad, y sorprendiéndose de que aquella mujer que había sido la dueña de Kellynch Hall encontrara orgullo en el reducido espacio de aquellas cuatro paredes.

Pero además tenían otras cosas que les hacían felices. También tenían al señor Elliot. Anne tuvo que oír mucho sobre él. No sólo le habían perdonado, sino que estaban encantados con él. Había estado en Bath hacía más o menos quince días (había pasado por Bath cuando se dirigía a Londres, y sir Walter, pese a que no había estado más que veinticuatro horas, se había puesto en contacto con él), pero ahora había pasado otros quince días en Bath y la primera medida que tomó fue dejar su tarjeta en Camden Place, seguida por los más grandes deseos de renovar el encuentro, y cuando se encontraron su conducta fue tan franca, tan presta a excusarse por el pasado, tan deseosa de renovar la relación, que tras su primer contacto fue plenamente restablecido.

No encontraban ningún defecto en él. Había explicado todo lo que parecía descuido de su parte. Todo se debía a un malentendido. Nunca había tenido la intención de distanciarse; había tenido la impresión de ser rechazado, aunque sin saber por qué, y por delicadeza había guardado silencio. Ante la sospecha de haber hablado irrespetuosa o ligeramente de la familia o del honor de ésta, estaba indignado. ¡Él, que siempre se había enorgullecido de ser un Elliot! Y sus ideas, en lo que se refiere a la familia, eran demasiado estrictas para el democrático tono de los tiempos presentes. En verdad estaba asombrado. Pero su carácter y su comportamiento refutarían tal sospecha. Podía decirle a sir Walter que averiguara entre la gente que lo conocía; y en verdad, la pena que se tomó a la primera oportunidad de reconciliación para ser puesto en el lugar de pariente y presunto heredero fue prueba suficiente de sus opiniones al respecto.

Las circunstancias del matrimonio también podían disculparse. Este tema no se había discutido con él, pero un íntimo amigo suyo, el coronel Wallis, un hombre muy respetable, todo un caballero (y no mal parecido, agregaba sir Walter), que vivía muy cómodamente en las casas de Marlborough y que había pedido al señor Elliot que los presentase, fue quien mencionó una o dos cosas en lo que se refiere al matrimonio que contribuyeron a disminuir el desprestigio.

El coronel Wallis hacía mucho tiempo que conocía al señor Elliot, había conocido también a su esposa y estaba al corriente de aquel episodio. No era ella una mujer de buena familia, pero era bien educada, culta, rica y muy enamorada de su amigo. Había sido un flechazo. Ella lo había buscado. De haber carecido de atractivo, no habría bastado todo su dinero para tentar a Elliot; además, sir Walter estaba convencido de que ella había sido una hermosa mujer. Todos estas consideraciones lo disculpaban. ¡Una mujer muy hermosa, de gran fortuna y enamorada de él! Sir Walter admitía que todos estos detalles justificaban del todo su actitud, y aunque Elizabeth no podía ver el asunto bajo una luz tan favorable, se vio obligada a admitir que era un gran atenuante.

El señor Elliot había hecho frecuentes visitas, había cenado una vez con ellos y se había mostrado encantado de recibir la invitación, pues ellos no daban cenas en general; en una palabra, estaba encantado por cualquier muestra de afecto familiar, y hacía depender su felicidad de estar en íntima vinculación con la casa de Camden Place.

Anne escuchaba, pero sin acabar de entender. Había que acoger con grandes reservas la opinión de los que contaban todo esto. Sabía que Elizabeth y su padre exageraban. Lo que parecía extravagante o irracional en el progreso de la reconciliación podría tener su origen nada más que en el modo de hablar de los narradores. Sin embargo, ella tenía la sensación de que había algo más de lo que parecía en el deseo del señor Elliot, después de un intervalo de tantos años, de ser bien recibido por ellos. Desde un punto de vista mundano, nada sacaría en limpio con la amistad de sir Walter, nada ganaría con que las cosas cambiaran. Probablemente él era el más rico y Kellynch sería alguna vez suyo, al igual que el título. Un hombre sensato, y había parecido ser, en verdad, un hombre muy sensato, ¿por qué había de poner objeciones? Sólo se le ocurría una explicación: tal vez fuera a causa de Elizabeth. Tal vez en un tiempo hubo cierta atracción, aunque la conveniencia y el azar lo hubieran apartado, y ahora que era dueño de seguir su propio camino podría dedicarle sus atenciones. Elizabeth era muy hermosa, de modales elegantes y cultivados, y su modo de ser no era conocido por el señor Elliot, que la había tratado unas pocas veces en público, cuando era muy joven. Cómo habría de recibir la sensibilidad y la inteligencia de él el conocimiento de su presente modo de vida, era otra preocupación muy penosa. Seriamente deseaba Anne que no fuera él demasiado amable u obsequioso, de ser Elizabeth la causa de sus desvelos; y que Elizabeth se inclinaba a creer tal cosa y que su amiga, la señora Clay, fomentaba la idea, se hizo clarísimo por una o dos miradas entre ambas, mientras se hablaba de las frecuentes visitas del señor Elliot.

Anne mencionó los fugaces encuentros con él en Lyme, pero sin que se le prestara mucha atención. «Oh, sí, tal vez era el señor Elliot.» Ellos no sabían. «Tal vez fuera él.» No podían escuchar la descripción que ella hacía de él. Ellos mismos lo describían, sobre todo sir Walter. Él hizo justicia a su aspecto distinguido, su elegante aire a la moda, su bien cortado rostro, su grave mirada, pero al mismo tiempo «era de lamentar su aire sombrío, un defecto que el tiempo parecía haber aumentado», ni podía ocultarse que los diez años transcurridos se reflejaban en sus facciones desfavorablemente. El señor Elliot parecía pensar que él (sir Walter) tenía «el mismo aspecto que cuando se separaron», pero sir Walter «no había podido devolver el cumplido enteramente», y eso lo había confundido. De todos modos, no pensaba quejarse; el señor Elliot tenía mejor aspecto que la mayor parte de los hombres, y él no pondría objeciones a que lo vieran en su compañía donde fuere.

El señor Elliot y su amigo fueron el principal tema de conversación toda la tarde. «¡El coronel Wallis había parecido tan deseoso de ser presentado a ellos! ¡Y el señor Elliot tan ansioso de hacerlo!» Había además una señora Wallis a quien sólo conocían de oídas por encontrarse enferma. Pero el señor Elliot hablaba de ella como de «una mujer encantadora, digna de ser conocida en Camden Place». Tan pronto como se restableciera habrían de conocerla. Sir Walter tenía una alta opinión de la señora Wallis; se decía que era una mujer extraordinariamente bella, hermosa. Deseaba verla. Sería un remedio para las feas caras que continuamente veía en la calle. Lo peor de Bath era el extraordinario número de mujeres feas. No quería decir esto que no hubiese mujeres bonitas, pero la mayoría de feas era aplastante. Frecuentemente había observado en sus paseos que una cara bella era seguida por treinta o treinta y cinco espantajos. En cierta ocasión, encontrándose en una tienda de Bond Street había contado ochenta y siete mujeres, una tras otra, sin encontrar un rostro aceptable entre ellas. Ciertamente había sido una mañana helada, un frío agudo del que sólo una mujer entre treinta hubiera podido soportar. Pero pese a ello... el número de feas era incalculable. ¡En cuanto a los hombres...! Eran infinitamente peores. ¡Las calles estaban llenas de multitud de espantajos! Era evidente que las mujeres estaban muy poco acostumbradas a la vista de alguien tolerable, por el efecto que un hombre de discreta apariencia producía. Nunca había caminado del brazo con el coronel Wallis, un hombre de porte marcial aunque su cabello parecía de color arena, sin que todos los ojos de las mujeres se volviesen a mirarle. En verdad, «todas las mujeres miraban al coronel Wallis». ¡Oh, la modestia de sir Walter! Su hija y la señora Clay no se lo dejaron pasar, sin embargo, y afirmaron que el acompañante del coronel Wallis tenía una figura tan buena como la de éste, sin la desventaja del cabello color arena.

—¿Qué aspecto tiene Mary? —preguntó sir Walter, con el mejor humor—. La última vez que la vi tenía la nariz roja, pero espero que esto no ocurra todos los días.

—Oh, debe de haber sido pura casualidad. En general ha disfrutado de buena salud y aspecto desde san Miguel.

—Espero que no la tiente salir con vientos fuertes y adquirir así un cutis recio. Le enviaré un nuevo sombrero y una pelliza.

Anne consideraba si le convendría sugerir que un abrigo o un sombrero no debían exponerse a tan mal trato, cuando un golpe en la puerta lo interrumpió todo: «¡Una llamada a la puerta y a estas horas! ¡Debían de ser más de las diez! ¿Si sería el señor Elliot?». Sabían que tenía que cenar en Lansdown Crescent. Era posible que se hubiese detenido en su camino de vuelta para saludarles. No podían pensar en nadie más. La señora Clay creía que, decididamente, aquélla era la manera de llamar del señor Elliot. La señora Clay tenía razón. Con toda la ceremonia que podía esperarse de un criado que era a la vez lacayo y mayordomo, el señor Elliot fue introducido en la habitación.

Era el mismo, el mismo hombre, sin otra diferencia que el traje. Anne se hizo algo atrás mientras los demás recibían sus cumplidos, y su hermana, las disculpas por haberse presentado a hora tan desusada. Pero «no podía pasar tan cerca sin entrar a preguntar si ella o su amiga se habían resfriado el día anterior, etcétera». Todo lo cual fue cortésmente dicho y cortésmente recibido, pero el turno de Anne se acercaba. Sir Walter habló de su hija más joven. «El señor Elliot debía ser presentado a su hija más joven» (no hubo ocasión de recordar a Mary), y Anne, sonriente y ruborizándose, de manera que le sentaba muy bien, presentó al señor Elliot las hermosas facciones que éste no había en modo alguno olvidado, e inmediatamente pudo comprobar, por la sorpresa que él tuvo, que antes no había sospechado quién era ella. Pareció completamente sorprendido, pero no más sorprendido que agradado. Sus ojos brillaron y con la mayor presteza dio bienvenida al encuentro, aludió al pasado, y dijo que podía considerársele un antiguo conocido. Era tan bien parecido como había semejado serlo en Lyme, y sus facciones mejoraban al hablar, y sus modales eran exactamente los que convenían, tan corteses, tan fáciles, tan particularmente agradables, que solamente podían ser comparados con los de otra persona. No eran los mismos, pero eran igualmente buenos.

Se sentó con ellos y la conversación mejoró notablemente. No cabía duda de que era un hombre inteligente. Diez minutos bastaron para comprenderlo. Su tono, su expresión, la elección de los temas, su conocimiento de hasta dónde debía llegar, eran el producto de una mente inteligente y

discernidora. En cuanto pudo comenzó a hablar con ella de Lyme, deseando cambiar opiniones respecto al lugar, pero deseando especialmente comentar el hecho de haber sido huéspedes de la misma posada al mismo tiempo, hablando de su ruta, sabiendo un poco la de ella, y lamentando no haber podido presentarle sus respetos en aquella ocasión. Ella informó brevemente de su estancia y sus asuntos en Lyme. Su pesar aumentó al saber los detalles. Había pasado una tarde solitaria en la habitación contigua a la de ellos. Había oído voces regocijadas. Había pensado que debían de ser unas personas encantadoras y deseó estar con ellos. Y todo esto sin saber que tenía el derecho a ser presentado. ¡Si hubiera preguntado quiénes eran! ¡El nombre de Musgrove habría bastado!

—Bien, esto serviría para curarle de la costumbre de no hacer jamás preguntas en una posada, costumbre que había adoptado desde muy joven, pensando que no era gentil ser curioso. Las nociones de un joven de veinte o veintidós años en lo que se refiere a buenas maneras son más absurdas que las de cualquier otra persona del mundo. La estupidez de los medios que emplean sólo puede ser igualada por la tontería de los fines que persiguen.

Pero no podía comunicar sus reflexiones a Anne solamente, él lo sabía, y no tardó en dirigirse de manera más general a los otros, y sólo a ratos pudo volver a Lyme.

Sus preguntas, sin embargo, trajeron pronto el relato de lo que había pasado allí después de su partida. Habiendo oído algo sobre «un accidente», quiso conocer el resto. Cuando preguntó, sir Walter y Elizabeth preguntaron también, aunque no pasó inadvertida la diferencia de la manera en que lo hacían. Anne sólo podía comparar al señor Elliot con lady Russell por su deseo de comprender lo que había ocurrido y por el grado en que parecían comprender también cuánto había sufrido ella presenciando el accidente.

Se quedó una hora con ellos. El elegante relojito sobre la chimenea había tocado «las once con sus argentinos toques», y el sereno se oía en la distancia cantando lo mismo, antes de que el señor Elliot o cualquiera de los presentes se dieran cuenta de que había pasado un largo rato.

¡Anne nunca supuso que su primera velada en Camden Place fuera a ser tan grata!

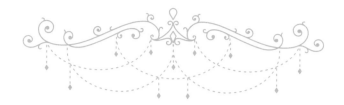

Capítulo XVI

Había una cuestión que Anne al volver con los suyos hubiera deseado conocer, más aún que la de saber si el señor Elliot estaba enamorado de Elizabeth, y era si su padre no estaría enamorado de la señora Clay; después de haber permanecido en casa unas horas estaba más que intranquila a este respecto. Bajando para el desayuno a la mañana siguiente, encontró que había habido una razonable intención de la dama de dejarlos. Imaginó que la señora Clay habría dicho «que ahora que Anne estaba con ellos no era ya necesaria», porque Elizabeth respondía en una especie de murmullo: «No hay ninguna razón en verdad. Le aseguro que no encuentro ninguna. Ella no es nada para mí comparada con usted». Y tuvo tiempo de oír decir a su padre: «Mi querida señora, esto no puede ser. Aún no ha visto nada de Bath. Ha estado aquí solamente por ser necesaria. No nos dejará usted ahora. Debe quedarse usted para conocer a la señora Wallis, a la hermosa señora Wallis. Para un espíritu exquisito como el suyo, estoy seguro que la belleza es siempre un placer».

Habló con tanto entusiasmo que Anne no se sorprendió de que la señora Clay evitase la mirada de ella y de su hermana; ella podría parecer quizás un poco sospechosa, pero Elizabeth ciertamente no pensaba nada acerca del elogio al «espíritu exquisito» de la dama. Ésta, ante tales requerimientos, no pudo menos que condescender en quedarse.

En el curso de la misma mañana, encontrándose sola Anne con su padre, comenzó éste a cumplimentarla sobre su mejor aspecto; la encontraba «menos delgada de cuerpo, de mejillas; su piel, su apariencia había mejorado... era más claro su cutis, más fresco. ¿Había estado utilizando algo?». «No, nada.» «Nada más que loción Gowland», supuso él. «No, absolutamente nada.» Ah, esto le sorprendía mucho, y añadió: «Ciertamente, no puedes hacer nada mejor que continuar como estás. Estás sumamente bien. Pero te recomiendo el uso de Gowland constantemente durante los meses de primavera. La señora Clay lo ha estado usando bajo mi recomendación y ya ves cuánto ha mejorado. Ha perdido todas sus pecas».

¡Si Elizabeth hubiera oído esto! Tal elogio le hubiera chocado, especialmente cuando, en opinión de Anne, las pecas no habían disminuido en modo alguno. Pero hay que dar oportunidad a todo. El mal de tal matrimonio disminuiría si Elizabeth se casaba también. En cuanto a ella, siempre tendría su hogar con lady Russell.

La compostura de lady Russell y la gentileza de sus modales sufrieron una prueba en Camden Place. La vista de la señora Clay gozando de tanto favor y de Anne tan abandonada era una perpetua provocación para ella, y aún la mortificaba durante el escaso tiempo de que puede disponer una persona que, en Bath, toma las aguas del lugar, lee las nuevas publicaciones y tiene gran número de conocidos.

Cuando conoció al señor Elliot, se volvió más caritativa o más indiferente hacia los demás. Los modales de éste fueron una recomendación inmediata; conversando con él encontró bien pronto lo sólido debajo de lo superficial, por lo que se sintió inclinada a exclamar, según dijo a Anne: «¿Puede ser éste el señor Elliot?»; sinceramente no podía imaginar un hombre más agradable o estimable. Lo reunía todo: buen entendimiento, opiniones correctas, conocimiento del mundo y un corazón cariñoso. Tenía fuertes sentimientos de unión y honor familiares, sin ninguna debilidad u orgullo; vivía con la liberalidad de un hombre de fortuna, pero sin derrochar; juzgaba por sí mismo en todas las cosas esenciales sin desafiar a la opinión pública en ningún punto del decoro mundano. Era tranquilo, observador, moderado, cándido, nunca desaparecía por espíritu egoísta creyendo hacerlo por sentimientos poderosos, y con una sensibilidad para todo lo que era amable o encantador y una valoración de todo lo apreciable en la vida doméstica, que los caracteres falsamente entusiastas o de agitaciones violentas rara vez poseen. Estaba segura de que no había sido feliz en el matrimonio. El coronel Wallis lo decía y lady Russell podía verlo, pero no se había agriado su carácter ni tampoco (bien pronto comenzó a sospecharlo) dejaba de pensar en una segunda elección. La satisfacción que el señor Elliot le producía disminuía la plaga que era la señora Clay.

Hacía ya algunos años que Anne había aprendido que ella y su buena amiga podían pensar distinto. Por consiguiente no le sorprendió que lady Russell no encontrase nada sospechoso o inconsistente, nada detrás de los motivos que aparecían a la vista, en el gran deseo de reconciliación del señor Elliot. Lady Russell estimaba que la cosa más natural del mundo era que en la madurez de su vida considerara el señor Elliot sumamente recomendable y deseable reconciliarse con el cabeza de la familia. Era lo natural al andar del tiempo en una cabeza clara y que sólo había errado en el medio de la juventud. Anne, sin embargo, sonreía y al fin mencionó a Elizabeth. Lady Russell escuchó, miró y contestó solamente: «¡Elizabeth! Bueno. El tiempo dirá».

Anne, después de una breve observación, comprendió que ella también debía limitarse a esperar el futuro. Nada podía juzgar en el presente. En aquella casa, Elizabeth estaba primero y ella estaba tan acostumbrada a la general reverencia a «la señorita Elliot» que cualquier atención particular parecía imposible. El señor Elliot, además, no debía olvidarse, era viudo desde hacía sólo siete meses. Una pequeña demora de su parte era muy excusable. En una palabra, Anne no podía ver el crespón alrededor de su sombrero sin imaginarse que no tenía ella excusa en suponerle tales intenciones, porque su matrimonio, aunque desdichado, había durado tantos años que era difícil recobrarse tan rápidamente de la espantosa impresión de verlo deshecho.

De cualquier manera que todo aquello fuese a terminar, no cabía duda de que él era la persona más agradable de las que conocían en Bath. No veía a nadie igual a él, y era una gran cosa de vez en cuando conversar acerca de Lyme, que él parecía tener casi más deseos de ver nueva y más extensamente que ella. Comentaron los detalles de su primer encuentro numerosas veces. Él dio a entender que la había mirado con interés. Ella lo recordaba bien, y recordaba además la mirada de una tercera persona.

 153

No siempre estaban de acuerdo. Su respeto por el rango y el parentesco eran mayores que los de ella. No era simplemente complacencia, era un agradarle el tema, que hizo que su padre y su hermana prestaran atención a cosas que Anne juzgaba indignas de entusiasmarlos. El matutino de Bath anunció una mañana la llegada de la vizcondesa viuda de Dalrymple y de su hija, la honorable señorita Carteret, y toda la tranquilidad del número... de Camden Place desapareció durante varios días, porque las Dalrymple (desdichadamente, en opinión de Anne) eran primas de los Elliot, y las angustias afloraron al pensar en una presentación correcta.

Anne no había visto antes a su padre y hermana en contacto con la nobleza, y se desilusionó un poco. Había pensado mejor acerca de la idea que ellos tenían de su propia situación en la vida, y sintió un deseo que jamás hubiera sospechado pudiera llegar a tener... el deseo de que tuvieran más orgullo, porque «nuestras primas lady Dalrymple y la señorita Carteret», «nuestras parientes, las Dalrymple», eran frases que estaban todo el día en su oído.

Sir Walter había estado una vez en compañía del difunto vizconde, pero jamás había conocido a la familia. Las dificultades surgían ahora porque se había interrumpido toda correspondencia formal entre unos y otros precisamente desde la muerte del mencionado vizconde, cuando, coincidiendo con una grave enfermedad de sir Walter, en Kellynch se había cometido un desafortunado olvido: ningún pésame se había enviado a Irlanda. El pecado había sido pagado porque cuando la muerte de lady Elliot ninguna condolencia llegó a Kellynch, y consecuentemente, había sobradas razones para suponer que los Dalrymple consideraban la amistad terminada. Cómo arreglar este enojoso asunto y ser admitidos nuevamente como primos era la importante cuestión; era un asunto que, bien sensatamente, ni lady Russell ni el señor Elliot consideraban poco importante. «Las relaciones familiares era bueno conservarlas siempre, la buena compañía es siempre digna de ser buscada; lady Dalrymple había tomado durante tres meses una casa en Laura Place, y viviría con gran distinción. Había estado en Bath el año anterior y lady Russell había oído hablar de ella como de una mujer encantadora. Era muy de desear que las relaciones fueran reanudadas, y si era posible, sin ninguna falta de decoro de parte de los Elliot.»

Sir Walter, sin embargo, prefirió emplear sus propios medios, y finalmente escribió dando una amplia explicación y expresando su pesar a su honorable prima. Ni lady Russell ni el señor Elliot pudieron admirar la carta, pero, sea como sea, la carta cumplió su cometido, trayendo de vuelta una garabateada nota de la vizcondesa viuda. «Tendría mucho placer y honor en conocerles.» Los afanes del asunto habían terminado, sus dulzuras comenzaban. Visitaron Laura Place, y recibieron las tarjetas de la vizcondesa viuda de Dalrymple y de la honorable señorita Carteret para arreglar entrevistas. Y «nuestros primos en Laura Place», «nuestros parientes lady Dalrymple y la señorita Carteret», eran el tema obligado de todos los comentarios.

Anne estaba avergonzada. Aunque lady Dalrymple y su hija hubieran sido sumamente agradables, se habría sentido avergonzada de la agitación que creaban, pero éstas no valían gran cosa. No tenían superioridad de modales, de dotes o de entendimiento. Lady Dalrymple había adquirido la fama de ser «una mujer encantadora» porque tenía una sonrisa amable y era cortés con todo el mundo. La señorita Carteret, de quien podía decirse aún menos, era tan fea y desagradable que no hubiera sido jamás recibida en Camden Place de no haber sido por su alcurnia.

Lady Russell confesó que había esperado algo más, pero sin embargo «era una relación digna» y cuando Anne aventuróse a dar su opinión al señor Elliot, él convino que por sí mismas no valían gran cosa, pero afirmó que para trato familiar, como buena compañía, para aquéllos que buscan tener personas gratas alrededor, valían bastante. Anne sonrió y dijo:

—Mi idea de la buena compañía, señor Elliot, es la de la gente inteligente, bien informada y que tiene mucho que decir; esto es lo que yo entiendo por buena compañía.

—Se equivoca usted —dijo él gentilmente—; ésa no es buena compañía, es la mejor. La buena compañía requiere solamente cuna, educación y modales, y en lo que a educación respecta se exige bastante poca. El nacimiento y las buenas maneras son lo esencial, pero un poco de conocimientos no causa ningún daño, por el contrario, hace bien. Mi prima Anne mueve la cabeza. No está satisfecha. Está fastidiada. Mi querida prima —sentándose al lado de ella—, tiene usted más derecho a ser desdeñosa que cualquier otra mujer que yo conozca. Pero ¿qué saca con ello? ¿No es acaso más sabio aceptar la compañía de estas señoras de Laura Place y disfrutar de las ventajas de su trato en cuanto sea posible? Puede usted estar segura de que andarán entre lo mejor de Bath este invierno, y como el rango es el rango, el hecho de que sean parientes contribuirá a colocar a su familia (nuestra familia) en la consideración que merece.

—¡Sí —afirmó Anne—, en verdad sabrán que somos parientes de ellas! —luego, recomponiéndose y no deseando obtener respuesta, continuó—: Realmente creo que ha sido demasiado molesto procurarse esta relación. Creo —añadió sonriendo— que tengo más orgullo que ustedes, pero confieso que me molesta que hayamos deseado tanto la relación cuando para ellas es perfectamente indiferente.

—Perdón, mi querida prima, es usted injusta con nosotros. En Londres quizá, con su tranquila manera de vivir, podría usted decir lo que dice, pero en Bath, sir Walter Elliot y su familia serán siempre dignos de ser conocidos, siempre serán una compañía muy apreciable.

—Bien —dijo Anne—, ciertamente soy orgullosa, demasiado orgullosa para disfrutar de una amistad que depende del lugar en que uno esté.

—Apruebo su indignación —dijo él—, es bien natural. Pero están ustedes en Bath y lo que importa es poseer todo el crédito y la dignidad que merece sir Walter Elliot. Habla usted de orgullo; yo soy considerado orgulloso, y no deseo serlo en otra forma, porque nuestro orgullo, en el fondo, es el mismo, no lo dudo, aunque las apariencias le hagan parecer diferente. En una cosa, mi querida prima —continuó hablando bajo como si no hubiera nadie más en el salón—, en una cosa estoy seguro de que nuestros sentimientos son los mismos. Sentimos que cualquier amistad nueva para su padre, entre sus iguales o superiores, que pueda distraer sus pensamientos de lo que anda detrás de él, debe ser bienvenida.

Mientras hablaba miró el lugar que la señora Clay había estado ocupando, lo que explicaba suficientemente su pensamiento. Y aunque Anne no creyó que tuvieran el mismo orgullo, sintió simpatía por su desagrado hacia la señora Clay y por el deseo de que su padre conociera nueva gente para eliminar a esta mujer.

Capítulo XVII

Mientras sir Walter y Elizabeth probaban fortuna en Laura Place, Anne renovaba una antigua y muy distinta amistad.

Había visitado a su antigua institutriz y se había enterado por ésta de que había en Bath una antigua condiscípula que llamaba su atención por haber sido bondadosa con ella en el pasado y actualmente desdichada. La señorita Hamilton, actualmente señora Smith, había demostrado cariño hacia ella en uno de esos momentos en que más se estima esta clase de gestos. Anne había llegado muy apesadumbrada al colegio, afligida por la pérdida de una madre profundamente amada, extrañando su alejamiento de la casa y sufriendo mucho, como puede sufrir una niña de catorce años de aguda sensibilidad en un caso semejante. Y la señorita Hamilton, que era tres años mayor que ella pero que se había quedado en el colegio un año más, debido a la falta de parientes y de hogar estable, había sido servicial y amable con Anne, mitigando su pena de una manera que jamás podría olvidarse.

La señorita Hamilton había dejado el colegio, se había casado poco después, según se decía, con un hombre de fortuna; esto era todo lo que Anne sabía de ella. Pero ahora el relato de su institutriz hacía ver la situación de una manera completamente diferente.

Era viuda y pobre; su esposo había sido derrochador y, a su muerte, ocurrida dos años atrás, había dejado sus asuntos bastante embrollados. Había tenido serias dificultades y, uniéndose a tales inconvenientes, una fiebre reumática que le atacó las piernas la había dejado prácticamente inválida. Había venido a Bath con tal motivo, y se hospedaba cerca de los baños calientes, viviendo de una manera muy humilde, sin poder pagarse siquiera la comodidad de una sirvienta, y naturalmente, casi excluida de toda sociedad.

Su mutua amiga garantizó la satisfacción que una visita de la señorita Elliot daría a la señora Smith, y Anne, consecuentemente, no tardó en hacerla. No dijo nada de lo que había oído y de lo que pensaba en su casa. No despertaría allí el interés que debía. Solamente consultó a lady Russell, quien comprendió perfectamente sus sentimientos, y tuvo el placer de llevarla lo más cerca posible del alojamiento de la señora Smith en Westgate.

Se hizo la visita, se restablecieron las relaciones, su interés fue mutuo. Los primeros diez minutos fueron embarazosos y emocionantes. Doce años habían transcurrido desde su separación, y cada una era una persona distinta de la que la otra imaginaba. Doce años habían convertido a Anne, una floreciente, silenciosa y sin formar niña de quince años, en una elegante mujercita de veintisiete, con todas las bellezas excepto la lozanía y con modales tan serios como gentiles; doce años habían convertido a la bonita y ya crecida señorita Hamilton, entonces en todo el apogeo de la salud y la confianza de su superioridad, en una pobre, débil y abandonada viuda, que recibía la visita de su antigua protegida como un favor. Pero todo lo desagradable en el encuentro pasó bien pronto y solamente quedó el encanto de recordar y hablar sobre los viejos tiempos.

Anne encontró en la señora Smith el buen sentido y las agradables maneras de las que casi no podía prescindir, y una disposición para conversar y ser alegre que realmente no esperaba. Ni las disipaciones del pasado —había vivido mucho en el mundo— ni las restricciones del presente ni la enfermedad ni el pesar parecían haber cerrado su corazón o arruinado su espíritu.

En el curso de una segunda visita habló con gran franqueza y la sorpresa de Anne aumentó. Podía difícilmente imaginarse una situación menos agradable que la de la señora Smith. Había amado mucho a su esposo y lo había visto morir. Había conocido la opulencia, ya no la tenía. No tenía hijos para estar por ellos unida a la vida y a la felicidad, no tenía parientes que la ayudaran en el arreglo de embrollados negocios, tampoco tenía salud que hiciera todo esto más soportable. Sus habitaciones se componían de una ruidosa salita y un sombrío dormitorio detrás; ella no podía moverse de una a otra habitación sin ayuda, y no había más que una criada en la casa para este menester, y jamás salía de la casa más que para ser llevada a los baños calientes. Y, pese a esto, Anne no se equivocaba al creer que sólo tenía breves momentos de languidez y abatimiento frente a las horas ocupadas y alegres que pasaba. ¿Cómo podía ser esto? Ella vigiló, observó, reflexionó y finalmente llegó a la conclusión de que no se trataba solamente de un caso de fortaleza o resignación. Un espíritu sumiso puede ser paciente, un fuerte entendimiento puede dar resolución, pero aquí había algo más: aquí había ligereza de pensamiento, disposición para consolarse, poder de volver rápidamente lo malo en bueno y de interesarse por todo como si fuera un don de la naturaleza, lo cual la mantenía fuera de sí misma y de sus pesares. Era éste el don más escogido del cielo; Anne vio en su amiga uno de esos maravillosos ejemplos que parecen servir para mitigar cualquier insatisfacción.

En un tiempo, le informó la señora Smith, su espíritu había flaqueado. No podía llamarse inválida ahora, comparando su estado con el que tenía cuando llegó a Bath. Entonces era realmente un objeto digno de piedad, porque se había resfriado durante el viaje y apenas había tomado posesión de su alojamiento cuando se vio confinada en el lecho sufriendo severos y constantes dolores. Todo esto entre extraños, con necesidad de tener una enfermera y no permitiéndoselo sus dificultades económicas. Lo había soportado, sin embargo, y podía afirmar que realmente había mejorado. Había aumentado su bienestar al sentirse en buenas manos. Había visto mucho del mundo para esperar desinterés en alguna parte, pero su enfermedad le había probado la bondad de la patrona del alojamiento; había tenido además la suerte de que la hermana de la patrona era enfermera de profesión y encontrándose siempre en casa cuando sus obligaciones se lo permitían, estuvo libre en los momentos en que ella necesitó asistencia.

—Además de cuidarme admirablemente —decía la señora Smith— me impartió conocimientos valiosísimos. En cuanto pude utilizar las manos me enseñó a hacer punto, lo que ha sido un gran entretenimiento. Me enseñó a hacer esas cajas para guardar agujas, alfileteros, tarjeteros, en los que me encontrará usted siempre ocupada, y eso me permite ser útil a una o dos pobres familias de la vecindad. Debido a su profesión tiene muchos conocidos entre la gente, conoce a los que pueden comprar, y dispone de mi mercadería. Siempre escoge el momento oportuno. El corazón de todos se abre cuando han escapado de grandes dolores y adquieren nuevamente la bendición de la salud, y la enfermera Rooke sabe bien cuándo es el momento de hablar. Es una mujer inteligente y sensible. En su oficio puede conocer la naturaleza humana, y tiene una base de buen sentido y don de observación que como compañía la hacen infinitamente superior a la de mucha gente que ha recibido «la mejor educación del mundo» y no sabe en realidad nada. Llámelo usted chismes, si así le parece, pero cuando la enfermera Rooke viene a pasar una hora conmigo siempre tiene algo útil y entretenido que contarme, algo que nos hace pensar mejor de la gente. Una desea saber lo que ocurre, estar al tanto de las nuevas maneras de ser trivial y tonto que se utilizan en el mundo. Para mí, que vivo tan sola, su conversación es un regalo.

Anne, deseando conocer más acerca de este placer, contestó:

—Fácilmente lo creo. Esta clase de mujeres tienen muchas oportunidades, y si son inteligentes, escucharles debe de valer la pena. ¡Tantas variedades de la naturaleza humana como tienen que conocer...! Y no solamente de las tonterías pueden aprender, también pueden ver cosas interesantes o conmovedoras. ¡Cuántos ejemplos verán de ardiente y desinteresada abnegación, de heroísmo, fortaleza, paciencia, resignación...! Todos los conflictos y todos los sacrificios que nos ennoblecen. El cuarto de un enfermo podría llenar el mejor de los volúmenes.

—Sí —dijo dudando la señora Smith—, alguna vez sucede, aunque la mayoría de las veces los ejemplos que esta mujer ve no son tan elevados como usted los describe. Alguna vez la naturaleza humana puede ser grande en los momentos de prueba, pero en general son las debilidades y no la fuerza lo que aparece en la habitación de un enfermo. Es egoísmo e impaciencia más bien que generosidad y fortaleza lo que escucha allí. ¡Tan escasa es la verdadera amistad en el mundo! Y desdichadamente —hablando bajo y trémulo—, ¡hay tantos que olvidan pensar seriamente hasta que es demasiado tarde...!

Anne comprendió la dolorosa miseria de estos sentimientos. El marido no había sido lo que debía, y había dejado a la esposa entre aquella gente que ocupan un mundo peor del que merece. Este momento de emoción fue, sin embargo, pasajero. La señora Smith se repuso y continuó en tono indiferente:

—No creo que la situación que tiene en el presente mi amiga la señora Rooke sirva mucho para entretenerme o enseñarme algo. Atiende a la señora Wallis, de Marlborough, según creo una mujer a la moda, bonita, tonta, gastadora, y, naturalmente, nada podrá contarme sobre encajes y fruslerías. Sin embargo, quizá yo pueda sacar algún beneficio de la señora Wallis. Tiene mucho dinero, y pienso que podrá comprarme todas las cosas caras que tengo ahora entre manos.

Anne visitó varias veces a su amiga antes de que en Camden Place sospecharan su existencia. Al fin se hizo necesario hablar de ella. Sir Walter, Elisabeth y la señora Clay volvían un día de Laura Place con una invitación de la señora Dalrymple para la velada, pero Anne estaba ya comprometida a ir a Westgate. Ella no lamentaba excusarse. Habían sido invitados, no le cabía duda, porque lady Dalrymple, a quien un serio resfriado mantenía en casa, pensaba utilizar la amistad de los que tanto la habían buscado. Así pues, Anne se negó rápidamente: «Había prometido pasar la velada con una antigua condiscípula». No les interesaba nada de lo relacionado con Anne, pero sin embargo hicieron más que suficientes preguntas para enterarse de quién era esta antigua condiscípula. Elizabeth manifestó desdén, y sir Walter se puso severo.

—¡Westgate! —exclamó—. ¿A quién puede la señorita Anne Elliot visitar en Westgate? A la señora Smith. Una viuda llamada señora Smith. ¿Y quién fue su marido? Uno de los miles de señores Smith que se encuentran en todas partes. ¿Qué atractivo tiene? Que está vieja y enferma. Palabra de honor que la señorita Anne Elliot tiene unos gustos extraordinarios. Todo lo que disgusta a otras personas: gente inferior, habitaciones mezquinas, aire viciado, relaciones desagradables, son gratas para ti. Pero seguramente podrás dejar la visita a esa señora. No está tan próxima a morirse, según creo, que no puedas dejar la visita para mañana. ¿Qué edad tiene? ¿Cuarenta?

—No, señor; no tiene aún treinta y un años. Pero no creo que pueda dejar mi compromiso porque es la única tarde en bastante tiempo que nos conviene a ambas. Ella va a los baños calientes mañana, y nosotros, bien lo sabe usted, estamos comprometidos para el resto de la semana.

—Pero ¿qué piensa lady Russell de este conocimiento? —preguntó Elizabeth.

—No ve en ello nada reprochable —repuso Anne—, ¡muy al contrario, lo aprueba! Generalmente me ha llevado cuando he ido a visitar a la señora Smith.

—Westgate debe estar sorprendido de ver un coche circular sobre su pavimento —observó sir Walter—. La viuda de sir Henry Russell no tiene escudo de armas que exhibir y, pese a ello, es el suyo un hermoso coche, indudablemente digno de llevar a la señorita Elliot. ¡Una viuda de nombre Smith que vive en Westgate...! ¡Una pobre viuda que escasamente tiene con qué vivir y de treinta o cuarenta años! ¡Una simple y común señora Smith, el nombre de todos en todo el mundo, haber sido escogida como amiga de la señorita Elliot y ser preferida por ésta a sus relaciones de familia de la nobleza inglesa e irlandesa! Señora Smith, ¡vaya un nombre!

La señora Clay, que había estado presente durante toda la escena, juzgó prudente en ese momento abandonar el cuarto; Anne hubiera deseado decir en defensa de su amiga algunas cosas acerca de los amigos de ellos, pero el natural respeto a su padre la contuvo. No contestó. Dejó que comprendiera él por sí mismo que la señora Smith no era la única viuda en Bath entre treinta y cuarenta años, con escasos medios y sin nombre distinguido.

Anne cumplió su compromiso, los demás cumplieron el suyo, y, naturalmente, debió oír, a la mañana siguiente, que habían pasado una velada encantadora. Ella había sido la única ausente; sir Walter y Elizabeth no solamente se habían puesto al servicio de su señoría, sino que habían buscado a otras personas, tomándose la molestia de invitar a lady Russell y el señor Elliot; y el señor Elliot había dejado temprano al coronel Wallis, y lady Russell había finalizado temprano sus compromisos de la velada para concurrir. Anne supo todos los detalles adicionales de esta velada por lady Russell. Para Anne, lo más importante era la conversación sostenida por lady Russell y el señor Elliot, quien, habiendo deseado su presencia, estimó sin embargo las causas que le impidieron ir. Sus bondadosas y compasivas visitas a su antigua condiscípula parecían haber encantado al señor Elliot. Creía éste que ella era una joven extraordinaria; en sus maneras, carácter y alma, un prototipo excelente de femineidad. Las alabanzas que de ella hacía igualaban a las de lady Russell, y Anne no pudo dejar de entender, por los elogios que de ella hacía este hombre inteligente, lo que su amiga dejaba adivinar en su relato.

Lady Russell tenía ahora una opinión muy firme sobre el señor Elliot. Estaba convencida de su deseo de conquistar a Anne con el tiempo, y no dudaba de que la merecía, y pensaba cuántas semanas tardaría en estar él libre de las ataduras creadas por su viudez y luto para poder emplear abiertamente sus atractivos en conquistar a la joven. No habló con Anne claramente acerca de cómo veía ella el asunto, solamente hizo unas pequeñas insinuaciones de lo que bien pronto ocurriría, es decir, que él estuviese enamorado, y la conveniencia de tal alianza en tal caso y la necesidad de corresponderle. Anne la escuchó y no lanzó ninguna exclamación violenta; sonrió solamente, se ruborizó y sacudió la cabeza suavemente.

—No soy casamentera, como tú bien sabes —dijo lady Russell—, conociendo como conozco demasiado la debilidad de todos los cálculos y determinaciones humanas. Sólo digo que en caso de que alguna vez el señor Elliot se dirija a ti y tú le aceptes, tendréis la posibilidad de ser felices juntos. Será una unión deseada por todo el mundo, pero, para mí, será una unión feliz.

—El señor Elliot es un hombre extremadamente agradable, y en muchos aspectos tengo una alta opinión de él —dijo Anne—, pero no creo que nos convengamos el uno al otro.

Lady Russell dejó esto sin respuesta y solamente continuó:

—Desearía ver en ti a la futura lady Elliot, la dueña de Kellynch, ocupando la mansión que fuera de tu madre, ocupando el puesto de ésta junto a todos los derechos correspondientes, la popularidad que tenía y todas sus virtudes. Esto sería para mí una gran recompensa. Eres idéntica a tu madre, en carácter y en físico; será fácil volver a imaginarla a ella si tú ocupas su situación, su nombre, su hogar, si presidieras y bendijeras el mismo sitio, y solamente serías superior a ella por el hecho de ser más apreciada. Mi queridísima Anne, esto me daría más dicha que ninguna otra cosa en el mundo.

Anne se vio obligada a levantarse a caminar hasta una mesa distante y pretender ocuparse en algo para disimular los sentimientos que este cuadro despertaba en ella. Durante unos minutos su corazón y su imaginación estuvieron fascinados. La idea de ser lo que su madre había sido, de tener el nombre precioso de «lady Elliot» revivido en ella, de volver a Kellynch, de llamarlo nuevamente su hogar, su hogar para siempre, tenía para ella un encanto inefable. Lady Russell no dijo nada más, dejando que el asunto se resolviera por sí solo y pensando que el señor Elliot no habría podido escoger mejor momento para hablar. Creía, en una palabra, lo que Anne no creía. La sola imagen del señor Elliot trajo a la realidad a Anne. El encanto de Kellynch y de «lady Elliot» desapareció. Jamás podría aceptarle. Y no era únicamente que sus sentimientos fueran contrarios a todo hombre con excepción de uno. Su claro juicio, considerando fríamente las posibilidades, condenaba al señor Elliot.

Pese a conocerle desde hacía más de un mes, no podía decir que supiera mucho sobre su carácter. Que era un hombre inteligente y agradable, que hablaba bien, que sus opiniones eran buenas, que sus juicios eran rectos y que tenía principios, todo esto era bastante claro. Ciertamente sabía lo que era bueno y no podía encontrarle ella faltas en ningún aspecto de sus deberes morales, y pese a ello, hubiera temido responder a costa de su conducta. Desconfiaba del pasado, ya que no del presente. Los nombres casualmente mencionados de antiguos conocidos, las alusiones a antiguas costumbres y propósitos sugerían opiniones poco favorables de lo que él había sido. Ella veía que había tenido malos hábitos: los viajes en domingo habían sido cosa común; hubo un periodo en su vida (y posiblemente nada corto) en el que había sido descuidado en todos los asuntos serios; y, aunque ahora pensara diferentemente, ¿quién podía responder por los sentimientos de un hombre hábil, cauteloso, suficientemente maduro como para apreciar un bello carácter? ¿Cómo podría asegurarse de que esta alma estaba realmente limpia?

El señor Elliot era razonador, discreto, cortés, pero no era franco. No había habido jamás un arrebato de sentimientos, ya de indignación o de placer, por la buena o mala conducta de los demás. Esto, para Anne, era una decidida imperfección. Sus primeras impresiones eran perdurables. Ella apreciaba la franqueza, el corazón abierto, el carácter impaciente antes que nada. El calor y el entusiasmo aún la cautivaban. Ella sentía que podía confiar mucho más en la sinceridad de aquéllos que en alguna ocasión podían decir alguna cosa descuidada o ligera, que en aquéllos cuya presencia de ánimo jamás variaba, cuya lengua jamás resbalaba.

El señor Elliot era demasiado agradable para todo el mundo. Pese a los diversos caracteres que habitaban la casa de su padre, él agradaba a todos. Se llevaba muy bien, se entendía demasiado bien con todo el mundo. Había hablado con ella con cierta franqueza acerca de la señora Clay, había parecido comprender los propósitos de esta mujer y había mostrado su desprecio hacia ella; sin embargo, la señora Clay estaba encantada con él.

Lady Russell, probablemente por ser menos exigente que su joven amiga, no observaba nada que pudiese inspirar desconfianza. No podía encontrar ella un hombre más perfecto que el señor Elliot, y su mayor deseo era verlo recibir la mano de su querida Anne Elliot, en la capilla de Kellynch, el próximo otoño.

Capítulo XVIII

Eran los comienzos de febrero, y Anne, después de un mes en Bath, se impacientaba por recibir noticias de Uppercross y Lyme. Deseaba saber más de lo que podían darle las comunicaciones de Mary. Hacía tres semanas que no sabía prácticamente nada. Sabía solamente que Henrietta estaba de nuevo en casa, y que Louisa, aunque se recobraba rápidamente, permanecía aún en Lyme. Y pensaba intensamente en ellos una tarde, cuando una carta más pesada que de costumbre, de Mary, le fue entregada, y para aumentar el placer y la sorpresa, con los saludos del almirante y de la señora Croft.

¡Los Croft debían, pues, encontrarse en Bath! Sin duda, era una circunstancia interesante. Se trataba de gente hacia la que sentía una natural inclinación.

—¿Qué es esto?—exclamó sir Walter—. ¿Los Croft han llegado a Bath? ¿Los Croft que alquilan Kellynch? ¿Qué te han entregado?

—Una carta de Uppercross, señor.

—Ah, estas cartas son pasaportes convenientes. Aseguran una presentación. Hubiera visitado, sin embargo, de cualquier manera al almirante Croft. Sé lo que debo a mi arrendatario.

Anne no pudo escuchar más; no podía siquiera haber dicho cómo había escapado la piel del pobre almirante; la carta monopolizaba su atención. Había sido empezada varios días atrás:

1 de febrero

Mi querida Anne:

No me disculpo por mi silencio porque sé lo que la gente piensa de las cartas en un lugar como Bath. Debes encontrarte demasiado feliz para preocuparte por Uppercross, del que, como bien sabes, muy poco puede decirse. Hemos tenido una Navidad muy aburrida; el señor y la señora Musgrove no han recibido gente a comer en todas las fiestas, porque yo no llamo gente a los Hayter. Las fiestas, sin embargo, han terminado: creo que ningún niño las ha tenido tan largas. Yo estoy segura de que no las tuve. La casa fue desalojada por fin ayer, con excepción de los pequeños Harville. Te sorprenderá saber que durante este tiempo no han ido a su casa. La señora Harville debe de ser una madre muy dura para separarse así de ellos. En mi opinión, no son nada agradables estos niños, pero la señora Musgrove parece gustar de ellos tanto o quizá más que de sus nietos. ¡Qué tiempo tan espantoso hemos tenido! Tal vez no lo hayáis sentido vosotros en Bath, debido a la pavimentación, pero en el campo ha sido bastante malo. Nadie ha venido a visitarme desde la segunda semana de enero, si exceptuamos a Charles Hayter, quien ha venido más a menudo de lo deseado. Entre nosotras, te diré que creo que es una lástima que Henrietta no se haya quedado en Lyme tanto tiempo como Louisa, esto la hubiera mantenido alejada de él. El carruaje ha partido para traer aquí mañana a Louisa y a los Harville. No debemos cenar con ellos, sin embargo, hasta un día después, porque la señora Musgrove teme que el viaje sea muy fatigante para Louisa, lo que es poco probable considerando los cuidados que tendrán con ella. Por otra parte, para mí hubiera sido mucho más conveniente cenar con ellos mañana. Me alegro de que encuentres tan agradable al señor Elliot y yo también desearía conocerle. Pero mi suerte es ésa: siempre falto cuando hay algo interesante. ¡Soy siempre la última en la familia! ¡Qué enormidad de tiempo ha estado la señora Clay con Elizabeth! ¿Ha querido irse alguna vez? Pero, sin embargo, aunque ella dejara vacía la habitación, no es probable que se nos invitase. Dime lo que piensas de esto. No espero que se invite a mis niños, ¿sabes? Puedo dejarlos perfectamente en la Casa Grande durante un mes o seis semanas. En este momento oigo decir que los Croft parten casi inmediatamente para Bath, creo que el almirante tiene gota. Charles se ha enterado por casualidad, no han tenido la gentileza de avisarme u ofrecerme algo. No creo que hayan mejorado como vecinos. No los vemos casi nunca, y ésta es una grave desatención. Charles une sus afectos a los míos, y quedo de ti con todo cariño,

Mary M.

Lamento decir que estoy muy lejos de encontrarme bien y Jemima acaba de decirme que el carnicero le ha dicho que hay una verdadera epidemia de anginas. Imagino que las pescaré; bien sabes que sufro de la garganta más que cualquier otra persona.

Así terminaba la primera parte, que había sido puesta en un sobre que contenía mucho más:

He dejado mi carta abierta para poder decirte cómo llegó Louisa, y me alegro de haberlo hecho, porque tengo muchas más cosas que decirte. En primer lugar recibí una nota de la señora Croft ayer, ofreciéndose a llevar cualquier cosa que quisiera enviarte; en verdad, una nota muy buena y amistosa, dirigida a mí, tal como correspondía. Así pues, podré escribirte tan largamente como es mi deseo. El almirante no parece muy enfermo; espero que Bath le haga mucho bien. Realmente, me alegraré de verles de vuelta. Nuestra vecindad no puede perder esa familia tan agradable. Hablemos ahora de Louisa. Tengo que comunicarte algo que te sorprenderá. Ella y los Harville llegaron el martes perfectamente bien, y por la tarde le preguntamos cómo era que el capitán Benwick no formaba parte de la partida, porque había sido invitado al igual que los Harville. ¿A que no sabes cuál era la razón? Ni más ni menos que se ha enamorado de Louisa, y no quiere venir a Uppercross sin tener una respuesta de parte del señor Musgrove, porque entre ellos arreglaron ya todo antes de que ella volviera, y él ha escrito al padre de ella por intermedio del capitán Harville. Todo esto es cierto, palabra de honor. ¿No te

quedas atónita? Me pregunto si alguna vez sospechaste algo, porque yo jamás lo hice. Estamos todos encantados, sin embargo, porque pese a que no es lo mismo que casarse con el capitán Wentworth, es infinitamente mejor que Charles Hayter; así pues, el señor Musgrove ha escrito para dar su consentimiento, y estamos esperando hoy al capitán Benwick. La señora Harville dice que su esposo añora muchísimo a su hermana, pero, de cualquier manera, Louisa es muy querida por ambos. En verdad, yo y la señora Harville estamos de acuerdo en que tenemos más afecto por ella por el hecho de haberla cuidado. Charles se pregunta qué dirá el capitán Wentworth, pero si haces memoria recordarás que yo jamás creí que estuviera enamorado de Louisa, jamás pude ver nada de esto. Y éste también es el fin, puedes imaginarlo, de suponer que el capitán Benwick era un admirador tuyo. Cómo Charles pudo jamás creer semejante cosa es algo incomprensible para mí. Espero que sea un poco más amable ahora. Ciertamente no es éste un gran matrimonio para Louisa Musgrove, pero siempre un millón de veces mejor que casarse con uno de los Hayter.

Mary podía estar en lo cierto al imaginar la sorpresa de su hermana. Jamás en su vida había quedado más atónita. ¡El capitán Benwick y Louisa Musgrove! Era demasiado sorprendente para creerlo. Solamente haciendo un gran esfuerzo pudo permanecer en el cuarto, conservando su aire tranquilo y contestando a las preguntas del momento. Felizmente para ella, fueron bien pocas. Sir Walter deseaba saber si los Croft viajaban con cuatro caballos y si se hospedarían en algún lugar de Bath que permitiera que él y la señorita Elliot les visitaran. Pero tenía poca curiosidad fuera de esto.

—¿Cómo está Mary? —preguntó Elizabeth—. ¿Y qué trae a los Croft a Bath? —añadió sin esperar respuesta.

—Vienen a causa del almirante. Parece que sufre de gota.

—¡Gota y decrepitud! —exclamó sir Walter—. ¡Pobre caballero!

—¿Tienen aquí algunos conocidos? —preguntó Elizabeth.

—No sé, pero imagino que un hombre de la edad y la profesión del almirante Croft debe de tener muy pocos conocidos en un lugar como éste.

—Sospecho —dijo fríamente sir Walter— que el almirante Croft será mejor conocido en Bath como arrendatario de Kellynch. ¿Crees, Elizabeth, que podemos presentarlos en Laura Place?

—Oh, no, no lo creo. En nuestra situación de primos de lady Dalrymple debemos tener cuidado de no presentarle a nadie a quien pueda desaprobar. Si no fuéramos parientes no importaría, pero siendo primos debemos cuidar a quién presentamos. Dejemos mejor que los Croft encuentren por sí solos el nivel que les corresponde. Abundan por ahí muchos viejos de aspecto desagradable que, según me han dicho, son marinos. Los Croft podrán relacionarse con ellos.

Éste era todo el interés que tenía la carta para sir Walter y Elizabeth. Cuando la señora Clay rindió el debido tributo preguntando por Charles Musgrove y sus bonitos niños, Anne quedó libre para marcharse.

Al quedarse sola en su habitación trató de comprender lo acaecido. ¡Bien podía Charles preguntarse qué sentiría el capitán Wentworth! Quizás había abandonado el campo, dejando de amar a Louisa; quizás había comprendido que no la amaba. No podía soportar la idea de una traición, una liviandad o cualquier cosa semejante entre Wentworth y su amigo. No podía imaginar que una amistad como la de ellos diera lugar a ningún mal proceder.

¡El capitán Benwick y Louisa Musgrove! La alegre y charlatana Louisa Musgrove y el pensativo, sentimental, amigo de la lectura Benwick parecían las personas menos a propósito para convenirse. ¡Dos temperamentos tan distintos! ¿En qué podría haber consistido la atracción? Pronto surgió la respuesta: había sido la situación. Habían estado juntos varias semanas, viviendo en el mismo reducido círculo de familia; desde la vuelta de Henrietta, debían de haber dependido el uno del otro. Ella, reponiéndose de su enfermedad, se hallaría en un estado de gran sensibilidad, y el capitán Benwick no era inconsolable. Esto ya lo había sospechado Anne anteriormente, y en lugar de sacar de los acontecimientos la misma conclusión que Mary, todo esto la afirmaba en la idea de que Benwick había experimentado cierta naciente ternura hacia ella. Sin embargo, en esto no veía nada para satisfacer su vanidad. Estaba persuadida de que cualquier mujer joven y agradable que le hubiese escuchado y parecido comprenderle habría despertado en él los mismos sentimientos. Tenía un corazón afectuoso y era natural que amase a alguien.

No veía ninguna razón para que no fueran felices. Louisa tenía, para empezar, entusiasmo por la Marina, y bien pronto sus temperamentos serían semejantes. Él adquiriría alegría y ella aprendería a entusiasmarse por Lord Byron y Walter Scott; no, esto ya estaba sin duda aprendido: naturalmente, se habían enamorado leyendo versos. La idea de que Louisa Musgrove pudiera convertirse en una persona de refinado gusto literario y reflexiva era por cierto bastante divertida, pero no cabía duda de que así ocurriría. El tiempo pasado en Lyme, la fatal caída de Cobb, podían haber influido en su salud, sus nervios, su valor, su carácter, hasta el fin de su vida, tanto como parecían haber influido en su destino.

La conclusión era que si la mujer que había sido sensible a los méritos del capitán Wentworth podía preferir a otro hombre, nada debía ya sorprender en el asunto. Y si el capitán Wentworth no había perdido por ello un amigo, nada había de lamentar. No, no era pena lo que Anne sentía en el fondo de su corazón, a pesar de ella misma, y se coloreaban sus mejillas al pensar en el capitán Wentworth libre. Se avergonzaba de investigar sus sentimientos. ¡Parecían ser de una grande, insensata alegría!

Deseaba ver a los Croft, pero cuando tuvo lugar el encuentro, comprendió que éstos no sabían aún las novedades. La visita de ceremonia fue hecha y devuelta, y Louisa Musgrove y el capitán Benwick fueron mencionados, sin que ni siquiera sonrieran.

Los Croft se habían alojado en la calle Gay, lo que mereció la aprobación de sir Walter. Éste no se sentía avergonzado en modo alguno de esta relación. En una palabra, hablaba y pensaba más en el almirante que lo que éste jamás pensó o habló de él.

Los Croft conocían en Bath tanta gente como era su deseo, y consideraban su relación con los Elliot como un asunto de pura ceremonia, y que en lo más mínimo les proporcionaba placer. Tenían el hábito rural de estar siempre juntos. Él debía caminar para combatir la gota, y la señora Croft parecía compartir con él todo, y caminar junto a ella parecía hacerle bien. Anne se los encontraba en todas partes. Lady Russell la sacaba en su coche

todas las mañanas, y ella jamás dejaba de pensar en ellos y de encontrarlos. Conociendo como conocía sus sentimientos, ellos constituían un atractivo cuadro de felicidad. Los contemplaba tan largamente como le era posible, se deleitaba pensando que entendería lo que ellos hablaban mientras caminaban solos y libres. Igualmente le encantaba el gesto del almirante al saludar con la mano a un antiguo amigo, y observaba la vehemencia de la conversación cuando la señora Croft, entre un pequeño grupo de marinos, parecía tan entendida e inteligente en materia de náutica como cualquiera de ellos.

Anne estaba demasiado ocupada por lady Russell para hacer caminatas, pero, pese a ello, ocurrió que una mañana, diez días después de la llegada de los Croft, decidió dejar a su amiga y al coche en la parte baja de la ciudad y volver andando a Camden Place. Caminando por la calle Milsom tuvo la suerte de encontrarse con el almirante. Estaba ante un escaparate, con las manos detrás, mirando atentamente un grabado, y no sólo hubiera podido pasar sin ser vista, sino que debió tocarle y hablarle para que reparase en ella. Cuando la vio y la reconoció, exclamó con su habitual buen humor:

—Ah, ¿es usted? Gracias, gracias. Esto se llama tratarme como a un amigo. Aquí estoy, ya ve usted, contemplando un grabado. No puedo pasar frente a esta tienda sin detenerme: ¡lo que han puesto aquí pretendiendo ser un barco! Mire usted. ¿Ha visto algo semejante? ¡Qué individuos curiosos deben ser los pintores para imaginar que alguien arriesgaría su vida en esa vieja y desfondada cáscara de nuez! Y, sin embargo, vea usted allí a dos caballeros muy cómodamente mirando las rocas y las montañas, sin preocuparse por nada, lo que evidentemente es absurdo. Pienso dónde ha podido construirse un barco semejante —se rio francamente—. No me atrevería a navegar en ese barco ni en un estanque. Bueno —dijo volviéndose—, ¿hacia dónde va usted? ¿Puedo hacer algo por usted o acompañarla? ¿En qué puedo serle útil?

—En nada, gracias. A menos que quiera darme usted el placer de caminar conmigo el corto trecho que falta. Voy a casa.

—Lo haré con muchísimo gusto. Y si lo desea, la acompañaré más lejos también. Sí, juntos haremos más agradable el camino. Además, tengo algo que decirle. Tome usted mi brazo, así está bien. No me siento cómodo si no llevo a una mujer apoyada en él. ¡Dios mío, qué barco! —añadió lanzando una última mirada al grabado mientras se ponían en marcha.

—¿Dijo usted que quería decirme algo, señor?

—Así es. De inmediato. Pero allí viene un amigo: el capitán Bridgen. No haré más que decirle: «¿Cómo está usted?», al pasar. No nos detendremos. «¿Cómo está usted?» Bridgen se sorprende de verme con una mujer que no sea mi esposa. Pobrecita, ha debido quedarse amarrada en casa. Tiene una llaga en el talón mayor que una moneda de tres chelines. Si mira usted la acera de enfrente verá al almirante Brand y a su hermano. ¡Unos desarrapados! Me alegro de que no vengan por esta acera. Sophy los detesta. Me hicieron una mala pasada una vez... Se llevaron algunos de mis mejores hombres. Ya le contaré la historia en otra oportunidad. Allí viene el viejo sir Archibald Drew y su nieto. Vea, nos ha visto. Le besa la mano a usted, la confunde con mi esposa. Ah, la paz ha venido demasiado aprisa para este señorito. ¡Pobre sir Archibald! ¿Le agrada a usted Bath, señorita Elliot? A nosotros nos conviene mucho. Siempre nos encontramos con algún antiguo amigo, las calles están repletas de ellos cada mañana. Siempre hay con quien conversar, y después nos alejamos de todos y nos encerramos en nuestros aposentos, y ocupamos nuestras sillas y estamos tan cómodamente como si nos encontráramos en Kellynch o como cuando estábamos en el norte de Yarmouth o en Deal. Uno de nuestros aposentos no nos agrada porque nos recuerda los que teníamos en Yarmouth. El viento se cuela por uno de los armarios de la misma manera que se colaba allí.

Cuando hubieron caminado un poco, Anne se atrevió a inquirir nuevamente qué era lo que él deseaba comunicarle. Ella había esperado que al alejarse de la calle Milsom su curiosidad se vería satisfecha. Pero debió esperar aún, porque el almirante estaba dispuesto a no comenzar hasta que hubieran llegado a la gran tranquilidad espaciosa de Belmont, y como no era la señora Croft, no tenía más remedio que dejarlo hacer su voluntad. En cuanto comenzaron a ascender Belmont, él comenzó:

—Bien, ahora oirá usted algo que la sorprenderá. Pero primeramente deberá usted decirme el nombre de la joven de la que voy a hablar. Esa joven de la que tanto nos hemos ocupado todos. La señorita Musgrove, a quien le acaeció el accidente... su nombre de pila, siempre olvido su nombre de pila...

Anne se avergonzó de comprender tan presto de qué se trataba, pero ahora podía sugerir el nombre de Louisa tranquilamente.

—Ya, ya, Louisa Musgrove, ése es el nombre. Desearía que las muchachas no tuviesen tanta cantidad de nombres bonitos. Nunca los olvidaría si todas se llamasen Sophy o algún otro por el estilo. Bien, esta señorita Louisa, sabe usted, creíamos todos que se casaría con Frederick. Él le hacía la corte desde hacía varias semanas. Lo único que nos sorprendía algo era tanta demora en declararse hasta que ocurrió el accidente de Lyme. Entonces, naturalmente, supimos que él debía esperar hasta que ella se recobrase. Pero aún entonces había algo curioso en su manera de proceder. En lugar de quedarse en Lyme, él se fue a Plymouth y de allí se encaminó a visitar a Edward. Cuando nosotros volvimos de Minehead, se había ido a visitar a Edward y allí permaneció desde entonces. No hemos vuelto a verle desde noviembre. La misma Sophy no puede entenderlo. Pero ahora ocurre lo más extraño de todo, porque esta señorita, esta joven Musgrove, en lugar de casarse con Frederick se va a casar con James Benwick. Usted conoce a James Benwick.

—Algo. Conozco un poco al capitán Benwick.

—Bueno, ella se casará con él. Ya deberían estar casados, porque no sé a qué están esperando.

—Considero al capitán Benwick un joven sumamente agradable —dijo Anne— y tengo entendido que su carácter es excelente.

—Oh, naturalmente. No hay nada que decir en contra de James Benwick. Es solamente comandante, ¿sabe usted? Fue ascendido el último verano, y éstos son malos tiempos para progresar, pero ésta es la única desventaja que le conozco. Una persona excelente, de gran corazón, y muy activa y celosa de su carrera, puedo asegurarlo, cosa que ciertamente usted no habrá sospechado, porque sus ademanes no denotan su carácter.

—Ahí se equivoca usted, señor; jamás he encontrado falta de entusiasmo en los modales del capitán Benwick. Le encuentro particularmente agradable, y puedo asegurarle que sus modales gustan a todo el mundo.

—Bueno, las señoras son mejores jueces que nosotros. Pero James Benwick es demasiado tranquilo para mi manera de ver, y aunque puede ser parcialidad de nosotros, Sophy y yo no podemos evitar encontrar mejores maneras en Frederick. Y creo que hay algo en Frederick que está más de acuerdo con nuestro gusto.

Anne se sintió atrapada. Solamente había querido oponerse a la idea de que el entusiasmo y la gentileza eran incompatibles, sin decir por ello que los modales del capitán Benwick fueran mejores, y después de un momento de vacilación, dijo: «No he pensado en comparar a los dos amigos...», cuando el almirante la interrumpió diciendo:

—El asunto es bien cierto. No se trata de simple chismografía. Lo hemos sabido por el mismo Frederick. Su hermana ha recibido ayer una carta de él en la cual nos informa de todo, y él, a su vez, lo ha sabido por una carta de los Harville, escrita inmediatamente, desde Uppercross. Creo que están todos en Uppercross.

Ésta fue una oportunidad que Anne no pudo resistir. Así pues, dijo:

—Espero, almirante, que no haya en la carta del capitán Wentworth nada que les intranquilice a ustedes. Parecía realmente, el último otoño, que había algo entre el capitán y Louisa Musgrove. Pero confío en que haya sido una separación sin violencias por ninguna de las dos partes. Espero que esta carta no tenga el estilo de un hombre amargado.

—En modo alguno, en modo alguno. No hay ni censura ni reproche de principio a fin.

Anne dio la vuelta al rostro para ocultar su sonrisa.

—No, no, Frederick no es hombre que se queje, tiene demasiado espíritu para ello. Si a la muchacha le gusta más otro hombre, no cabe duda de que ella está mejor destinada para éste...

—Ciertamente. Pero lo que quiero decir es que espero que no haya nada en la manera de escribir del capitán Wentworth que les haga suponer que guarda algún resentimiento contra su amigo, lo que bien podría ser, aunque no lo dijera. Lamentaría mucho que una amistad como la que ha habido entre él y el capitán Benwick se destruyese o sufriese daño por alguna causa como ésta.

—Sí, sí, le entiendo bien. Pero no hay nada de esta especie en la carta. No lanza el menor dardo contra Benwick, ni siquiera dice: «Me sorprende, tengo mis razones para sorprenderme». No, por la manera de escribir jamás sospecharía usted que la señorita... (¿cómo se llama?) hubiera podido interesarle. Muy amablemente desea que sean felices juntos, y no hay nada rencoroso en ello, según me parece.

Anne no tenía el mismo convencimiento del almirante, pero era inútil continuar preguntando. Por consiguiente, se dio por satisfecha asintiendo calladamente o diciendo alguna frase común a las opiniones del almirante.

—¡Pobre Frederick! —dijo éste por último—. Debemos comenzar de nuevo con alguna cosa. Creo que debemos traerle a Bath. Sophy debe escribirle y pedirle que venga a Bath. Aquí hay muchas muchachas, estoy seguro. Es inútil volver nuevamente a Uppercross a por la otra señorita Musgrove, porque según creo está prometida a su primo, el joven pastor. ¿No cree usted, señorita Elliot, que es mejor que venga a Bath?

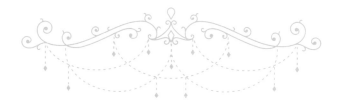

Capítulo XIX

Mientras el almirante Croft paseaba con Anne y expresaba su deseo de que el capitán Wentworth fuese a Bath, éste ya se encontraba en camino. Antes de que la señora Croft hubiera escrito, él ya había llegado, y la vez siguiente que Anne salió de paseo, pudo verle.

El señor Elliot acompañaba a sus dos primas y a la señora Clay. Se encontraban en la calle Milsom. Comenzó a llover; no mucho, pero lo suficiente como para que las señoras desearan refugiarse, y para la señorita Elliot fue una gran ventaja tener el coche de lady Dalrymple para volver a casa, pues éste fue avistado un poco más lejos; así que ella, Anne y la señora Clay entraron en Molland, mientras el señor Elliot se dirigía hacia el coche para pedir ayuda. Pronto se les reunió nuevamente; su expedición, como era de esperarse, había tenido éxito, lady Dalrymple estaba encantada de llevarlas a casa y estaría allí en unos pocos minutos.

El coche de su señoría no permitía más que cuatro personas confortablemente. La señorita Carteret acompañaba a su madre, y por consiguiente no era razonable esperar que pudieran caber allí las tres señoras de Camden Place. La señorita Elliot iría, esto no cabe dudarlo. Estaba decidida a no sufrir ella ningún inconveniente; así pues, el asunto se convirtió en una cuestión de cortesía entre las otras dos señoras. La lluvia era una bagatela y Anne no tenía inconveniente en seguir caminando acompañada del señor Elliot. Pero la señora Clay también encontraba que la lluvia era una bagatela. Apenas si goteaba, y por otra parte, ¡sus zapatos eran tan gruesos! Mucho más gruesos que los de Anne. En una palabra, su cortesía la volvía ansiosa de caminar con el señor Elliot, y ambas discutieron tan cortés y decididamente que los demás debieron solucionar el asunto por ellas. La señorita Elliot sostuvo que la señora Clay tenía ya un ligero resfriado y, al ser preguntado el señor Elliot, decidió que los zapatos de su prima Anne eran los más gruesos.

Por consiguiente, se resolvió que la señora Clay ocuparía el coche, y casi estaban ya decididos cuando Anne, desde su asiento cerca de la ventana, vio clara y distintamente al capitán Wentworth caminando por la calle.

Nadie, a excepción de ella misma, notó su propio sobresalto. E instantáneamente se dijo a sí misma que era la persona más boba del mundo, ¡la más simple y absurda! Durante unos minutos no pudo ver nada de lo que la rodeaba. Todo era confusión. Se sintió perdida; cuando volvió en sí vio que los demás estaban aún esperando el coche y el señor Elliot (siempre gentil) había ido a la calle Union a hacer un pequeño recado de la señora Clay.

Sintió ella un gran deseo de salir, deseaba ver si llovía. ¿Cómo podía permitirse pensar que otro motivo la impulsaba a salir? El capitán Wentworth debía estar ya demasiado lejos. Dejó su asiento; una parte de su carácter no era sensata, como parecía, o quizás era mal juzgada por la otra mitad. Debía ver si llovía. Tuvo que volver a sentarse, sin embargo, sorprendida por la entrada del mismo capitán Wentworth con un grupo de amigos y señoras, sin duda conocidos que había encontrado un poco más abajo de la calle Milsom. Su sorpresa y su confusión al verla fue más intensa de lo que ella había observado en otras ocasiones. Se sonrojó enteramente. Por primera vez desde que habían vuelto a encontrarse, se sintió más dueña de sí misma que él. Verdad es que llevaba la ventaja de haberle visto antes. Todos los poderosos, ciegos, azorados efectos de una gran sorpresa pudieron notarse en él. ¡Pero ella también sufría! Los sentimientos de Anne eran de agitación, dolor, placer… algo entre dicha y desesperación.

Él la saludó y luego se alejó. Sus ademanes denotaban que estaba turbado. Sus gestos no eran fríos ni amistosos: no era otra cosa que confusión.

Después de un momento, se acercó de nuevo a ella y reanudó el diálogo. Se hicieron mutuamente preguntas comunes. Ninguno de los dos prestaba mucha atención a lo que decía, y Anne sentía que la turbación de él iba en aumento. A causa de conocerse tanto habían aprendido a hablarse con aparente calma e indiferencia, pero en esta ocasión él no podía adoptar este tono. El tiempo o Louisa lo habían cambiado. Algo de esto había ocurrido. Su aspecto era bueno, y no parecía que física o moralmente hubiera sufrido, y hablaba de Uppercross, de los Musgrove, de Louisa hasta con alguna picardía al nombrarla; pero, pese a ello, el capitán Wentworth no estaba ni tranquilo ni cómodo ni era el que habitualmente solía ser.

A Anne no le sorprendió, pero sí que le dolió, que Elizabeth simulara no reconocerlo. Wentworth vio a Elizabeth, Elizabeth vio a Wentworth y ambos se reconocieron de inmediato, de esto no cabía duda, pero Anne tuvo el dolor de ver a su hermana volver la cara fríamente, como si se tratara de un desconocido.

El coche de lady Dalrymple, por el que ya se impacientaba la señorita Elliot, llegó en ese momento. Un sirviente entró a anunciarlo. Había comenzado a llover de nuevo, y se produjo una demora y un murmullo y unas charlas que hicieron comprender que todo el pequeño grupo sabía que el coche de lady Dalrymple venía en busca de Elizabeth. Finalmente ella y su amiga, asistidas por el criado, porque el primo aún no había vuelto, se pusieron en marcha. El capitán Wentworth se volvió entonces hacia Anne y sus maneras, más que sus palabras, denotaron que ofrecía su servicio.

—Se lo agradezco a usted mucho —respondió Anne— pero no voy con ellas. No hay lugar para tantos en el coche. Voy a pie. Prefiero caminar.

—Pero está lloviendo.

—Muy poco. No me molesta en absoluto.

Después de una pausa, él dijo:

—Aunque llegué ayer, ya me he preparado para el clima de Bath, ya ve usted —señalando un paraguas—. Puede usted usar esto si es que desea caminar, aunque creo que es más conveniente que me permita buscarle un asiento.

Ella agradeció mucho su atención, pero repitió que la lluvia no tenía importancia y añadió:

—Estoy esperando al señor Elliot, estará aquí dentro de un momento.

No había terminado de decir esto cuando entró el señor Elliot. El capitán Wentworth lo reconoció perfectamente. Era el mismo hombre que en Lyme se había detenido a admirar el paso de Anne, pero ahora sus gestos y modales eran los de un amigo. Entró prontamente y pareció no ocuparse más que de ella, pensar solamente en ella; se disculpó por su demora, lamentó haberla hecho esperar, y deseaba ponerse en marcha sin pérdida de tiempo, antes de que la lluvia aumentase. Poco después se alejaron juntos, ella de su brazo, con una mirada gentil y turbada, y apenas tuvo tiempo para decir rápidamente: «Buenos días», mientras se alejaba.

En cuanto se hubieron perdido de vista, los señores que acompañaban al capitán Wentworth se pusieron a hablar de ellos.

—Parece que al señor Elliot no le desagrada su prima, ¿no es así?

—¡No, desde luego! Esto es bien claro. Ya se adivina lo que ocurrirá aquí. Siempre está con ellos, casi vive con la familia. ¡Qué hombre tan apuesto!

—Así es. La señorita Atkinson, que cenó una vez con él en casa de los Wallis, dice que es el hombre más encantador que ha conocido.

—Ella es muy bonita. Sí, Anne Elliot es muy bonita cuando se la mira bien. No está bien decirlo, pero me parece mucho más bella que su hermana.

—También me lo parece a mí.

—Ésa también es mi opinión. No hay comparación. Pero los hombres se vuelven locos por Elizabeth. Anne es demasiado delicada para su gusto.

Anne habría estado sumamente agradecida a su primo si hubiese marchado todo el camino hasta Camden Place sin decir palabra. Nunca antes había encontrado tan difícil prestarle atención, pese a que nada podía resultar más exquisito que sus atenciones y cuidados, y a que sus temas de conversación eran como de costumbre interesantes... cálidos, justos e inteligentes elogios de lady Russell, delicadas insinuaciones sobre la señora Clay. Pero en estos momentos ella solamente podía pensar en el capitán Wentworth. No podía comprender ella sus actuales sentimientos, si realmente se encontraba despechado o no. Hasta no saberlo no podría estar tranquila.

Esperaba tranquilizarse con el tiempo, pero... ¡Dios mío, Dios mío!... la tranquilidad no llegaba.

Otro asunto esencial era saber cuánto tiempo pensaba el capitán Wentworth permanecer en Bath. Él no lo había dicho o ella no podía recordarlo. Podía ser que estuviese solamente de paso. Pero era más posible que pensase estar una temporada. En tal caso, siendo como era tan fácil encontrarse en Bath, lady Russell se toparía con él en alguna parte. ¿Lo reconocería ella? ¿Cómo ocurrirían las cosas?

Se había visto obligada a contar a lady Russell que Louisa Musgrove pensaba casarse con el capitán Benwick. Lady Russell se había sorprendido poco, y ahora podía ocurrir que, en caso de encontrarse con el capitán Wentworth, conocer el asunto sólo a medias podría arrojar la sombra de un nuevo prejuicio sobre él.

A la mañana siguiente, Anne salió con su amiga y en la primera hora lo buscó incesantemente por las calles; cuando ya estaban de vuelta por la calle Pulteney lo vio en la acera derecha a una distancia desde donde podía vérsele perfectamente durante un largo trecho de recorrido por la calle. Había muchos hombres alrededor de él, muchos grupos caminando en la misma dirección, pero ella lo reconoció en seguida. Miró instintivamente a lady Russell, pero no porque pensase que ésta había de reconocerlo tan pronto como ella lo había hecho. No, lady Russell no lo vería hasta que se cruzaran con él. Ella la miraba, sin embargo, ansiosamente. Y cuando se aproximó el momento en que forzosamente debía verlo, sin atreverse a mirar nuevamente (porque comprendía que estaban sus facciones demasiado alteradas para que lady Russell las viese), tuvo perfecta conciencia de que la mirada de lady Russell se dirigía hacia él, de que la dama lo observaba atentamente. Comprendió ampliamente la especie de fascinación que él ejercía sobre lady Russell, la dificultad que tenía para dejar de mirarlo, la sorpresa que sentía ésta al pensar que ocho o nueve años habían pasado sobre él en climas extraños y en servicios rudos, sin que por ello hubiera perdido su gracia personal.

Por fin lady Russell volvió el rostro... ¿Hablaría de él ahora?

—Le sorprenderá a usted —dijo— que haya estado absorta tanto tiempo. Estaba mirando las cortinas de una ventana de las que ayer me habló lady Alice y la señora Frankland. Me describieron las cortinas de la sala de una de las casas en esta calle y en esa acera como unas de las más hermosas y mejor colocadas de Bath. Pero no puedo acordarme del número exacto de la casa, y he estado buscando cuál podrá ser. Pero no he visto por aquí ninguna cortina que haga honor a su descripción.

Anne asintió, se sonrojó y sonrió con lástima y desdén, bien por su amiga, bien por sí misma. Lo que más la enfadaba era que en todo ese tiempo en que había estado pendiente de lady Russell había perdido la ocasión de darse cuenta de si él las había visto o no.

Uno y dos días pasaron sin novedad. Los teatros o los rincones a los que él debía concurrir no eran bastante elegantes para los Elliot, cuyas veladas transcurrían en medio de la estupidez de sus propias reuniones, a las que prestaban cada vez mayor atención. Y Anne, cansada de esta especie de estancamiento, harta de no saber nada y creyéndose fuerte porque su fortaleza no había sido probada, estaba impaciente por la noche del concierto. Se trataba de un concierto a beneficio de una persona protegida por lady Dalrymple. Naturalmente, ellos debían ir. En realidad se esperaba que sería éste un buen concierto, y el capitán Wentworth era muy amigo de la música. Si solamente pudiera conversar con él nuevamente unos minutos, se daría por satisfecha; en cuanto al valor para dirigirle la palabra, se sentía llena de coraje si la oportunidad se presentaba. Elizabeth le había vuelto la cara, lady Russell había hecho como que no lo había visto, y los nervios de ella se fortalecían por estas circunstancias; sentía que debía prestarle alguna atención.

En días anteriores había medio prometido a la señora Smith que pasaría esa tarde con ella, pero pasó un momento por su casa para rogarle que la dispensara, prometiendo una larga visita para el día siguiente. La señora Smith asintió de buen humor.

—No faltaba más —dijo—; sólo deseo que cuando venga me lo cuente usted todo. ¿Quiénes van con usted?

Anne los nombró a todos. La señora Smith no respondió, pero cuando Anne se iba le dijo, con expresión mitad seria, mitad burlona:

—Bueno, espero que el concierto valga la pena. Y no falte usted mañana, si le es posible. Tengo el presentimiento de que no tendré más visitas suyas.

Anne se quedó sorprendida y confusa. Pero después de un momento, se vio obligada, y por cierto que sin lamentarlo mucho, a partir.

Capítulo XX

Sir Walter, sus dos hijas y la señorita Clay fueron esa noche los primeros en llegar. Y como debían esperar a que llegara lady Dalrymple, decidieron sentarse en el Salón Octogonal. Pero apenas se habían instalado cuando se abrió la puerta y entró el capitán Wentworth; venía solo. Anne era la que estaba más cerca, haciendo un esfuerzo se aproximó y le habló. Él estaba dispuesto a saludar y pasar de largo, pero su gentil: «¿Cómo está usted?» le obligó a detenerse y a formular algunas preguntas pese a la imponente presencia del padre y la hermana que se encontraban detrás. Que ellos estuvieran allí era una ayuda para Anne, pues en tanto no viera sus rostros podía decir cualquier cosa que a ella le pareciese bien.

Mientras hablaba con él, un murmullo entre su padre y Elizabeth llegó a sus oídos. No distinguió claramente, pero adivinó de qué se trataba; y viendo al capitán Wentworth saludar, comprendió que su padre había tenido a bien reconocerle y aún tuvo tiempo, en una rápida mirada, de ver asimismo una ligera cortesía de parte de Elizabeth. Todo esto, aunque hecho tardíamente y con frialdad, era mejor que nada y alegró su ánimo.

Después de hablar del tiempo y de Bath y del concierto, la conversación comenzó a decaer, y tan poco podían ya decirse, que ella esperaba que él se fuera de un momento a otro, pero no lo hacía; parecía no tener prisa en dejarla; luego, con renovado entusiasmo y con una ligera sonrisa, dijo:

—Apenas la he visto desde aquel día en Lyme. Temo que haya sufrido mucho por la impresión y, más aún, por el esfuerzo que tuvo que hacer usted para dominarse.

Ella aseguró que no había sido así.

—¡Fue un momento terrible— dijo él—, un día terrible! —Y se pasó la mano por los ojos, como si el recuerdo fuera aún doloroso. Pero en el momento siguiente, sonriendo nuevamente, añadió—: Ese día produjo sin embargo sus efectos... y éstos no son en modo alguno terribles. Cuando tuvo usted la suficiente presencia de ánimo para sugerir que Benwick era la persona indicada para buscar un médico, bien poco podría usted imaginar cuánto había de significar ella para él.

—En verdad no hubiera podido imaginarlo. Según parece... según espero, serán una pareja muy feliz. Ambos tienen buenos principios y buen carácter.

—Sí —dijo él, sin evitar la mirada—, pero ahí me parece que termina el parecido entre ambos. Con toda mi alma les deseo felicidad y me encanta cualquier circunstancia que pueda contribuir a ello. No tienen dificultades en su hogar ni oposición ni cualquier cosa que pueda hacerles demorarse. Los Musgrove se están portando según saben hacerlo, honorable y bondadosamente, deseando desde el fondo de su corazón la mayor dicha para su hija. Todo esto es mucho y podrán ser felices, quizá más que... —Se detuvo. Un súbito recuerdo pareció asaltarle, y se sintió invadido por la misma emoción que hacía enrojecer las mejillas de Anne y mantenía su vista fija en el suelo. Después de aclararse la voz, él prosiguió sin embargo: —Confieso que creo que hay cierta disparidad, una gran disparidad, y en algo que es más esencial que el carácter. Considero que Louisa Musgrove es una joven agradable, dulce y nada tonta, pero Benwick es mucho más. Es un hombre inteligente e instruido, y confieso que tuve cierta sorpresa en su enamoramiento de ella. Si esto hubiese sido efecto de la gratitud, si hubiese aprendido a quererla porque creyó ser el preferido de ella, habría sido otra cosa. Pero no tengo motivos para creer que ha sido así. Parece, por el contrario, haber sido un sentimiento genuino y espontáneo de parte de él, y esto me sorprende. ¡Un hombre como él y en la situación que se encontraba! ¡Con el corazón herido, casi hecho pedazos! Fanny Harville era una mujer superior, y el amor que por ella sentía era en verdad amor. ¡Un hombre no puede olvidar el amor de una mujer semejante! No debe... no puede.

Fuera sin embargo que tuviese conciencia de que su amigo había olvidado o por tener conciencia de alguna otra cosa, no prosiguió. Y Anne que, pese al tono agitado en que había sido dicho lo que antecede, y pese a todos los ruidos de la habitación, el abrir y cerrar constante de la puerta, el rumor de las personas que pasaban de un punto a otro, no había perdido una sola palabra, se sintió sorprendida, agradecida, confusa, y comenzó a respirar rápidamente y a sentir cien emociones a la vez. No le era posible hablar de este asunto; sin embargo, después de un momento, comprendió la necesidad de hablar, y no deseando en modo alguno cambiar completamente de tema, lo desvió solamente, y dijo:

—Estuvo usted mucho tiempo en Lyme, presumo.

—Unos quince días. No podía irme hasta saber seguro que Louisa se recobraba. El daño hecho me concernía demasiado para estar tranquilo. Había sido culpa mía, sólo mía. Ella no se hubiera obstinado de no haber sido yo débil. El paisaje de Lyme es muy bonito. Caminé y cabalgué mucho, y cuanto más vi, más cosas encontré para admirar.

—Me gustaría mucho ver Lyme nuevamente —dijo Anne.

—¿De veras? No creía que hubiera encontrado usted nada en Lyme que pudiera inspirarle ese deseo. ¡El horror y la intranquilidad en que se vio envuelta, la agitación, la pesadumbre! Hubiera creído que sus últimas impresiones de Lyme habían sido desagradables.

—Las últimas horas fueron ciertamente muy dolorosas —replicó Anne—, pero cuando el dolor ha pasado, muchas veces su recuerdo produce placer. Uno no ama menos un lugar por haber sufrido en él, a menos que todo allí no haya sido más que sufrimiento, puro sufrimiento. Y éste no era precisamente el caso de Lyme. Solamente sufrimos intranquilidad y ansiedad en las últimas horas, y antes nos habíamos divertido mucho. ¡Tanta novedad y belleza! He viajado tan poco que cualquier sitio que vea es extremadamente interesante para mí... Pero en Lyme hay verdadera belleza. En una palabra —sonrojándose levemente al recordar algo—, en conjunto, mis impresiones de Lyme son muy agradables.

Al terminar ella de hablar se abrió la puerta del salón y entró el grupo que estaban esperando. «Lady Dalrymple, lady Dalrymple», se oyó murmurar en todas partes, y con toda la premura que permitía la elegancia, sir Walter y las dos señoras se levantaron para salir al encuentro de lady Dalrymple, quien junto a la señorita Carteret y escoltada por el señor Elliot y el coronel Wallis, que acababan de entrar en ese mismo momento, avanzó por el salón. Los demás se unieron a éstos y formaron un grupo en el que Anne se vio forzosamente incluida. Se encontró separada del capitán Wentworth. Su interesante, quizá demasiado interesante conversación, debía interrumpirse un tiempo, pero el pesar que experimentó fue leve comparado con la dicha que tal conversación había traído. Había aprendido en los últimos diez minutos más acerca de sus sentimientos hacia Louisa, más acerca de todos sus sentimientos, de lo que se hubiera atrevido a pensar. Se entregó a las atenciones de la reunión, a las cortesías del momento, con exquisitas y agitadas sensaciones. Estuvo de buen humor con todos. Había recibido ideas que la predisponían a ser cortés y buena con todo el mundo, a compadecer a cualquiera por ser más desdichado que ella.

Las deliciosas emociones fueron apagadas un poco cuando, separándose del grupo para unirse nuevamente al capitán Wentworth, vio que éste había desaparecido. Tuvo tiempo solamente de verle entrar al salón de conciertos. Se había ido... había desaparecido... sintió un momento de pesar. Pero se encontrarían de nuevo. Él la buscaría... la encontraría antes que hubiera terminado la velada, un momento de separación era lo mejor... ella necesitaba un intervalo para recomponerse.

Con la llegada de lady Russell poco después, el grupo estuvo completo, y lo único que quedaba por hacer era dirigirse al salón de conciertos. Elizabeth, dando el brazo a la señorita Carteret y marchando detrás de la vizcondesa viuda de Dalrymple, no deseaba ver más allá de dicha dama y era perfectamente feliz así; también lo era Anne, pero hubiera sido un insulto comparar las causas de la felicidad de Anne con la de su hermana: una era vanidad satisfecha; la otra, cariño generoso.

Anne no vio nada, no pensó nada del lujo del salón; su felicidad era interna. Sus ojos brillaban y sus mejillas estaban animadas, pero ella no lo sabía. Pensaba solamente en la última media hora y, mientras todos ocupaban sus asientos, su pensamiento volvía a los detalles. La elección del tema de conversación, sus expresiones, y más aún sus gestos y sus fisonomías eran algo que ella no podía ver más que de una sola manera. Su opinión sobre la inferioridad de Louisa Musgrove, opinión que parecía haber dado gustosamente, su sorpresa ante los sentimientos del capitán Benwick, los sentimientos de éste por su primer y fuerte amor —las frases que él no había podido terminar—, su mirada algo esquiva, y más de una rápida y fugitiva mirada, todo esto denotaba que al fin volvía a ella; el enfado, el resentimiento, el deseo de evitar la compañía de ella habían desaparecido. Y sus sentimientos actuales no eran simplemente amistosos, tenían la ternura del pasado; sí, algo había aquí de la antigua ternura. El cambio no podía significar otra cosa: la amaba.

Estos pensamientos y las visiones que acarreaban la ocupaban demasiado para que pudiese ver lo que ocurría a su alrededor, y así cruzó el salón sin una mirada, sin tratar siquiera de verlo. Cuando todos encontraron sus asientos y se hubieron sentado, ella miró alrededor para ver si por casualidad se encontraba él en aquella parte del salón, pero sus ojos no pudieron descubrirlo. Como el concierto comenzaba en aquel momento, debió contentarse con una felicidad más humilde.

El grupo fue dividido y ocuparon dos bancos contiguos. Anne estaba en el frente, y el señor Elliot se las arregló tan bien —con la complicidad de su amigo, el coronel Wallis— que quedó sentado cerca de ella. Elizabeth, rodeada por sus primas y con las atenciones del coronel Wallis, se daba por satisfecha.

El espíritu de Anne estaba favorablemente dispuesto para disfrutar de la velada; era precisamente lo que necesitaba: tenía sentimientos tiernos, espíritu alegre, atención para lo científico y paciencia para lo aburrido. Jamás le había agradado más un concierto, al menos durante la primera parte. Al final de éste, mientras en el intervalo se tocaba una canción italiana, ella explicó al señor Elliot la letra de la canción. Entre ambos consultaron el programa de la velada.

—Esto —decía ella— es casi el sentido o el significado de la letra, porque realmente el sentido de una canción de amor italiana es algo que no debe decirse en palabras. Éste es el sentido que le doy, porque no pretendo entender el idioma. He sido una mala alumna de italiano.

—Sí, ya lo veo. Veo que no sabe usted nada. No tiene más conocimiento que para traducir estas torcidas, traspuestas, vulgares líneas italianas en un inglés claro, comprensible, elegante. No necesita decir nada más acerca de su ignorancia. Me atengo a las pruebas.

—No diré nada a tanta cortesía, pero no me agradaría ser examinada por alguien fuerte en la materia...

—No he tenido placer de visitar durante tanto tiempo Camden Place —contestó él— sin haber aprendido algo de la señorita Anne Elliot; la considero demasiado modesta para que el mundo conozca la mitad de sus dones, y está tan bien dotada por la modestia, que lo que en ella es natural, sería exagerado en otra.

—¡Qué vergüenza, qué vergüenza... esto es pura adulación! No sé lo que vamos a oír a continuación —añadió, volviendo al programa.

—Quizá —dijo el señor Elliot hablando bajo— conozco más su carácter de lo que usted supone.

—¿De verdad? ¿Cómo es eso? Me conoce usted apenas desde que vine a Bath, a menos que cuente lo que acerca de mí oyó decir a mi familia.

—Había oído hablar de usted mucho antes de que llegase usted a Bath. He oído describirla a personas que la conocen íntimamente. Conozco su carácter desde hace largos años. Su persona, su temperamento, sus maneras, todo me fue descrito, todo se me detalló.

El señor Elliot no se vio defraudado en el interés que pensaba despertar. Nadie podía resistir el encanto de aquel misterio. Haber sido descrita desde largo tiempo atrás a un nuevo conocido, por gente desconocida; eso era irresistible. Y Anne estaba llena de curiosidad. Ella dudaba y le interrogó con interés, pero todo fue en vano. A él le deleitaba ser preguntado, pero no pensaba decir nada.

No, no... en otra ocasión tal vez, pero no ahora. No diría ningún nombre ahora. Pero esto había sido en realidad cierto. Varios años atrás había oído tal descripción de la señorita Anne Elliot que desde entonces concibió la más alta idea acerca de sus méritos y tuvo el más ardiente deseo de conocerla.

Anne no podía pensar de nadie más que hablase con tanta parcialidad de ella que no fuese el señor Wentworth, el de Monkford, el hermano del capitán Wentworth. Elliot debía haber estado alguna vez en compañía de Wentworth, pero Anne no se atrevía a preguntar.

—El nombre de Anne Elliot —prosiguió él— tenía para mí desde largo tiempo atrás el mayor atractivo. Durante largo tiempo poseyó un extraordinario encanto para mi fantasía, y si me atreviera, expresaría el deseo de que este nombre encantador nunca cambiase.

Tales fueron, según le parecieron a ella, sus palabras, pero apenas las había oído cuando oyó tras de sí otras palabras que hicieron que todo lo demás pareciese sin importancia. Su padre y lady Dalrymple estaban hablando.

—Un hombre muy buen mozo —decía sir Walter—, muy buen mozo.

—Un hombre apuesto en verdad —decía lady Dalrymple—. Más porte que la mayoría de la gente que encuentra uno en Bath. ¿Es acaso irlandés?

—No conozco su nombre. Es apenas un conocido. Wentworth, el capitán Wentworth de la Marina. Su hermana está casada con mi arrendatario de Somersetshire, Croft, que alquila Kellynch.

Antes de que su padre hubiera terminado de hablar, Anne había seguido su mirada y distinguía al capitán Wentworth en un grupo de caballeros a cierta distancia. Cuando ella le miró, él pareció desviar los ojos a otra parte. Tal parecía. Ella había mirado un segundo más tarde de lo que debiera, y mientras ella permaneció con la vista fija, él no volvió a mirar. Pero la interpretación comenzaba nuevamente y se vio obligada a prestar su atención a la orquesta y mirar al frente.

Cuando miró de nuevo, ya se había retirado. Él no habría podido aproximarse a ella aunque lo hubiera deseado —estaba demasiado rodeada de gente—, pero a Anne le hubiera gustado mirarle a los ojos.

El discurso del señor Elliot también la intranquilizaba. No deseaba ya hablar con él. Habría deseado que no estuviese tan cerca de ella.

La primera parte había terminado. Ella esperaba ahora algún cambio grato. Después de un periodo de silencio en el grupo, alguien decidió ir a

pedir té. Anne fue una de las pocas que no deseó moverse. Permaneció en su silla y lo mismo hizo lady Russell. Pero tuvo la suerte de verse libre del señor Elliot. Y en modo alguno pensaba evitar a causa de lady Russell la conversación con el capitán Wentworth, si es que éste venía a hablarle. Por el gesto de lady Russell comprendió que ésta le había visto.

Pero él no se aproximó. En algún momento le pareció a Anne verlo a distancia, pero él no se aproximó. El ansiado intervalo pasó sin traer nada nuevo. Los demás volvieron, el salón se llenó nuevamente, los asientos fueron reclamados y entregados, y otra hora de placer o de disconformidad comenzaba; una hora de música que daría placer o aburrimiento según la afición a la música fuese sincera o fingida. Para Anne, sería una hora de agitación. No podría alejarse de allí tranquila sin haber visto al capitán Wentworth una vez más, sin haber cambiado con él una mirada amistosa.

Al acomodarse nuevamente hubo algunos cambios en los lugares, lo que fue favorable para ella. El coronel Wallis rehusó sentarse nuevamente y el señor Elliot fue invitado por Elizabeth y la señorita Carteret a ocupar su puesto de una manera que no dejaba lugar a negarse; y, por otra serie de cambios y un poco de inteligencia de su parte, Anne se encontró mucho más cerca del final del banco de lo que había estado anteriormente, mucho más cerca de los que pasaban. No pudo hacer esto sin compararse a sí misma con la señorita Larolles —la inimitable señorita Larolles—, pese a lo cual lo hizo, pero los resultados no fueron felices. Con todo, haciendo lo que parecía cortesía para sus compañeros, se encontró al borde del banco antes de que el concierto terminase.

Tal se encontraba ella, con un gran espacio vacío delante, cuando vio nuevamente al capitán Wentworth. No se encontraba lejos. Él también la vio, pero su aire era ceñudo, irresoluto, y sólo poco a poco llegó a acercarse hasta poder hablar con ella. Ella comprendió que ocurría algo. El cambio operado en él era indudable. La diferencia entre sus maneras ahora y las del Salón Octogonal era evidente. ¿Qué podía ocurrir?... Pensó en su padre, en lady Russell. ¿Sería posible que hubieran cambiado algunas miradas de desagrado? Comenzó a hablar gravemente del concierto; parecía el capitán Wentworth de Uppercross; había sido defraudado por la representación, esperaba mejores voces en los cantantes, en una palabra, confesaba que no le molestaba que ya todo hubiese terminado. Anne respondió y defendió la representación tan bien y tan gentilmente, que el rostro de él se alegró y respondió con una leva sonrisa. Hablaron unos minutos más, sus relaciones mejoraron en esos instantes, él pareció mirar al banco buscando un sitio para sentarse, cuando en ese momento un golpecito en el hombro hizo volverse a Anne. Era el señor Elliot. Pidió disculpas, pero la necesitaba de nuevo para otra traducción del italiano. La señorita Carteret estaba ansiosa por tener una idea general de lo que debía cantarse ahora. Anne no podía negarse, pero jamás hizo de tan mala gana un sacrificio en favor de la buena educación.

Pese a hacerlo lo más rápido posible, se perdieron unos pocos minutos. Cuando quedó libre de nuevo se encontró delante al capitán Wentworth listo para despedirse, como si tuviera prisa. Debía despedirse. Tenía que irse y llegar a casa cuando antes.

—¿No vale la pena que se quede usted para escuchar la próxima canción? —preguntó Anne, súbitamente asaltada por una idea que le daba valor para insistir.

—No —respondió él enfáticamente—, no hay nada por lo que valga la pena quedarse. —Y se retiró inmediatamente.

¡Celos del señor Elliot! Era la única razón posible. ¡El capitán Wentworth celoso de ella! ¿Podía haberlo ella imaginado tres semanas antes... tres horas antes? Durante un instante sus sentimientos fueron deliciosos. Pero, ¡ay, pensamientos bien distintos surgieron después! ¿Cómo podría hacer desaparecer aquellos celos? ¿Cómo hacerle saber la verdad? ¿Cómo, en medio de todas las desventajas de sus respectivas situaciones, podría él llegar a enterarse jamás de sus verdaderos sentimientos? Era doloroso pensar en las atenciones del señor Elliot. El mal que habían causado era incalculable.

Capítulo XXI

Al día siguiente, Anne recordó con placer su promesa de visitar a la señora Smith. Esto haría que no se encontrase en casa cuando llegase el señor Elliot; evitarlo era ahora lo más importante.

Ella sentía muy buena voluntad hacia él. A pesar del daño causado por sus atenciones, le debía cierta gratitud, y quizá también compasión. No podía evitar pensar en las circunstancias poco ordinarias en que se habían encontrado por primera vez. En el derecho que tenía él para aspirar a su afecto por todas las circunstancias, y por sus propios sentimientos. Todo esto era extraordinario... era halagador, pero doloroso. Había mucho que lamentar. Cuáles habrían sido sus sentimientos en caso de no haber existido un capitán Wentworth, no valía la pena analizarlo, porque existía un capitán Wentworth y con él la conclusión de que cualquiera que fuese el resultado final de todo esto, el afecto de ella sería de éste para siempre. Unirse a él, creía ella, no la alejaría más de todos los hombres que separarse de él.

Más hermosas meditaciones de amor y constancia eternos era difícil que hubieran recorrido jamás las calles de Bath; Anne fue meditando desde Camden Place hasta Westgate: casi habría sido suficiente para desparramar purificación y perfume por todo el camino.

Estaba segura de tener un recibimiento agradable; su amiga pareció esta mañana que estaba particularmente agradecida de su visita; no parecía haberla esperado, aunque ella había prometido ir.

De inmediato pidió una descripción del concierto; los recuerdos que Anne tenía eran muy gratos y animaron sus mejillas, y le divirtió contarlos. Todo lo que pudo contar lo contó de la mejor buena gana. Pero lo que podía decir era poco para quien había estado allí y también poco para satisfacer una curiosidad como la de la señora Smith, quien ya se había enterado, por medio del mozo y de la planchadora, de todo el éxito de la velada, y de más cosas que las que Anne podía contar. Ésta preguntaba ahora por detalles sobre la concurrencia. Todo el mundo de alguna fama o notoriedad en Bath era conocido de nombre por la señora Smith.

—Las pequeñas Durand estaban allí, supongo —dijo—, con la boca abierta para escuchar la música. Parecerían gorriones esperando ser alimentados. Jamás pierden un concierto.

—Así es. Yo no las vi, pero oí decir al señor Elliot que estaban en el salón.

—¿Los Ibbotson estaban allí? ¿Y las dos nuevas bellezas con el oficial irlandés que hablaba con una de ellas?

—No me fijé… no creo que estuvieran allí.

—¿Y la vieja lady Maclean? Es inútil preguntar por ella. Nunca falta, ya lo sé. Y usted debe haberla visto. Estaría muy cerca de su grupo, porque como fueron ustedes con lady Dalrymple, deben haber ocupado los sitios de honor, alrededor de la orquesta.

—No, esto me lo había temido. Hubiera sido muy desagradable para mí en todos los aspectos. Pero, felizmente, lady Dalrymple prefiere sentarse un poco lejos. Por otra parte, estuvimos maravillosamente bien situados en lo que a oír se refiere. No digo lo mismo en cuanto a ver, porque en verdad pude ver bastante mal.

—Oh, vio usted suficiente de lo que le interesaba, me parece a mí. Hay cierta alegría en ser conocido aun en medio de un grupo, y usted pudo disfrutar de esta alegría. Eran ustedes un grupo grande y no necesitaban más.

—Pero debí haber mirado un poco más alrededor —dijo Anne, al mismo tiempo que reparaba que no era en realidad que hubiese dejado de mirar, sino que buscaba una sola cosa.

—No, no, su tiempo estuvo mejor ocupado que eso. No necesita decirme que se ha divertido. Esto se nota en seguida. Veo perfectamente cómo han pasado las horas... cómo tenía usted algo grato que oír. En los intervalos, naturalmente, la conversación.

Anne sonrió un poco y preguntó:

—¿Puede ver todo eso en mis ojos?

—Sí, puedo. Veo por su aspecto que anoche estaba usted en compañía de la persona a quien juzga más agradable del mundo, la persona que le interesa más que todo el mundo reunido.

Las mejillas de Anne se colorearon. No pudo decir nada.

—Y siendo éste el caso—continuó la señora Smith después de una corta pausa—, usted podrá juzgar cuánto aprecio su bondad al venir a verme esta mañana. Es muy gentil de su parte venir a verme cuando posiblemente deben de ir a visitarla personas más de su agrado.

Anne no oyó nada de esto. Estaba aún presa de la confusión y el azoramiento que provocaba la perspicacia de su amiga, y no podía imaginar cómo había llegado a enterarse de lo del capitán Wentworth. Hubo otro silencio...

—Por cierto —dijo la señora Smith—, ¿sabe el señor Elliot de su amistad conmigo? ¿Sabe que estoy en Bath?

—El señor Elliot —dijo Anne, sorprendida. Un momento de reflexión le señaló el error en que incurría. Lo comprendió instantáneamente y, recobrándose al sentirse segura, añadió más compuesta—: ¿Conoce usted al señor Elliot?

—Le he conocido mucho —replicó la señora Smith gravemente—. Pero esto ya parece haber desaparecido. Hace mucho tiempo que nos conocimos.

—No lo sabía. Jamás me lo había dicho usted. De haberlo sabido, hubiera tenido el placer de hablarle de usted.

—A decir verdad —dijo la señora Smith con su habitual buen humor—, éste es un placer que deseo que usted tenga. Deseo que le hable de mí al señor Elliot. Él puede ser de gran utilidad para mí. Y naturalmente, mi querida señorita Elliot, si usted muestra su interés, está de más decir que él hará por mí lo que pueda.

—Tendré sumo placer... Creo que no puede usted dudar de mi deseo de ser útil —replicó Anne—, pero creo que supone que tengo demasiado ascendiente sobre el señor Elliot, más razones para influir sobre él de las que realmente hay. Estoy segura que de una manera u otra esta versión ha llegado hasta usted. Pero debe considerarme solamente como una parienta del señor Elliot. Si en esta forma cree que hay algo que una prima pueda pedir a un primo, le ruego que no vacile en contar con mis servicios.

La señora Smith le lanzó una mirada penetrante y, sonriendo, añadió:

—Me doy cuenta de que he estado algo precipitada. Le ruego me disculpe. Debí haber esperado al anuncio oficial. Pero ahora, mi querida señorita Elliot, como vieja amiga, dígame cuándo podremos hablar del asunto. ¿La semana próxima? Seguramente la semana próxima todo estará arreglado y podré dedicarme a pensar en la felicidad que le espera al señor Elliot.

—No —respondió Anne—, ni la semana que viene ni la que vendrá después ni la siguiente. Le aseguro que nada de lo que imagina se arreglará en el futuro. No me casaré con el señor Elliot. Me agradaría saber por qué piensa usted semejante cosa.

La señora Smith la miró fijamente, sonrió y sacudiendo la cabeza añadió:

—¡Vamos, no la comprendo a usted! ¡Cómo me gustaría saber lo que piensa! Pero espero que no sea tan cruel cuando llegue el momento. Hasta que este instante llega, sabe usted que las mujeres no tenemos en realidad a nadie. Entre nosotras todo hombre es rehusado... hasta que se declara. Pero ¿por qué había de ser usted cruel? Déjeme abogar por mi... no puedo llamarle amigo ahora... por mi antiguo amigo. ¿Dónde podrá encontrar usted un matrimonio más conveniente? ¿Dónde encontrará un hombre más caballero o más gentil? Deje que le recomiende al señor Elliot. Estoy segura de que no oirá más que elogios de él de parte del coronel Wallis, y ¿quién puede conocerle mejor que el coronel Wallis?

—Mi querida señora Smith, la esposa del señor Elliot murió hace poco más de medio año. No debiera nadie imaginar que él anda cortejando aún a nadie.

—¡Oh, si éstos son sus únicos inconvenientes...! —dijo la señora Smith vehementemente—. El señor Elliot está salvado y no me preocuparé más de él. No se olvide de mí cuando se haya casado, es todo lo que le pido. Hágale saber que soy amiga suya y entonces pensará que es muy poca molestia la que yo le ocasione, lo que indudablemente ocurriría ahora con tanto negocio y compromiso como él tiene, tantas cosas e invitaciones de las que se ve libre como puede. El noventa y nueve por ciento de los hombres harían lo mismo. Naturalmente él no puede saber cuánta importancia pueden tener ciertas cosas para mí. Bien, mi querida señorita Elliot, quiero y espero que sea muy feliz. El señor Elliot es hombre que comprenderá lo que usted vale. Su paz no se verá turbada como se vio la mía. Estará usted a salvo de todo y podrá confiar en su carácter. No será un hombre que se deje llevar hacia la ruina por los demás.

—Sí —dijo Anne—, creo muy bien todo lo que usted dice de mi primo. Parece tener un temperamento sereno y decidido, poco abierto a impresiones peligrosas. Tengo gran respeto por él. No tengo motivo para hacer otra cosa, de acuerdo con lo que de él he podido ver. Pero le conozco muy poco, y no es hombre, al menos así me parece, que pueda conocerse rápidamente. ¿No le convence a usted mi manera de hablar de que él no significa nada para mí? Mi discurso es bastante tranquilo. Y le doy mi palabra de honor de que él no es nada para mí. En caso de que se me declare (y tengo muy pocos motivos para pensar que pueda hacerlo) no le aceptaré. Le aseguro que no le aceptaré. Le aseguro que el señor Elliot no ha tenido nada que ver en el placer que usted ha creído que experimenté anoche. No, no es el señor Elliot quien...

Se detuvo ruborizándose profundamente y comprendiendo que había dicho demasiado. Pero este demasiado fue inmediatamente entendido. La señora Smith no hubiera entendido el fracaso del señor Elliot de no imaginar que había otra persona. Cuando comprendió esto, inmediatamente admitió el fracaso de su protegido, y no dijo nada más. Pero Anne, deseosa de pasar por alto el incidente, estaba impaciente por saber de dónde había sacado la señora Smith la idea de que ella debía casarse con el señor Elliot, o de quién la había oído.

—Dígame, ¿cómo le vino tal idea a la cabeza?

—Al principio —dijo la señora Smith— fue al saber cuánto tiempo pasaban ustedes juntos y me parecía que era además lo que más podía desearse para cualquiera de los dos. Y puede dar como un hecho que todos sus conocidos piensan lo mismo que yo pensaba. Pero nadie me habló de ello hasta hace dos días.

—¿En realidad se ha hablado de ello?

—¿Observó a la mujer que le abrió la puerta cuando llegó usted ayer?

—No. ¿No era la señora Speed, como de costumbre, o bien la doncella? No vi a nadie en particular.

—Era mi amiga la señora Rooke, la enfermera Rooke, quien, naturalmente, tenía gran curiosidad por verla a usted, y estuvo encantada de abrirle la puerta. Volvió de Malborough el domingo, y fue ella quien me dijo que usted se casaría con el señor Elliot. Ella se lo ha oído decir a la misma señora Wallis, quien debe de estar bien informada. Estuvo aquí el lunes durante una hora, y me contó toda la historia.

—¡Toda la historia! —dijo Anne—. No puede haber hecho una larga historia de un asunto tan pequeño y mal fundado.

La señora Smith no respondió.

—Pero —prosiguió Anne— aunque no sea cierto que tenga algo que ver con el señor Elliot, haré cuanto pueda por usted. ¿Debo decirle que se encuentra en Bath? ¿Debo darle algún mensaje?

—No, gracias. No. En el calor del momento y bajo una circunstancia equivocada yo puedo tal vez haber pedido su interés en estos asuntos. Pero ahora ya no. Le ruego que no se moleste por el asunto.

—Creo que ha dicho que conoce al señor Elliot desde hace largos años, ¿no?

—Así es.

—No antes de su matrimonio, imagino.

—No estaba casado cuando le conocí.

—Y... ¿eran ustedes muy amigos?

—Íntimos.

—¡De veras! Dígame, entonces, qué clase de persona era él. Tengo gran curiosidad por saber cómo era el señor Elliot cuando más joven. ¿Era muy semejante a lo que es hoy?

—Hace tres años que no veo al señor Elliot —dijo la señora Smith con su natural cordialidad—. Le ruego me perdone las cortas respuestas que le he dado, pero he dudado sobre lo que tenía que hacer. He dudado si debía decirle algo a usted. Hay muchas cosas que deben ser tenidas en cuenta.

Es odioso ser demasiado oficioso, causar malas impresiones, hacer daño. Pero la amistad de los parientes es digna de conservarse, aun cuando nada haya bajo la superficie. Pero de cualquier manera estoy resuelta, y creo que hago bien. Creo que debe usted conocer el verdadero carácter del señor Elliot. Aunque creo que por el momento no tiene usted la menor intención de aceptarle, nadie puede decir lo que puede ocurrir. Puede que alguna vez sienta de otra manera con respecto a él. Oiga, pues, la verdad, ahora que ningún prejuicio turba su mente. El señor Elliot es un hombre sin corazón y sin conciencia, un ser egoísta, de sangre fría, que no piensa más que en sí mismo y que, por su propio interés, no vacilaría en cometer cualquier crueldad, cualquier traición, cualquier cosa que no se vuelva más tarde contra él. No tiene sentimientos por los demás. A aquéllos de los cuales ha sido él el principal motivo de ruina, puede dejarlos y abandonarlos sin el menor remordimiento. Está más allá de todo sentimiento de justicia o compasión. Oh, su corazón es negro. ¡Negro y vacío!

La reacción de Anne y sus exclamaciones de sorpresa la hicieron detenerse, y con aire más tranquilo prosiguió:

—Mis expresiones la sorprenden. Creerá usted que soy una mujer enfurecida e injuriada. Pero trataré de hablar tranquilamente. No le calumniaré. Le diré solamente lo que sé de él. Los hechos hablarán. Él era el íntimo amigo de mi difunto esposo, quien confiaba en él y le quería y le creía tan bueno como él. Eran íntimos desde antes de nuestro casamiento. Encontré yo al casarme que eran íntimos amigos, y yo también simpaticé muchísimo con el señor Elliot, y tenía la más alta opinión de él. A los diecinueve años, sabe usted que uno no piensa muy seriamente. Pero el señor Elliot me parecía tan bueno como cualquier otro, y más agradable que muchos, y siempre estábamos juntos. Estábamos en la ciudad y vivíamos con gran distinción. Él era entonces inferior a nosotros; era pobre; tenía habitaciones en el Temple, y esto era todo lo que podía hacer para mantener su apariencia de caballero. Venía a nuestra casa siempre que lo deseaba; era siempre bienvenido allí, era para nosotros como un hermano. Mi pobre Charles, que tenía el corazón más bueno y más generoso del mundo, hubiera compartido con él hasta el último céntimo; me consta que sus bolsillos estaban siempre abiertos para su amigo, estoy segurísima de que en varias ocasiones le prestó ayuda.

—Éste debe de ser el periodo de la vida del señor Elliot —dijo Anne— que ha excitado siempre mi curiosidad. Debe de haber sido en este tiempo cuando se hizo desconocido de mi padre y mi hermana. Yo no le conocí entonces, solamente oí hablar de él, pero algo hubo en su conducta en aquella época, en lo que concernía a mi padre y a mi hermana, y poco después al casarse, con lo que nunca he podido reconciliarme actualmente. Parecía como si se tratara de un hombre distinto.

—Ya lo sé, ya lo sé —exclamó la señora Smith—. Él fue presentado a sir Walter y a su hermana antes de que yo le conociera, pero le oí hablar mucho de ellos. Sé que fue invitado y solicitado, pero sé también que jamás acudió a una invitación. Puedo darle a usted, quizá, detalles que ni sospecha. Por ejemplo, respecto a su matrimonio estoy yo enterada de todas las circunstancias. Conozco todos los pros y los contras. Yo era la amiga a quien él confiaba sus esperanzas y planes, y aunque no conocí a su esposa con anterioridad (su situación inferior en sociedad hacía esto imposible), la conocí mucho después, en los dos últimos años de su vida, y así, puedo responder a cualquier pregunta que desee hacerme.

—No —dijo Anne—, no tengo ninguna pregunta particular que hacerle acerca de ella. He sabido siempre que no formaban un matrimonio feliz. Pero me gustaría saber por qué razón, por aquella época, él evitaba la relación con mi padre. Mi padre tenía hacia él la mejor buena voluntad. ¿Por qué se retiraba el señor Elliot?

—El señor Elliot —respondió la señora Smith— tenía por aquel entonces una sola idea: hacer fortuna, por cualquier medio y rápidamente. Se había propuesto hacer un matrimonio ventajoso. Y sé que creía (si con razón o no, no podría decirlo) que su padre y su hermana con sus invitaciones y cortesías deseaban una unión entre el heredero y la joven; naturalmente, este matrimonio no satisfacía sus aspiraciones de bienestar e independencia. Éste fue el motivo por el que se mantenía alejado, puedo asegurárselo. Él mismo me lo ha contado. No tenía secretos para mí. Es curioso que después de haberla dejado a usted en Bath, el primer y más importante amigo que tuve después de casada haya sido su primo, y que por él haya tenido constantes noticias de su padre y de su hermana. Él me describía a una señorita Elliot, y esto me parecía muy afectuoso de su parte.

—Quizá —dijo Anne asaltada por una súbita idea— habló usted de mí algunas veces con el señor Elliot.

—Ciertamente, con mucha frecuencia. Acostumbraba alabar a mi Anne Elliot y a asegurar que era usted una persona bien diferente a...

Se detuvo a tiempo.

—Esto tiene que ver con algo que el señor Elliot dijo anoche —exclamó Anne—. Esto lo explica todo. Me enteré de que se había acostumbrado a oír hablar de mí. No pude saber cómo o quién. ¡Qué imaginación loca tenemos cuando se trata de cualquier cosa relacionada con nuestra querida persona! ¡Cuánto podemos equivocarnos! Pero le ruego que me perdone, la he interrumpido. ¿Así pues, el señor Elliot se casó por dinero? Fue esta circunstancia, imagino, la que primeramente le hizo a usted entrever su verdadero carácter.

La señora Smith vaciló un momento.

—Oh, estas cosas son bien comunes. Cuando se vive en el mundo no es nada sorprendente encontrar hombres y mujeres que se casan por dinero. Yo era muy joven y mis amistades eran también gente joven; éramos un grupo alegre e irreflexivo sin ninguna regla de conducta seria. Vivíamos para divertirnos. Pienso bien diferentemente ahora; el tiempo, la enfermedad y el pesar me han dado otra forma de ver las cosas, pero por aquel entonces debo confesar que no vi nada reprobable en la conducta del señor Elliot. «Hacer lo mejor para uno mismo» era nuestro deber casi.

—Pero ¿no era ella una mujer muy inferior?

—Sí, y yo puse ciertas objeciones por esto, pero él no las tomó en cuenta. Dinero, dinero, era lo único que deseaba. El padre de ella había sido ganadero, y su abuelo carnicero, pero ¿qué importaba eso? Ella era una buena mujer, tenía educación, había sido criada por unos primos, conoció por casualidad al señor Elliot y se enamoró de él. Y por parte de él no hubo ni una vacilación ni un escrúpulo en lo que respecta al nacimiento de ella. Todo su interés era saber a cuánto ascendía la fortuna antes de comprometerse en serio. Si juzgamos por esto, cualquiera que sea la opinión que sobre su posición en la vida tiene ahora el señor Elliot, cuando joven la consideraba bien poco. La posibilidad de heredar Kellynch era algo quizá, pero en general, en lo que concierne al honor de la familia lo colocaba bien bajo y poco limpio. Con frecuencia le he oído decir que si las baronías fuesen vendibles él vendería la suya por cincuenta libras, con las armas y el lema, el nombre y la tierra incluidos. Pero no le repetiré la mitad de las cosas que decía sobre este asunto. No estaría bien que lo hiciera. Y sin embargo debería tener usted pruebas, porque ¿qué es esto sino simples palabras? Debería tener usted pruebas.

—En verdad, mi querida señora Smith, no necesito ninguna —exclamó Anne—. No ha dicho usted nada que parezca contradictorio con lo que el señor Elliot era en esa época. Esto más bien confirma lo que nosotros creíamos y veíamos. Lo que despierta mi curiosidad es saber por qué es ahora tan diferente.

—Pues aunque sólo sea para complacerme, si tiene usted la bondad de llamar a Mary... O mejor aún, le daré a usted la satisfacción de que traiga por sí misma una pequeña caja que está en el estante más alto de mi armario.

Anne, viendo que su amiga deseaba esto vehementemente, hizo lo que se le pedía. Trajo la caja y la dejó delante de ella, y la señora Smith, inclinándose y abriéndola, dijo:

—Esto está lleno de papeles pertenecientes a él, a mi marido. Sólo una pequeña parte de lo que encontré cuando quedé viuda. La carta que busco fue escrita por el señor Elliot a mi esposo antes de nuestro matrimonio, y felizmente pudo salvarse. Cómo, no sabría decirlo. Él era descuidado y sin método, como muchos otros hombres en estas cosas. Y cuando examino sus papeles, encuentro una porción de cosas sin importancia, mientras que papeles realmente valiosos han sido destruidos. Aquí está. No la he quemado porque aunque por aquel entonces sabía poco del señor Elliot, decidí guardar pruebas de la amistad que hubo entre nosotros. Tengo ahora otro motivo para alegrarme de haberlo hecho.

La carta estaba dirigida a «Charles Smith, Esq. Tunbridge Wells», y estaba fechada en Londres, en julio de 1803.

Querido Smith:

He recibido su carta. Su bondad me abruma. Desearía que la naturaleza hubiese hecho más corazones como el suyo, pero he vivido veintitrés años en el mundo sin encontrar a nadie que se le iguale. En estos momentos, se lo aseguro, no necesito sus servicios porque dispongo otra vez de fondos. Felicíteme usted: me he visto libre de sir Walter y de su hija. Han vuelto a Kellynch y casi me han hecho jurar que les visitaré este verano, pero mi primera visita a Kellynch será con un agrimensor que me indicará la manera de obtener la mayor ventaja. El barón, posiblemente, no se casará de nuevo. Es un imbécil. En caso de hacerlo, sin embargo, me dejarían en paz, lo cual sería una compensación. Está aún peor que el último año.

Desearía llamarme de cualquier manera menos Elliot.

Me fastidia este nombre. ¡El nombre de Walter puedo dejarlo a Dios gracias! Desearía que nunca volviera a insultarme usando mi segunda W. también. En tanto, quedo por siempre afectísimo amigo.

Wm. Elliot

Esta carta no pudo ser leída por Anne sin exaltarse. La señora Smith, observando el color de sus mejillas, dijo:

—Este lenguaje, bien lo comprendo, es altamente irrespetuoso. Aunque había olvidado las palabras exactas, tenía sin embargo una impresión general imborrable. Pero ahí tiene usted al hombre. Señala también el grado de amistad que tenía con mi difunto esposo. ¿Puede haber algo más fuerte que esto?

Anne no podía recobrarse del dolor y la mortificación de las palabras que se referían a su padre. Debió de recordar que haber visto esta carta era en sí una violación de las leyes del honor, que nadie debe ser juzgado por testimonios de esta naturaleza, que ninguna correspondencia privada debe ser vista más que por aquellas personas a quienes está dirigida. Todo esto debió de recordarlo antes de recobrar su calma y poder decir:

—Gracias. Ésta es una prueba completa de lo que usted estaba diciendo. Pero ¿a qué se debe su amistad con nosotros ahora?

—También puedo explicar eso —dijo la señora Smith sonriendo.

—¿De veras?

—Sí. Le he enseñado a usted cómo era el señor Elliot hace doce años y le demostraré ahora cuál es su carácter actual. No puedo proporcionarle esta vez pruebas escritas, pero mi testimonio oral será tan auténtico como usted quiera. La informaré sobre lo que desea y busca ahora. No es hipócrita actualmente. Realmente desea casarse con usted. Sus atenciones hacia su familia son ahora sinceras, brotan en verdad del corazón. Le diré por quién lo sé: por su amigo el coronel Wallis.

—¡El coronel Wallis! ¿Le conoce usted también?

—No, no le conozco. Las noticias no me han llegado tan directamente. Han dado algunas vueltas, nada de importancia. La fuente de información es tan buena como al principio; los pequeños detalles que puedan haberse agregado son fáciles de discernir. El señor Elliot ha hablado con el coronel Wallis sin ninguna reserva acerca de usted. Lo que el coronel Wallis le pueda haber dicho sobre este asunto imagino que debe ser algo juicioso e inteligente, pero el coronel Wallis tiene una esposa bonita y tonta a quien le repite cosas que debiera guardar para sí. Ella, en la animación del restablecimiento de una enfermedad, le contó todo a su enfermera, y la enfermera, conociendo su amistad conmigo, se apresuró a traerme las nuevas. En la noche del lunes, mi buena amiga la señora Rooke me reveló los secretos de Malborough. Así pues, cuando le cuente a usted una historia de ahora en adelante, puede tener la certeza de que estoy bien informada.

—Mi querida señora Smith, me temo que su información no sea suficiente en este caso. El hecho de que el señor Elliot tenga ciertas pretensiones o no con respecto a mí no basta para justificar los esfuerzos que ha hecho para reconciliarse con mi padre. Éstos fueron anteriores a mi llegada a Bath. Cuando llegué, encontré que él era muy amigo de mi familia.

—Ya lo sé, lo sé perfectamente, pero...

—En verdad, señora Smith, no creo que por este camino obtengamos informaciones verdaderas. Hechos u opiniones que tengan que pasar por boca de tantos pueden ser tergiversados por algún tonto, y la ignorancia que puede haber por alguna otra parte contribuye a que la verdad sea bien escasa.

—Le ruego que me escuche. Bien pronto podrá juzgar si puede o no darse crédito a todo esto cuando se entere de algunos detalles que usted misma podrá confirmar o negar. Nadie supone que haya sido usted su objetivo al principio. Verdad es que la había visto y la admiraba antes de que usted llegase a Bath, pero sin saber quién era usted. Al menos así lo dice mi narradora. ¿Es verdad? ¿Es cierto que la vio él a usted el verano o el otoño pasado «en algún lugar del oeste» para emplear sus palabras, sin saber quién era usted?

—Ciertamente. Es exacto. Fue en Lyme, todo esto sucedió en Lyme.

—Bueno —continuó la señora Smith triunfante—, ya ha concedido usted un primer tanto a mi amiga. Él la vio en Lyme y usted le gustó tanto que tuvo una gran satisfacción al volver a verla en Camden Place, y saber que era usted Anne Elliot; a partir de entonces, no cabe duda, tuvo doble interés en visitar su casa. Pero antes hubo un motivo y se lo explicaré. Si encuentra algo que le parezca falso o improbable en mi historia le ruego que no me deje seguir. Mi relato dice que la amiga de su hermana, esa señora que es huésped de ustedes actualmente, y de la que he oído hablar a usted, vino con su padre y su hermana aquí en el mes de septiembre, cuando ellos llegaron, y ha estado aquí desde entonces. Es una mujer hábil, insinuante, hermosa, pobre. En una palabra, por su situación hace pensar que podría aspirar a ser lady Elliot y es muy curioso que su hermana esté tan ciega como para no verlo.

Aquí se detuvo la señora Smith, pero Anne no tenía nada que decir; así pues, continuó:

—Ésta era la opinión de los que conocían a la familia mucho antes de la llegada de usted. El coronel Wallis opinaba que su padre tendría buen criterio en este asunto, aunque por aquel entonces el coronel no se relacionaba con los de Camden Place. Pese a ello, el interés que tenía por su amigo el señor Elliot le hizo interesarse en todo lo que allí pasaba, y cuando el señor vino a Bath a pasar un día o dos, un poco antes de Navidad, el coronel Wallis le informó de cuál era el cariz de las cosas, según los comentarios que andaban de boca en boca. Comprenderá que por entonces las opiniones del señor Elliot respecto al valor del título de barón eran bien distintas. En todo lo que se refiere a los vínculos de sangre y a las relaciones, es un hombre completamente distinto. Como hace ya bastante tiempo que tiene todo el dinero que desea, y nada que desear desde este punto de vista, ha aprendido a estimar y a poner su felicidad y aspiraciones en la familia y el título del que es heredero. Esto ya lo había presentido antes de que terminara nuestra amistad, pero ahora es un hecho evidente. No puede soportar la idea de no llamarse sir William. Puede, pues, comprender que las noticias que le comunicó su amigo no fueron para él nada agradables, y puede imaginar también los resultados que produjeron. La resolución de volver a Bath lo antes posible, de establecerse aquí cierto tiempo, de renovar la amistad y enterarse por sí mismo del grado de peligro y de dificultar los manejos de la tal señora en caso de creerlo necesario, fueron la inmediata consecuencia. Entre los dos amigos convinieron que esto era lo único que podía hacerse. El coronel Wallis había de ayudar en cuanto fuese posible. Él había de ser presentado, y la señora Wallis sería también presentada, y conocerse todos. En consecuencia, el señor Elliot volvió, se reclamó una reconciliación y se envió el mensaje a la familia. Y así su principal motivo y su solo objeto (hasta que la llegada de usted añadió un nuevo interés a sus visitas) era vigilar a su padre y a la señora Clay. Ha estado con ellos en cuantas ocasiones ha podido, se ha interpuesto entre ellos, ha hecho visitas a toda hora... pero no tengo por qué darle detalles sobre este particular. Puede imaginar todas las artimañas de un hombre hábil; quizás usted misma, estando avisada, pueda recordar algo.

—Sí —dijo Anne—, no me ha dicho nada que no estuviera de acuerdo con lo que he visto e imaginado. Hay siempre algo ofensivo en los medios empleados por la astucia. Las maniobras del egoísmo y la duplicidad son desagradables, pero no me ha dicho nada que me sorprenda. Comprendo que hay muchas personas que conceptuarían chocante este retrato del señor Elliot y que les costaría tenerlo por cierto. Pero yo jamás he estado satisfecha. Siempre he sospechado que había algún motivo oculto en su conducta. Me gustaría conocer su opinión acerca del asunto que tanto teme, si cree que hay aún peligro o no.

—El peligro disminuye según creo —replicó la señora Smith—. Piensa él que la señora Clay tiene miedo de él, que comprende que él adivina sus intenciones y que no se atreve a actuar como lo haría en caso de no estar presente. Pero como él tendrá que irse alguna vez, no sé en qué forma pueda estar seguro mientras la señora Clay conserve su influencia. La señora Wallis tiene una idea muy divertida, según me ha informado la enfermera amiga mía. Ésta consiste en poner entre los artículos del contrato matrimonial entre usted y el señor Elliot que su padre no ha de casarse con la señora Clay. Es ésta una idea digna en todos los aspectos de la inteligencia de la señora Wallis, y mi amiga Rooke ve claramente cuán absurda es. «Seguramente, señora —me dice—, esto no evitaría que pudiera casarse con cualquier otra.» Y a decir verdad no creo que mi amiga la enfermera sea enteramente contraria a un segundo matrimonio de sir Walter. Ella es una gran casamentera, y ¿quién podría decir que no tiene aspiraciones de entrar al servicio de una futura lady Elliot merced a una recomendación de la señora Wallis?

—Me alegro de saber todo esto —dijo Anne después de reflexionar un momento—. Me será molesto cuando esté en compañía del señor Elliot, pero sabré a qué atenerme. Sé ya cuál debe ser mi línea de conducta. El señor Elliot es un hombre artificial y mundano que jamás ha tenido como guía más principio que sus propios intereses.

Pero la señora Smith no había terminado aún con el señor Elliot. Anne, interesada en todo lo relacionado con su familia, había distraído a su amiga del primitivo relato. Y debió escuchar ahora una narración que, si bien no justificaba completamente el rencor actual de la señora Smith, probaba que la conducta del señor Elliot para con ésta había carecido de compasión y de justicia.

Supo así (sin que la amistad se hubiese alterado por el matrimonio del señor Elliot), que la intimidad de las familias había continuado y que el señor Elliot había incitado a su amigo a gastar mucho más de lo que su fortuna le permitía. La señora Smith no deseaba echarse ninguna culpa encima y el amor a su esposo le impedía achacarle la culpa a él. Pero Anne pudo percibir que su renta nunca había sido igual a su tren de vida. Y que desde el principio tanto el uno como el otro habían derrochado grandes sumas. Por el relato que de él hacía su esposa, adivinaba Anne que el señor Smith era un hombre de tiernos sentimientos, carácter fácil, hábitos descuidados, no muy inteligente, mucho más amable que su amigo y muy poco parecido a éste. Probablemente había sido dirigido y despreciado por el señor Elliot, a quien su matrimonio había hecho rico y le había proporcionado todas las vanidades y los placeres que podía sin comprometerse por ello (puesto que con toda su liberalidad siempre había sido un hombre prudente), y encontrándose rico en el preciso instante en que su amigo comenzaba a ser pobre, parecían haberle importado muy poco las finanzas de su amigo; por el contrario, le había alentado a gastos que solamente podían conducirle a la ruina. Y en consecuencia, los Smith se habían arruinado.

El marido había fallecido sin llegar a conocer la verdad completa. Ya había sin embargo encontrado ciertos inconvenientes con sus amigos, y la amistad del señor Elliot era de aquéllas que convenía no probar. Pero hasta la muerte del señor Smith no se supo enteramente el desastroso estado de sus negocios. Con confianza en los sentimientos del señor Elliot más que en su criterio, el señor Smith había nombrado al señor Elliot ejecutor de sus últimas voluntades. Pero éste se desentendió y las dificultades y los trastornos que esto ocasionó a la viuda, unidos a los sufrimientos inevitables en su nueva situación, eran tales que no podían ser contados sin angustia o escuchados sin indignación.

Anne hubo de ver algunas cartas, respuestas a urgentes demandas de la señora Smith, que mostraban una decidida resolución de no tomarse inútiles molestias y en las cuales, bajo una fría cortesía, aparecía una completa indiferencia de todo lo que pudiese ocurrirle a ella. Era una espantosa pintura de ingratitud e inhumanidad. Y en algunos momentos Anne sintió que ningún crimen verdadero podía haber sido peor. Tenía mucho que escuchar: todos los detalles de tristes escenas pasadas, todas las minucias, una angustia tras otra; todo lo que sólo había sido sugerido en anteriores conversaciones era ahora relatado pródigamente. Anne comprendió el alivio que esto proporcionaba a su amiga y solamente se admiró de la habitual compostura y discreción de ésta.

Había una circunstancia en el relato de sus pesares que irritaba particularmente. Tenía la señora Smith motivos para creer que ciertas propiedades de su esposo en las Indias Occidentales que durante mucho tiempo no habían pagado sus rentas podían dar beneficios en caso de que se tomaran las medidas adecuadas. Estas propiedades, aunque no fueran mayormente importantes, eran lo suficiente como para que la señora Smith pudiese disfrutar de una posición desahogada. Pero no había nadie que se ocupara de ello. El señor Elliot no quería hacer nada y la señora Smith estaba incapacitada para ocuparse de ello personalmente por su debilidad física o para pagar los servicios de otra persona por su falta de recursos. No tenía ella parientes que la aconsejaran y no podía pagar el gasto de un abogado. Ésta era la consecuencia de los extremos a que había llegado. Sentir que podía encontrarse en mejores circunstancias, que un poco de molestia podría mejorar su situación y que la demora podía debilitar sus derechos, eran para ella una constante zozobra.

Ella deseaba que Anne la ayudase en este asunto con el señor Elliot. Había temido ella en algún momento que este matrimonio le hiciese perder a su amiga. Pero sabiendo luego que el señor Elliot no haría nada de esta naturaleza, desde el momento que hasta ignoraba que ella se encontraba en Bath, se le ocurrió que quizá la mujer amada podría conmover al señor Elliot, y así, se apresuró a buscar la simpatía de Anne, tanto como podía permitirlo su conocimiento del carácter del señor Elliot, y en esto estaba cuando Anne, rehusando tal matrimonio, hacía cambiar toda la perspectiva, y si bien todas sus esperanzas desaparecían, tenía al menos el consuelo de haber podido desahogar sus sentimientos.

Después de haber oído toda la descripción del carácter del señor Elliot, Anne estaba sorprendida de los términos favorables en que la señora Smith se había expresado al comienzo de la conversación. Parecía haberle elogiado y recomendado.

—Mi querida amiga —respondió ella a esto—, no podía hacer otra cosa. Consideraba que su casamiento con el señor Elliot era cosa segura, aunque él no se hubiese declarado todavía, y no podía hablar de él considerándolo como lo consideraba casi su marido. Mi corazón sangraba por usted mientras hablaba de felicidad. Y pese a todo, él es inteligente, es agradable, y con una mujer como usted no deben perderse nunca las esperanzas. Fue muy malo con su primera esposa. Fue un matrimonio desastroso. Pero ella era demasiado ignorante y burda para inspirar respeto y él nunca la había amado. Estaba yo pronta a pensar que quizá con usted las cosas serían distintas.

Anne sintió en lo hondo de su corazón un estremecimiento al pensar en la desdicha que pudo haber tenido en caso de casarse con tal hombre. ¡Y era posible que lady Russell hubiese llegado a persuadirla! Y en tal caso, ¿no hubiese sido aún mucho más desdichada cuando el tiempo lo revelase todo?

Era necesario que lady Russell no estuviese más tiempo engañada, y uno de los acuerdos de esta importante conferencia que duró buena parte de la mañana fue que Anne quedó en libertad de comunicar a su amiga cualquier cosa relativa a la señora Smith en la cual el proceder del señor Elliot estuviese envuelto.

Capítulo XXII

Anne se dirigió a casa para pensar en lo que había oído. En cierto modo, se sentía tranquilizada al conocer el carácter del señor Elliot. Ya no le debía ninguna ternura. Aparecía él, frente al capitán Wentworth, con toda su malhadada intromisión. Y el mal causado por sus atenciones de la noche anterior, el irreparable daño, la dejaba perpleja y llena de sensaciones incalificables. Ya no sentía ninguna piedad por él. Pero solamente en esto se sentía aliviada. En otros aspectos, cuanto más buscaba alrededor y más profundizaba, más motivos veía para temer y desconfiar. Se sentía responsable por la desilusión y el dolor que tendría lady Russell, por las mortificaciones que sufrirían su padre y su hermana, y por todas las cosas imprevistas que llegarían y que no podría evitar. A Dios gracias conocía al señor Elliot. Nunca había considerado que tuviera derecho a aspirar a ninguna recompensa por su trato hacia una antigua amiga como la señora Smith, y pese a esto había sido recompensada. Ella había podido decirle lo que ninguna otra persona podría. ¿Debía explicarlo todo a su familia? Pero ésta era una idea tonta. Debía hablar con lady Russell, decirle todo, consultarla, y después de hecho esto esperar con tanta tranquilidad como fuese posible; al fin y al cabo, donde necesitaba más tranquilidad era en aquella parte de su alma que no podía abrir a lady Russell, en aquel fluir de ansiedades y temores que eran para ella sola.

Al llegar a casa comprobó que había podido evitar al señor Elliot. Él había venido y les había hecho una larga visita. Pero apenas se comenzaba a felicitar de estar a salvo hasta el día siguiente, cuando se enteró de que el señor Elliot volvería por la tarde.

—No tenía la menor intención de invitarle —dijo Elizabeth con afectado descuido—, pero lanzó muchas indirectas; al menos, eso dice la señora Clay.

—En verdad lo digo —añadió ésta—. Jamás he visto a nadie esperar con tanto interés una invitación. ¡Pobre hombre! Realmente me ha dado pena, porque la dureza del corazón de Anne parece ser ya crueldad.

—Oh —dijo Elizabeth—, estoy demasiado acostumbrada a esta clase de juego como para que me sorprendieran sus indirectas. Sin embargo, cuando me enteré de cuánto lamentaba no haber encontrado a mi padre esta mañana, me vi en cierto modo interesada, porque jamás evitaré una oportunidad de que él y sir Walter se reúnan. ¡Parecen aprovechar tanto en su mutua compañía! ¡Se portan tan amablemente! ¡El señor Elliot lo mira con tanto respeto!

—¡Es realmente delicioso! —exclamó la señora Clay, sin atreverse a encontrar la mirada de Anne—. Parecen padre e hijo. Mi querida señorita Elliot, ¿no puedo acaso llamarles padre e hijo?

—Oh, no me preocupan las palabras... ¡Si usted piensa así...! Pero palabra de honor que apenas he notado que sus atenciones sean mayores que las de cualquier otro.

—¡Mi querida señorita Elliot! —exclamó la señora Clay levantando las manos y alzando los ojos al cielo, y guardando inmediatamente un conveniente silencio para manifestar su extremo azoramiento.

—Mi querida Penélope —prosiguió diciendo Elizabeth—, no debe alarmarse tanto. Yo le invité a venir, ¿sabe usted? Le eché con sonrisas, pero cuando me enteré de que todo el día de mañana lo pasaría con unos amigos en Thornberry Park, me compadecí de él.

Anne no pudo menos que admirar los dotes de comedianta de la señora Clay, quien era capaz de mostrar tanto placer y expectativa por la llegada de la persona que estorbaba su principal afán. Era imposible que los sentimientos de la señora Clay hacia el señor Elliot fueran otros que los del más enconado odio, y sin embargo ella podía adoptar una expresión plácida y cariñosa y parecer completamente satisfecha con dedicar a sir Walter la mitad de las atenciones que le hubiera prodigado en otras circunstancias.

Para Anne era inquietante ver entrar al señor Elliot en el salón; doloroso verle acercarse y hablarle; se había acostumbrado a juzgar sus actos como no siempre sinceros, pero ahora veía la falsedad en cada gesto. La deferencia que mostraba hacia su padre, en contraste con su lenguaje anterior, resultaba odiosa; cuando pensaba en lo cruel de su conducta con la señora Smith, apenas podía soportar la vista de sus sonrisas y su dulzura u oírle hablar de sus falsos buenos sentimientos. Deseaba ella evitar que cualquier cambio de maneras provocase una explicación de parte de él. Deseaba evitar toda pregunta, pero tenía la intención de ser con él tan fría como lo permitiera la cortesía y echarse atrás tan rápidamente como pudiera de la poca intimidad que le había concedido. En consecuencia, estuvo más retraída y en guardia que la noche anterior.

Él deseó despertar nuevamente su curiosidad acerca de cuándo y por quién había sido elogiada. Deseaba ardientemente ser preguntado. Pero el encanto estaba roto; comprendió que el calor y la animación del salón de conciertos eran necesarios para despertar la vanidad de su modesta prima, comprendió que nada podía hacerse ahora por ninguno de los medios usuales para atraer la atención. No llegó a imaginar que había ahora algo en su contra que cerraba el pensamiento de Anne a todo aquello que no fueran las acciones menos limpias de su conducta.

Ella tuvo la satisfacción de saber que realmente se iba de Bath al día siguiente temprano y que solamente volvería dentro de dos días. Fue invitado nuevamente a Camden Place en la misma tarde de su regreso, pero de jueves a sábado su ausencia era segura. Ya era bastante incómodo que la señora Clay estuviera siempre delante de ella, pero que un hipócrita mayor formara parte de su grupo bastaba para destruir toda tranquilidad y bienestar. Era humillante pensar en el engaño constante en que vivían su padre y Elizabeth y considerar las mortificaciones que se les preparaban. El egoísmo de la señora Clay no era ni tan complicado ni tan disgustante como el del señor Elliot, y Anne de buena gana hubiera accedido al matrimonio de ésta con su padre inmediatamente, pese a todos sus inconvenientes, con tal de verse libre de todas las sutilezas del señor Elliot para evitar esa boda.

En la mañana del viernes se decidió a ver bien temprano a lady Russell y comunicarle lo que creía necesario; hubiera ido inmediatamente después del desayuno, pero la señora Clay salía también a hacer un recado que tenía por objeto evitar alguna molestia a su hermana, así que decidió esperar a que se fuera para evitar su compañía. La señora Clay partió antes de que ella hablase de pasar la mañana en la calle River.

—Muy bien —dijo Elizabeth—, no puedo mandar más que mi cariño. Oh, puedes además llevar contigo el aburrido libro que me ha prestado y decirle que lo he leído. Realmente, no puedo preocuparme de todos los nuevos poemas y artículos que se publican en el país. Lady Russell me aburre bastante con sus publicaciones. No se lo digas, pero su vestido me pareció espantoso la otra noche. Creía que tenía cierto gusto para vestirse, pero me avergoncé por ella en el concierto. Tenía un aspecto tan anticuado y solemne... ¡Y se sienta tan recta! Dale cariños, naturalmente.

—Y también los míos —dijo sir Walter—. Mis mejores saludos. Puedes decirle también que iré a visitarla pronto. Dale un mensaje cortés. Pero solamente dejaré mi tarjeta. Las visitas matutinas no son nunca agradables para mujeres de su edad, que se arreglan tan poco a esas horas. Si solamente usara colorete no debería temer ser vista, pero la última vez que fui observé que las celosías fueron cerradas inmediatamente.

Mientras su padre hablaba golpearon a la puerta. ¿Quién podía ser? Anne, recordando las inesperadas visitas del señor Elliot a todas horas, hubiera supuesto que era él de no saberle a siete millas de Bath. Después de los usuales minutos de espera se oyeron ruidos de aproximación y... los señores Musgrove entraron en el salón.

La sorpresa fue el principal sentimiento que provocó su llegada, pero Anne se alegró sinceramente de verlos, y los demás no lamentaron tanto la visita que no pudieran poner un agradable aire de bienvenida, y tan pronto como quedó claro que no llegaban con ninguna idea de alojarse en la casa, sir Walter y Elizabeth se sintieron más cordiales e hicieron los honores de muy buen grado. Habían venido a Bath por unos pocos días, con la señora

Musgrove, y se alojaban en White Hart. Esto se entendió pronto; pero hasta que sir Walter y Elizabeth no se encaminaron con Mary al otro salón y se deleitaron con la admiración de ésta, Anne no pudo obtener de Charles una historia completa de los pormenores de su viaje, o alguna sonriente explicación de los negocios que allí les traían y que Mary había insinuado, conjuntamente con algunos datos confusos acerca de la gente que constituía su grupo.

Se enteró entonces de que estaban allí, además del matrimonio, la señora Musgrove, Henrietta y el capitán Harville. Charles le hizo un somero relato, una narración de acontecimientos sumamente naturales. Al principio había sido el capitán Harville quien necesitaba venir a Bath por algunos negocios. Había comenzado a hablar de ello hacía una semana, y por hacer algo, porque la temporada de caza había terminado, Charles propuso acompañarle, y a la señora Harville parecía haberle agradado la idea, que consideraba ventajosa para su esposo; Mary no pudo soportar quedarse, y había parecido tan desdichada durante un día o dos, que todo quedó en suspenso o aparentemente abandonado. Pero luego el padre y la madre volvieron a insistir en la idea. La madre tenía algunos antiguos amigos en Bath, a los que deseaba ver; era, pues, una buena oportunidad para que viniese también Henrietta a comprar ajuares de boda para ella y su hermana; al final su madre organizó el grupo y todo fue fácil y simple para el capitán Harville, y él y Mary fueron también incluidos para conveniencia general. Habían llegado la noche anterior, bastante tarde. La señora Harville, sus niños y el capitán Benwick quedaron con su madre y Louisa en Uppercross.

La única sorpresa de Anne fue que las cosas hubieran ido tan rápido como para que ya pudiese hablarse del ajuar de Henrietta; había imaginado que las dificultades económicas retrasarían esta boda, pero se enteró por Charles de que muy recientemente (después de la carta que recibiera de Mary) Charles Hayter había sido requerido por un amigo para ocupar el lugar de un joven que no podría tomar posesión de su cargo hasta que transcurrieran algunos años, y esto, unido a su renta actual, y con la certidumbre de obtener algún puesto permanente antes de fin de año, las dos familias habían accedido a los deseos de los jóvenes y tenían que casarse a los pocos meses, casi al mismo tiempo que Louisa. Y era un bonito lugar —añadía Charles—, a sólo veinticinco millas de Uppercross y en una hermosa campiña, cerca de Dorsetshire, en el centro de uno de los mejores rincones del reino, rodeados de tres grandes propietarios, a cual más cuidadoso. Y con dos de éstos Charles Hayter podría obtener una recomendación especial.

—Charles no le da a esa plaza el valor que debería —observó—, es muy poco amante de la vida al aire libre. Ése es su mayor defecto.

—Me alegro sinceramente —exclamó Anne—. Y de que las dos hermanas, mereciéndola ambas por igual, y habiendo sido siempre tan buenas amigas, tengan su felicidad conjuntamente; que las alegrías de una no debiliten las de la otra y que juntas compartan la prosperidad y el bienestar. Espero que el padre y la madre sean igualmente felices con estas bodas.

—¡Oh, sí! Mi padre estaría más contento si los dos jóvenes fueran más ricos, pero ésta es la única falta que les encuentra. Económicamente hablando, casar a dos hijas a un tiempo es un problema importante y a mi padre le preocupa en muchos aspectos. Sin embargo no quiero decir que no tengan derecho a esto. Es lógico que los padres den una dote a sus hijas; siempre ha sido un padre generoso conmigo. Mary está descontenta con el matrimonio de Henrietta. Ya sabes que nunca lo aprobó. Pero no le hace justicia a Hayter ni considera el valor de Winthrop. No he podido hacerle entender cuán costosa es la propiedad. En los tiempos que corren es un buen matrimonio. A mí siempre me ha gustado Charles Hayter y no cambiaré mi opinión.

—Tan excelentes padres como el matrimonio Musgrove —exclamó Anne— deben ser felices con la boda de sus dos hijas. Hacen todo para darles dicha, estoy segura. ¡Qué bendición para las jóvenes estar en tales manos! Su padre y su madre parecen estar completamente libres de esos ambiciosos sentimientos que han acarreado tantos malos procederes y desdichas tanto entre los jóvenes como entre los viejos. Espero que Louisa esté ahora perfectamente curada.

Él respondió con alguna vacilación:

—Sí, creo que está completamente restablecida. Pero ha cambiado: ya no corre ni salta, baila o ríe; está muy distinta. Si una puerta se cierra de golpe, se estremece como un pollito en un charco de agua. Benwick se sienta a su lado leyendo versos todo el día o murmurando en voz baja.

Anne no pudo evitar reírse.

—Esto no es muy de su gusto, bien lo comprendo —exclamó—, pero creo que Benwick es un excelente joven.

—Ciertamente, nadie lo pone en duda. Y supongo que no creerá usted que pretendo que todos los hombres encuentren gusto y placer en las mismas cosas que yo. Aprecio mucho a Benwick; cuando se pone a hablar, tiene muchas cosas que decir. Sus lecturas no le han dañado porque ha luchado también. Es un hombre valiente. He llegado a conocerle más íntimamente el lunes último que en cualquier otra ocasión anterior. Tuvimos una cacería de ratas esa mañana en la granja de mi padre, y se desempeñó tan bien que desde entonces me agrada mucho más.

Fueron aquí interrumpidos para que Charles acompañara a los otros a admirar los espejos y los objetos chinos, pero Anne había oído bastante para comprender la situación actual de Uppercross y alegrarse de la dicha allí reinante. Y aunque también se entristecía por algunas cosas, en su tristeza no había la menor envidia. Ciertamente, le habría gustado gozar también de esa dicha, pero eso no empañaba la felicidad que sentía por los otros.

La visita transcurrió en medio del general buen humor. Mary estaba muy animada, disfrutando de la alegría y del cambio, y tan satisfecha con el viaje en el carruaje de cuatro caballos de su suegra, y con su completa independencia de Camden Place, que se sentía con ánimos para admirar cada cosa como debía y rápidamente comprendió todas las ventajas de la casa en cuanto se las detallaron. No tenía nada que pedir a su padre y hermana, y toda su buena voluntad fue en aumento al ver el hermoso salón.

Elizabeth sufrió bastante durante un corto tiempo. Sentía que la señora Musgrove y todo su grupo debían ser invitados a comer con ellos, pero no podía soportar que la diferencia de estilo, la reducción del servicio, que se revelaría en la comida, fueran presenciados por aquéllos que eran inferiores a los Elliot de Kellynch. Fue una lucha entre la educación y la vanidad, pero se impuso la vanidad y Elizabeth fue nuevamente feliz. Interiormente se dijo: «Viejas costumbres... hospitalidad campesina... no damos comidas... poca gente en Bath lo hace... lady Alice jamás lo ha hecho, no invita ni a la familia de su hermana, aunque han estado aquí un mes; creo que será un inconveniente para la señora Musgrove... trastornará sus planes. Estoy segura de que prefiere no venir... no se sentirá cómoda entre nosotros. Les pediré que vengan para la velada; esto será mucho mejor, será novedoso y cortés. No han visto dos salones como éstos antes. Estarán encantados de venir mañana por la noche. Será una reunión bastante regular... pequeña pero elegante».

Y esto satisfizo a Elizabeth, y cuando la invitación fue hecha a los dos que estaban presentes y se prometió la presencia de los ausentes, Mary pareció enteramente satisfecha. Deseaba particularmente conocer al señor Elliot y ser presentada a lady Dalrymple y la señorita Carteret, que habían prometido asistencia formal para esa velada, y para Mary ésta era la mayor satisfacción. La señorita Elliot tendría el honor de visitar a la señora Musgrove por la mañana; Anne se encaminó con Charles y Mary a ver a Henrietta y a la señora Musgrove inmediatamente.

Su idea de visitar a lady Russell debía postergarse por el momento. Los tres entraron en la casa de la calle River por un par de minutos, pero Anne se convenció a sí misma de que la demora de un día en la comunicación que debía hacer a lady Russell no era de mayor importancia, y tenía prisa por llegar a White Hart para ver a los amigos y compañeros del otoño con una vehemencia que provenía de muchos recuerdos.

Encontraron solas a la señora Musgrove y a su hija, y ambas hicieron el más amable recibimiento a Anne. Henrietta estaba en ese estado en el que todos nuestros puntos de vista han mejorado, en el que se forma una nueva felicidad, que le hacía interesarse por gente de la que apenas había gustado antes. Y el cariño verdadero de la señora Musgrove lo había obtenido Anne por su utilidad cuando se encontró la familia en desgracia. Había allí una liberalidad, un calor y una sinceridad que Anne apreciaba mucho más por la triste falta de tal bendición en su hogar. La instaron a que pasara con ellos cuantos momentos libres tuviera, invitándola para todos los días; en una palabra, se le pedía que fuese como de la familia. Y, naturalmente, ella sintió que debía prestar toda su atención y buenos oficios; así, cuando Charles las dejó solas, escuchó a la señora Musgrove contar la historia de

Louisa, y a Henrietta contar su propia historia; le dio su opinión sobre varios asuntos y recomendó algunas tiendas. Hubo intervalos en los que debía prestar ayuda a Mary, quien pedía consejo desde la clase de cinta que debería llevar hasta lo referente al arreglo de sus cuentas, desde encontrar sus llaves y ordenar sus chucherías hasta tratar de convencerla de que no era pesada para nadie, porque, pese a hallarse sentada junto a una ventana y entretenida vigilando la entrada de la habitación, no dejaba de importunar a su hermana.

Cabía esperar una mañana de gran confusión. Un gran grupo en un hotel presenta una escena de desorden y rápido cambio. En un momento llega una nota, en el siguiente un paquete; no hacía ni media hora que Anne estaba allí cuando el comedor, pese a ser espacioso, estaba casi lleno. Un grupo de viejas amigas estaban sentadas alrededor de la señora Musgrove, y Charles volvió con los capitanes Harville y Wentworth. La aparición del segundo fue la sorpresa del momento. Era imposible que Anne no hubiera intuido que la presencia de amigos comunes propiciaría un nuevo encuentro. El último encuentro había demostrado los sentimientos de él; ella tenía esa deliciosa convicción, pero temió, al ver su expresión, que la misma desdichada persuasión que la había alejado del salón de conciertos aún le dominara. Parecía no desear aproximarse a ella como para entablar conversación.

Ella trató de calmarse y de dejar que las cosas siguieran su curso. Y trató de darse tranquilidad con este argumento poco razonable: «Seguramente, si nuestro afecto es mutuo, nuestros corazones se entenderán. No somos un niño y una niña para guardar una irritada reserva, ser mal dirigidos por la inadvertencia de algún momento o jugar atolondradamente con nuestra propia felicidad». Y, sin embargo, un momento después sintió que su mutua compañía en las actuales circunstancias sólo los exponía a inadvertencias y malas interpretaciones de la peor especie.

—Anne —exclamó Mary desde su ventana—, ahí está la señora Clay en la rotonda, estoy segura, y la acompaña un caballero. Les veo dar la vuelta a la calle Bath en este mismo momento. Parecen muy entretenidos en su conversación. ¿Quién es él? Ven y dímelo. ¡Dios mío! ¡Le reconozco! ¡Es nada menos que el señor Elliot!

—No —dijo Anne rápidamente—, no puede ser él, te lo aseguro. Debía dejar Bath esta mañana y no volver hasta pasado mañana.

Mientras hablaban sintió que el capitán Wentworth la estaba mirando y saberlo la turbó haciéndola sentir como si hubiera dicho mucho pese a sus pocas palabras.

Mary, lamentando que se pudiera sospechar que no conocía a su propio primo, comenzó a hablar calurosamente acerca del aire de familia, y a afirmar categóricamente que se trataba del señor Elliot, y llamó nuevamente a Anne para que se acercase a comprobarlo por sí misma. Pero Anne no tenía intención de moverse, y pretendió ser fría e indiferente. Pero su incomodidad volvió al percibir miradas significativas y sonrisas entre las damas visitantes, como si estuvieran enteradas del secreto. Era evidente que la murmuración había corrido, siguió una corta pausa que pareció contribuir a que se extendiese aún más.

—Ven, Anne —exclamó Mary—, ven y mira. Llegarás tarde si no te apresuras. Se están despidiendo, dándose la mano. Él se aleja. ¡No conocer al señor Elliot! ¡Cualquiera diría que has olvidado lo de Lyme!

Para tranquilizar a Mary y quizá también para cubrir su propia turbación, Anne se acercó apresuradamente a la ventana. Llegó a tiempo para convencerse de que realmente se trataba de él (lo que ni por un instante había imaginado) antes de que éste desapareciera por un extremo y la señora Clay se encaminase rápidamente en dirección opuesta, y reprimiendo la sorpresa que le producía ver conversar a dos personas de intereses tan opuestos, dijo tranquilamente:

—Sí, en verdad se trata del señor Elliot. Habrá cambiado la hora de su partida, o tal vez me haya equivocado, no esperaba que estuviera aún por aquí. —Y volvió a su silla tranquilizada y con la esperanza de haberse justificado bien.

Los visitantes comenzaron a retirarse y Charles los acompañó cortésmente hasta la puerta. Tras hacer un gesto como para que se detuvieran, comenzó a decir:

—Mamá, he hecho por ti algo que sin duda aprobarás. He ido al teatro y he conseguido un palco para mañana por la noche. ¿No soy un buen chico?

Sé que te encantan las comedias. Y hay sitio para todos. Estoy seguro de que Anne no se arrepentirá de acompañarnos. Hay lugar para nueve. He invitado también al capitán Wentworth. A Anne no le importará acompañarnos. A todos nos agrada el teatro. ¿No he hecho bien, mamá?

La señora Musgrove comenzaba de buen ánimo a expresar que le agradaría concurrir, si a Henrietta y a los demás les venía bien, cuando de pronto Mary interrumpió:

—Dios mío, Charles, ¿cómo puedes pensar en semejante cosa? ¡Tomar un palco para mañana por la noche! ¿Has olvidado que tenemos un compromiso mañana en Camden Place? ¿Y que nos han invitado especialmente para conocer a lady Dalrymple y a su hija y a la señorita Elliot —los parientes más importantes de la familia—, a quienes debemos ser presentados mañana? ¿Cómo has podido olvidarlo?

—Bah —replicó Charles—, ¿qué importa una reunión? Nunca valen nada. Tu padre podría habernos invitado a comer si es que deseaba vernos. Puedes hacer como quieras, pero yo iré al teatro.

—Oh, Charles, sería imperdonable hacer tal cosa. ¡Has prometido que asistirías...!

—No, no he prometido. Sonreí y asentí y dije algo como «encantado», pero eso no es prometer.

—Pero debes venir, Charles. Sería una grosería faltar. Se nos ha pedido expresamente que vayamos para ser presentados. Siempre hubo una gran vinculación entre los Dalrymple y nosotros. Nada sucedió en las familias que no fuera inmediatamente comunicado. Somos parientes muy cercanos, ya sabes. Y también el señor Elliot, a quien debes conocer particularmente. Debemos atenciones al señor Elliot. ¿Olvidas acaso que es el heredero de nuestro padre, el representante de la familia?

—No me hables de representantes y herederos —exclamó Charles—. No soy de los que abandonan el poderío actual para saludar al sol naciente. Si no voy por el placer de ver a tu padre me parecería estúpido ir por su heredero. ¿Qué me importa a mí Elliot?

Estas expresiones despreocupadas fueron vivificantes para Anne, que estaba observando que el capitán Wentworth escuchaba atentamente, poniendo toda su alma en cada palabra que se decía. Y las últimas palabras trajeron su mirada interrogante de Charles a ella.

Charles y Mary conversaban aún de la misma manera, él un poco en broma y un poco en serio, manteniendo el plan de ir al teatro, y ella oponiéndose seriamente, pero sin dejar de dar a entender que, aunque decidida a toda costa a ir a Camden Place, consideraría bastante feo que los demás fuesen al teatro sin ella. La señora Musgrove intervino.

—Es mejor que lo posterguemos. Puedes volver, Charles, y cambiar el palco para el martes. Sería una lástima separarnos y además perderíamos la compañía de la señorita Anne, puesto que se trata de una reunión de su padre; estoy segura de que ni Henrietta ni yo disfrutaremos del teatro si la señorita Anne no nos acompaña.

Anne sintió agradecimiento por tal bondad, y aprovechando la oportunidad que se le presentaba, dijo decididamente:

—Si depende de mi gusto, señora, la reunión de casa (excepto de lo que atañe a Mary) no será ningún inconveniente. No tengo ningún placer por esta clase de reuniones y con gusto la cambiaría por el teatro y por estar en su compañía. Pero quizá sea mejor no intentarlo.

Lo dijo temblando mientras hablaba, consciente de que sus palabras eran escuchadas y no atreviéndose a observar su efecto.

Bien pronto se convino en elegir el martes. Y Charles solamente continuó bromeando con su esposa insistiendo que iría a la comedia solo si nadie quería acompañarle.

El capitán Wentworth dejó su asiento y se encaminó a la chimenea, posiblemente con la idea de acercarse después a Anne.

—Sin duda no ha estado usted suficiente tiempo en Bath —dijo— para disfrutar de las reuniones de aquí.

—¡Oh, no! El carácter de estas reuniones no me atrae. No soy buena jugadora de cartas.

—Ya sé que usted no lo era antes... No le agradaban a usted las cartas, pero el tiempo trae muchos cambios.

—Yo no he cambiado tanto —exclamó Anne. Y se detuvo de inmediato, temiendo algún equívoco.

Después de esperar unos momentos, él dijo, como respondiendo a sentimientos inmediatos:

—¡Un largo tiempo, en verdad! ¡Ocho años es mucho tiempo!

Si pensaba proseguir más adelante, era cosa que Anne debió reflexionar en una hora de más tranquilidad, porque mientras ella escuchaba aún sus palabras, su atención fue atraída por Henrietta, que deseaba aprovechar el momento para salir, y pedía a sus amigos que no perdieran tiempo antes de que llegasen nuevos visitantes.

Se vieron obligados a retirarse. Anne habló de encontrarse lista y procuró parecerlo, pero sentía que de haber conocido Henrietta el pesar de su corazón al dejar la silla, al dejar la habitación, hubiera sentido verdadera piedad por su prima.

Pero los preparativos se vieron prontamente interrumpidos. Se oyeron ruidos alarmantes: se aproximaban otros visitantes y la puerta se abrió para dejar paso a sir Walter y a Elizabeth, cuya entrada pareció helar a todos. Anne sintió una inmediata opresión y allí donde miró encontró los mismos síntomas. El bienestar, la alegría, la libertad del salón, habían desaparecido alejados por una fría compostura, estudiado silencio, conversación insípida, para estar a la altura de la helada elegancia del padre y de la hermana. ¡Cuán mortificante sentir esto!

Su avisado ojo tuvo una satisfacción. Sir Walter y Elizabeth reconocieron nuevamente al capitán Wentworth, y Elizabeth fue aún más amable que la vez anterior. Incluso le dirigió la palabra una vez y le miró más de una. De hecho, la actitud de Elizabeth para con el capitán estaba experimentando un cambio importante, y lo que siguió poco después explicó su actitud. Después de perder unos pocos minutos diciendo las cosas habituales, formuló la invitación que debía cancelar todo otro compromiso de los Musgrove: «Mañana por la noche nos reunimos unos pocos amigos, nada serio». Esto fue dicho muy graciosamente, y las tarjetas con las que se había provisto: «En casa de la señorita Elliot» fueron depositadas sobre la mesa con una cortés y comprensiva sonrisa para todos y una sonrisa y una tarjeta dirigidas especialmente al capitán Wentworth. La verdad era que Elizabeth había vivido en Bath lo suficiente como para comprender la importancia de un hombre de su apariencia y su físico. El pasado no importaba. Lo importante en ese momento era que el capitán Wentworth haría buena figura en su salón. Se entregó la tarjeta, y sir Walter y Elizabeth se pusieron en pie para retirarse.

La interrupción había sido breve, pero contundente, y la alegría volvió a casi todos los presentes cuando quedaron nuevamente solos, con excepción de Anne. Solamente podía pensar en la invitación de la que había sido testigo, y de la forma en que la tal invitación había sido recibida, con sorpresa más que con gratitud, con cortesía más que con franca aceptación. Ella le conocía y había visto desdén en su mirada y no se atrevía a suponer que él aceptara concurrir, alejado aún por toda la insolencia del pasado. Ella se sentía desvanecer. Él, después que se hubieron retirado, conservaba aún la tarjeta en la mano, como considerándola atentamente.

—¡Pensar que Elizabeth invita a todo el mundo! —murmuró Mary de manera que todos pudieron oírla—. No me sorprende que el capitán Wentworth esté encantado. No puede dejar de mirar la tarjeta.

Anne vio su expresión, le vio ruborizarse y sus labios tomar una momentánea expresión de desprecio, y se retiró ella entonces, para no ver ni oír más cosas desagradables.

La reunión se deshizo. Los caballeros tenían sus intereses, las señoras debían proseguir con sus asuntos, y pidieron encarecidamente a Anne que fuese luego a cenar o pasara con ellos el resto del día, pero el espíritu de ella había estado tanto tiempo en tensión que ahora sólo se sentía capaz de estar en casa, donde al menos podía meditar y guardar silencio si lo deseaba.

Prometiendo estar con ellas toda la mañana siguiente, terminó las fatigas de la mañana actual en una larga caminata hasta Camden Place, donde debió oír los preparativos de Elizabeth y la señora Clay para el día siguiente, la enumeración de las personas invitadas y los detalles embellecedores que harían de esta reunión una de las más elegantes de Bath, mientras se atormentaba ella preguntándose si el capitán Wentworth asistiría o no. Ellas daban por cierto que iría, pero a Anne esta certidumbre no le duraba dos minutos seguidos. A veces pensaba que sí porque creía que tenía el deber de hacerlo. Pero no podía asegurarse que esto fuera un deber, lo que le hubiera permitido estar a cubierto de sentimientos más desagradables.

Solamente salió de esta agitación para decirle a la señora Clay que había sido vista en compañía del señor Elliot tres horas después de la hora en que se suponía que él había dejado Bath. Porque, habiendo esperado en vano que la señora hiciera alguna indicación con respecto al encuentro, se decidió a mencionarlo ella misma; le pareció asimismo que una sombra de culpabilidad cubrió la cara de la señora Clay al escuchar esto. Fue transitoria, esta expresión desapareció en seguida, pero Anne imaginó que por alguna complicación de intriga mutua o por la autoridad que él ejercía sobre ella, ésta se había visto obligada a escuchar (quizá durante media hora) discursos y represiones acerca de sus designios con sir Walter. La señora Clay exclamó, sin embargo, con afectada naturalidad:

—Así es, querida. ¡Imagine usted mi sorpresa al encontrarme con el señor Elliot en la calle Bath! Nunca me he sorprendido tanto. Él me acompañó hasta Pump Yard. No pudo partir para Thornberry, no recuerdo por qué razón, porque como tenía prisa no llegué a prestarle mucha atención, y sólo pude comprender que se proponía regresar mañana lo antes posible. No hacía más que hablar de «mañana»; y era evidente que yo ya estaba bien enterada de esto mucho antes de entrar en casa, y cuando escuché los planes de ustedes y todo lo que había ocurrido, mi encuentro con el señor Elliot se me fue de la cabeza.

Capítulo XXIII

Sólo un día había pasado desde la conversación de Anne con la señora Smith, pero ahora tenía un interés más inmediato y se sentía poco afectada por la mala conducta del señor Elliot, excepto porque le debía aún una visita de explicación a lady Russell, pero todavía debió postergarla. Había prometido estar con los Musgrove desde el desayuno hasta la comida. Su palabra estaba comprometida, de modo que la reputación del señor Elliot, al igual que la cabeza de la sultana Scherazade, podía vivir un día más.

Sin embargo, no pudo ser puntual; el tiempo se presentó malo y, lamentándolo mucho por sus amigos y por lo que a ella se refería, tuvo que esperar mucho rato antes de intentar salir de paseo. Cuando llegó a White Hart y se dirigió a las habitaciones de la señora Musgrove, encontró que no solamente no había sido puntual sino que tampoco era la primera en llegar. Los que habían llegado antes eran la señora Croft, que conversaba con la señora Musgrove, y el capitán Harville, que conversaba con el capitán Wentworth, e inmediatamente se enteró de que Mary y Henrietta, sumamente impacientes, habían aprovechado el momento en que la lluvia había parado para salir, pero volverían pronto, y habían comprometido a la señora Musgrove que no dejarían partir a Anne hasta que ellas hubieran vuelto. No le quedó más remedio que asentir, sentarse, adoptar un aspecto de compostura y sentirse nuevamente precipitada en todas las agitaciones de penas que había probado la mañana anterior. No había término medio. De una extrema miseria pasaba a una gran felicidad y de ésta a una extrema miseria. Dos minutos después de haber llegado ella decía el capitán Wentworth:

—Escribiremos inmediatamente la carta de la que hemos hablado, Harville, si me proporciona usted los medios para hacerlo.

Los materiales estaban a mano, sobre una mesa apartada; allí se dirigió él, y dando casi la espalda a todo el mundo comenzó a escribir.

La señora Musgrove estaba contando a la señora Croft la historia del compromiso de su hija mayor, con ese tono de voz que pretende ser un murmullo, pero que todo el mundo puede oír. Anne sentía que ella no pertenecía a la conversación, y sin embargo, como el capitán Harville parecía pensativo y poco dispuesto a hablar, no pudo evitar oír una serie de detalles indiscretos: «cómo el señor Musgrove y mi hermano Hayter se encontraron una y otra vez para ultimar los detalles; lo que mi hermano Hayter dijo un día, y lo que el señor Musgrove propuso al día siguiente, y lo que le había ocurrido a mi hermana Hayter, y lo que los jóvenes deseaban, y cómo dije en el primer momento que jamás consentiría, y cómo después pensé que no estaría tan mal», y muchas más cosas por el estilo. Detalles que, aun con todo el gusto y la delicadeza de la buena señora Musgrove, no debían comunicarse, cosas que sólo interesaban a los protagonistas del asunto. La señora Croft escuchaba de muy buen humor, y cuando decía algo era una cosa sensata. Anne confiaba en que los caballeros estuvieran demasiado ocupados para oír nada.

—Considerando todas estas cosas, señora —decía la señora Musgrove en un fuerte murmullo—, aunque hubiéramos deseado otra cosa, no quisimos oponernos más tiempo, porque Charles Hayter estaba loco por ella, y Henrietta más o menos lo mismo; así, creímos que era mejor que se casaran en seguida y fueran felices, como han hecho tantos antes que ellos. De cualquier manera esto es mejor que un compromiso largo.

—Es precisamente lo que iba a decir —exclamó la señora Croft—. Prefiero que los jóvenes se establezcan con una renta pequeña y compartan las dificultades juntos antes que pasar por las peripecias de un largo compromiso. Siempre he pensado que...

—Mi querida señora Croft —exclamó la señora Musgrove, sin poder dejar que terminara—, nada hay tan abominable como un largo compromiso.

Siempre he estado en contra de eso para mis hijos. Está bien estar comprometidos si se tiene la seguridad de casarse en seis meses, o aun en un año... pero ¡líbreme Dios de un compromiso largo!

—Sí, señora —dijo la señora Croft—, es un compromiso incierto el que se toma por mucho tiempo. Empezar por no saber cuándo se tendrán los medios para casarse creo que es poco seguro y poco sabio, y creo también que todos los padres debieran evitar esto en cuanto les fuera posible.

Anne se sintió súbitamente interesada. Le pareció que esto se podía aplicar a ella, se estremeció toda y en el mismo momento en que sus ojos se dirigían instintivamente a la mesa ocupada por el capitán Wentworth, éste dejaba de escribir, levantaba la pluma y escuchaba, al mismo tiempo que volviendo la cabeza cambiaba con ella una rápida mirada.

Las dos señoras continuaron hablando de las verdades admitidas y dando ejemplos de los males que la ruptura de esta costumbre había acarreado a personas conocidas, pero Anne no pudo oírlas claramente, sólo distinguía un murmullo y su mente estaba confusa.

El capitán Harville, que no había oído nada, dejó en este momento su silla y se aproximó a la ventana; Anne pareció mirarle, aunque realmente su pensamiento estaba ausente, pero finalmente comprendió que Harville la invitaba a sentarse a su lado. La miraba con una ligera sonrisa y un movimiento de cabeza que parecía decir: «Venga, tengo algo que decirle», y los modales sin afectación y llenos de naturalidad que tenía, pareciendo corresponder a un trato más antiguo, invitaban también a que se sentara a su lado. Ella se puso de pie y se aproximó. La ventana junto a la cual él estaba se encontraba al otro lado de la habitación donde estaban sentadas las señoras y más cerca de la mesa ocupada por el capitán Wentworth, aunque bastante alejada de ésta. Cuando ella llegó, el gesto del capitán Harville volvió a ser serio y pensativo como de costumbre.

—Vea —dijo él, desenvolviendo un paquete y sacando un retrato en miniatura—, ¿sabe usted quién es éste?

—Ciertamente, el capitán Benwick.

—Sí, y también puede adivinar usted para quién es. Pero —añadió gravemente— no fue hecho para ella. Señorita Elliot, ¿recuerda usted nuestra caminata en Lyme, cuando le compadecíamos? Bien poco imaginaba yo que... pero esto no hace al caso. Esto fue hecho en El Cabo. Se encontró en El Cabo con un hábil artista alemán y, cumpliendo una promesa hecha a mi pobre hermana, posó para él y trajo esto a casa. ¡Y ahora tengo que entregarlo cuidadosamente a otra! ¡Vaya un encargo! Mas ¿quién, si no, podría hacerlo? Sin embargo, no tengo inconveniente en encontrar a otro a quien confiarlo. Él lo ha aceptado —señalando al capitán Wentworth—, está escribiendo ahora sobre esto —y rápidamente añadió, revelando su herida—: ¡Pobre Fanny, ella no le habría olvidado tan pronto!

—No —replicó Anne con voz baja y llena de sentimiento—, bien lo creo.

—No estaba en su naturaleza. Ella le adoraba.

—No estaría en la naturaleza de ninguna mujer que amara de verdad.

El capitán Harville sonrió y dijo:

—¿Considera usted eso exclusivo de su sexo?

Y ella respondió sonriendo también:

—Sí. Ciertamente nosotras no nos olvidamos tan pronto de ustedes como ustedes se olvidan de nosotras. Quizá sea éste nuestro destino y no un mérito de nuestra parte. No podemos evitarlo. Vivimos en casa, quietas, retraídas, y nuestros sentimientos hacen presa de nosotras. Ustedes se ven obligados a andar. Tienen una profesión, propósitos, negocios de una u otra clase que les llevan inmediatamente de vuelta al mundo, y la ocupación continua y el cambio debilitan las impresiones.

—Admitiendo su afirmación de que el mundo haga esto por los hombres (que sin embargo yo no admito), esto no podía aplicarse a Benwick. Él no se ocupaba de nada. La paz lo devolvió en seguida a tierra y desde entonces vive con nosotros en un pequeño círculo familiar.

—Es verdad —dijo Anne—, bien cierto es, no lo recordaba. Pero ¿qué podemos decir, capitán Harville? Si el cambio no proviene de circunstancias externas debe provenir de adentro; debe ser la naturaleza, la naturaleza del hombre, lo que ha operado este cambio en el capitán Benwick.

—No, no es la naturaleza del hombre. No creeré que la naturaleza del hombre sea más inconstante que la de la mujer para olvidar a los que se ama o se ha amado. Creo lo contrario. Creo en una analogía entre nuestro cuerpo y nuestra alma; si nuestro cuerpo es fuerte, así serán nuestros sentimientos: capaces de soportar el trato más rudo y de capear el temporal más fuerte.

—Sus sentimientos podrán ser más fuertes —replicó Anne—, pero la misma analogía me autoriza a creer que los de las mujeres son más tiernos. El hombre es más robusto que la mujer, pero no vive más tiempo, y esto explica mi idea acerca de los sentimientos. No, sería muy duro para ustedes si fuese de otra forma. Tienen dificultades, peligros y privaciones con los que deben luchar. Trabajan siempre y están expuestos a todo riesgo y dureza. Su casa, su patria, sus amigos, todo deben abandonarlo. Ni tiempo ni salud ni vida pueden llamar suyos. Debe de ser en verdad bien duro —su voz falló un poco— si a todo esto debieran unirse los sentimientos de una mujer.

—Nunca nos pondremos de acuerdo sobre este punto —comenzó a decir el capitán Harville, cuando un ligero ruido les hizo mirar hacia el capitán Wentworth. No era nada sino que su pluma se había caído, pero Anne se sorprendió de encontrarle más cerca de lo que esperaba, y sospechó que la pluma no había caído porque la estuviese usando, sino porque había estado tratando de escuchar su conversación, aunque no creía que hubiera oído mucho.

—¿Ha terminado usted la carta? —preguntó el capitán Harville.

—Todavía no. Faltan unas líneas. La terminaré en cinco minutos.

—Yo no tengo prisa. Estaré listo cuando lo esté usted. Tengo aquí una buena ancla —dijo sonriéndole a Anne—, no deseo nada más. No tengo ninguna prisa. Bien, señorita Elliot —bajando la voz—, como decía, creo que nunca nos pondremos de acuerdo en este asunto. Ningún hombre ni ninguna mujer lo harán probablemente. Pero permítame decirle que todas las historias están en contra de ustedes. Todas las historias, ya sea en prosa o en verso. Si tuviera tan buena memoria como Benwick, le diría en un momento cincuenta frases para reforzar mi argumento, y no creo que jamás haya abierto un libro en mi vida en el que no se dijera algo sobre la inconstancia femenina. Canciones y proverbios, todo habla de la fragilidad femenina. Pero quizá diga usted que todos han sido escritos por hombres.

—Quizá lo diga... Pero, por favor, no ponga ningún ejemplo de libros. Los hombres han tenido toda la ventaja sobre nosotras al contar ellos la historia. La educación de ellos ha sido mucho más completa, la pluma ha estado en sus manos. No permitiré que los libros me prueben nada.

—Pero ¿cómo podemos probar algo?

—Nunca se podrá probar nada sobre este asunto. Es una diferencia de opinión que no admite pruebas. Posiblemente ambos comenzaríamos con una pequeña circunstancia a favor de nuestro sexo, y sobre ella construiríamos cuanto se nos ocurra y hayamos visto en nuestros círculos. Y muchas de las cosas que sabemos (quizás aquéllas que más han llamado nuestra atención) no podrían decirse sin traicionar una confidencia o decir lo que no debe decirse.

—¡Ah —exclamó el capitán Harville, con tono de profundo sentimiento—, si solamente pudiera hacerle comprender lo que sufre un hombre cuando mira por última vez a su esposa y a sus hijos, y ve el barco que los ha traído hasta él alejarse, y se da la vuelta y dice: «Quién sabe si volveré a verlos de nuevo»! Y luego, ¡si pudiera mostrarle a usted la alegría del alma de este hombre cuando vuelve a verlos; cuando regresando de una ausencia de un año, y obligado tal vez a detenerse en otro puerto, calcula cuánto le falta aún para verlos y se engaña a sí mismo diciendo: «No podrán llegar hasta tal día», pero esperando sin embargo que se adelante doce horas, y cuando los ve llegar por fin, como si el cielo les hubiese dado alas, mucho más pronto aún de lo que los esperaba! ¡Si pudiera explicarle todo esto, y todo lo que un hombre puede soportar y hacer, y las glorias que puede obtener por estos tesoros de su existencia! Hablo solamente de hombres de corazón, naturalmente. —Y se llevó la mano al suyo con emoción.

—¡Ah! —dijo Anne—, creo que hago justicia a todo lo que usted siente y a los que a usted se parecen. Dios no permita que no considere el calor y la fidelidad de sentimientos de mis prójimos. Me despreciaría si creyera que la constancia y la afección son patrimonio exclusivo de las mujeres. No, creo que son ustedes capaces de cosas grandes y buenas en sus matrimonios. Les creo capaces de sobrellevar cualquier cambio, cualquier incomodidad doméstica, siempre que... si me permite decirlo, siempre que tengan un objeto. Quiero decir, mientras viva la mujer a la que aman y viva por ustedes. El solo privilegio que reclamo para mi sexo (no es demasiado envidiable, no se alarme) es que nuestro amor es mayor, cuando la existencia o la esperanza han desaparecido.

No pudo decir nada más, su corazón estaba oprimido y su aliento, entrecortado.

—Tiene usted un gran corazón —exclamó el capitán Harville tomándole el brazo afectuosamente—. No habrá más discusiones entre nosotros. En cuanto a Benwick, mi lengua está atada desde ahora.

Debieron prestar atención a los otros. La señora Croft se retiraba.

—Aquí debemos separarnos, Frederick —dijo ella—, yo voy a casa y tú tienes un compromiso con tu amigo. Esta noche tendremos el placer de encontrarnos todos nuevamente en su reunión —dijo dirigiéndose a Anne—. Recibimos ayer la tarjeta de su hermana, y creo que Frederick tiene también invitación, aunque no la he visto. Tú estás también libre, Frederick, ¿no es así?

El capitán Wentworth doblaba apresuradamente una carta y no pudo contestar completamente.

—Sí —dijo—, así es. Aquí nos separamos, pero Harville y yo saldremos detrás de ti. Si Harville está listo yo no necesito más que medio minuto. Estoy a tu disposición en un minuto.

La señora Croft los dejó, y el capitán Wentworth, que ya había doblado con rapidez su carta, estaba en verdad listo, y tenía un aire que realmente parecía de impaciencia por partir. Anne no sabía cómo interpretarlo. Recibió el más cariñoso «Buenos días. Quede usted con Dios» del capitán Harville, pero de él ni un gesto ni una mirada. ¡Había salido del cuarto sin una mirada!

Tuvo apenas tiempo de aproximarse a la mesa donde había estado él escribiendo, cuando se oyeron pasos de vuelta. Se abrió la puerta; era él. Pedía perdón, pero había olvidado los guantes, y cruzando el salón hasta la mesa de escribir, y de espaldas a la señora Musgrove, sacó una carta de entre los desparramados papeles, se la tendió a Anne con una expresión de súplica y, tomando rápidamente sus guantes, se alejó del salón, casi antes de que la señora Musgrove se hubiera dado cuenta de su vuelta. Todo fue cuestión de un momento.

La revolución que por un instante se operó en Anne fue casi inexplicable. La carta, con una dirección apenas legible: «Señorita A. E.», era evidentemente la que había doblado con tanta prisa. ¡Mientras se suponía que se dirigía únicamente al capitán Benwick le había estado escribiendo a ella! ¡Del contenido de esta carta dependía todo lo que el mundo podía ofrecerle! ¡Todo era posible, todo debía afrontarse antes que la duda! La señora Musgrove tenía en su mesa algunos pequeños quehaceres. Ellos protegerían su soledad, y dejándose caer en la silla que había ocupado él cuando escribiera, leyó las siguientes palabras:

No puedo escuchar más en silencio. Debo hablar con usted por cualquier medio que tenga a mi alcance. Me desgarra usted el alma. Estoy entre la agonía y la esperanza. No me diga que es demasiado tarde, que tan preciosos sentimientos han desaparecido para siempre. Me ofrezco a usted nuevamente con un corazón que es aún más suyo que cuando casi lo destrozó hace ocho años y medio. No se atreva a decir que el hombre olvida más prontamente que la mujer, que su amor muere más presto. No he amado a ninguna otra mujer más que a usted. Injusto puedo haber sido, débil y rencoroso, pero nunca inconsciente. Sólo por usted he venido a Bath. Sólo por usted pienso y proyecto. ¿No ha visto esto? ¿No ha interpretado mis deseos? No habría esperado estos diez días de haber podido leer sus sentimientos como debe usted haber leído los míos. No puedo casi escribir. A cada instante escucho algo que me domina. Baja usted la voz, pero puedo percibir los tonos de esa voz cuando se pierde entre otras. ¡Dulce y admirable mujer! Nos hace usted en verdad justicia. Crea que también existe la constancia y el amor verdadero entre los hombres. Crea que son muy fervientes y muy constantes en

F. W.

Debo irme sin saber qué me deparará el futuro. Pero volveré o me reuniré con su grupo en cuanto pueda. Una palabra, una mirada bastarán para decirme si debo ir a casa de su padre esta noche o nunca.

No era fácil reponerse del efecto de semejante carta. Media hora de soledad y reflexión la hubiera tranquilizado, pero los diez minutos que pasaron antes de ser interrumpida, con todos los inconvenientes de su situación, no hicieron sino agitarla más. A cada instante crecía su intranquilidad. Era una felicidad aplastante la que sentía. Y antes de que hubiera pasado el primer tramo de sensaciones, Charles, Mary y Henrietta estaban ya de vuelta.

La necesidad de ocultar su agitación la obligaba a sostener una lucha interna consigo misma, pero después de un momento no pudo más. Comenzó por no entender una palabra de lo que decían, y pretextando una indisposición, se excusó. Ellos pudieron notar que ella parecía enferma —se preocuparon y consternaron— y no se hubieran apartado de ella por nada del mundo. Esto era terrible. Si se hubieran ido y la hubieran dejado tranquilamente sola en su habitación, se habría sentido mejor. Pero tener a todos alrededor allí esperando era insoportable; en su angustia, ella dijo que deseaba ir a casa.

—Ciertamente, querida —dijo la señora Musgrove—, vaya usted a casa y cuídese, para estar bien esta noche. Desearía que Sara estuviese aquí para cuidarla, porque yo no sé hacerlo. Charles, llama un coche, no debe ir caminando.

¡No era un coche lo que necesitaba! ¡Lo peor de lo peor! Perder la oportunidad de conversar dos palabras con el capitán Wentworth en su tranquila vuelta a casa (y tenía la certeza de encontrarle) era insufrible. Protestó enérgicamente en contra del coche. Y la señora Musgrove, que solamente podía imaginarse una clase de enfermedad, habiéndose persuadido que no había sufrido ninguna caída, que Anne no había resbalado y que no tenía ningún golpe en la cabeza, se despidió alegremente y esperó encontrarla bien por la noche.

Ansiosa de evitar cualquier equívoco, Anne, con cierta resistencia, dijo:

—Temo, señora, que no esté perfectamente entendido. Tenga la amabilidad de decir a los demás caballeros que esperamos ver a todo el grupo esta noche. Temo que haya habido alguna equivocación, deseo que asegure particularmente al capitán Harville y al capitán Wentworth que deseamos verlos a ambos.

—Ah, querida mía, está perfectamente entendido, se lo aseguro. El capitán Harville está decidido a no faltar.

—¿Lo cree usted? Pues tengo ciertos temores, y lo sentiría mucho. ¿Promete mencionar esto cuando les vea de nuevo? Me atrevo a decir que verá a ambos esta mañana. Prométamelo.

—Ciertamente, si así es su deseo. Charles, si ves al capitán Harville en alguna parte no olvides de darle el mensaje de la señorita Anne. Pero de verdad, querida mía, no necesita intranquilizarse. El capitán Harville casi se ha comprometido, y lo mismo me atrevería a decir del capitán Wentworth.

Anne no podía decir más; su corazón presentía alguna cosa que empañaría su dicha. Pero de cualquier manera, el equívoco no sería largo; en caso de que él no concurriera a Camden Place, ella podría enviar algún mensaje por medio del capitán Harville.

Surgió otro inconveniente: Charles, con su natural amabilidad, quería acompañarla a casa; no había manera de disuadirlo. Eso fue casi cruel. Pero no podía ser desagradecida; él sacrificaba otro compromiso para serle útil, y partió con él, sin aparentar otro sentimiento que el de la gratitud.

Se encontraban en la calle Union cuando unos pasos detrás, de sonido conocido, le dieron solamente unos instantes para prepararse a la vista del capitán Wentworth. Se unió a ellos, pero como dudaba si quedarse o pasar de largo, no dijo nada y miró solamente. Anne se dominó lo bastante como para refrenar aquella mirada sin retirar la suya. Las pálidas mejillas de él se colorearon y sus movimientos de duda se hicieron decididos. Se puso al lado de ella. En ese instante, asaltado por una idea repentina, Charles dijo:

—Capitán Wentworth, ¿adónde va usted? ¿A la calle Gay o más lejos?

—No sabría decirlo —contestó el capitán Wentworth sorprendido.

—¿Va usted a Belmont? ¿Va cerca de Camden Place? Porque en caso de ser así no tendré inconveniente en pedirle que tome mi puesto y acompañe a Anne hasta la casa de su padre. No se encuentra muy bien esta mañana y no puede ir sin compañía y yo tengo una cita en la plaza del Mercado. Me han prometido enseñarme una escopeta que piensan vender. Dicen que no la empaquetarán hasta el último momento. Y yo debo verla. Si no voy ahora no tendré oportunidad más tarde. Por su descripción es muy semejante a la mía de dos cañones, con la que tiró usted un día cerca de Winthrop.

No podía hacerse ninguna objeción. Solamente hubo demasiada presteza, un asentimiento demasiado ligero lleno de gratitud, difícil de moderar. Y las sonrisas reinaron y los corazones se regocijaron en silencio. En medio minuto Charles estaba otra vez en el extremo de la calle Union y los otros dos continuaron el camino juntos; pronto cambiaron las suficientes palabras como para encaminar sus pasos hacia el paseo de grava, donde por el poder de la conversación esta hora debía convertirse en bendita y preparar los recuerdos sobre los que descansarían sus vidas futuras. Allí cambiaron otra vez esos sentimientos y esas promesas que una vez parecían haberlo asegurado todo, pero que habían sido seguidas por tantos años de separación. Allí volvieron otra vez al pasado, más exquisitamente felices quizás en su reencuentro que cuando sus proyectos eran nuevos. Tenían más ternura, más pruebas, más seguridad acerca de los caracteres de ambos, de la verdad, de su afecto. Actuaban más de acuerdo y sus actos tenían mayor justificación. Y allí, mientras lentamente dejaban detrás de ellos otros grupos, sin oír las novedades políticas, el rumor de las casas, el coqueteo de las muchachas, las niñeras y los niños, pensaron en cosas antiguas y se explicaron principalmente las que habían precedido al momento presente, cosas que estaban tan llenas de significado e interés. Comentaron todas las variaciones de la última semana. Y apenas podían dejar de hablar del día de ayer y del de hoy.

No se había equivocado ella. Los celos que el señor Elliot había inspirado lo había demorado todo, produciendo dudas y tormentos. Esto había comenzado inmediatamente después de su primer encuentro en Bath. Habían vuelto, después de una breve pausa, a arruinar el concierto, y habían influido en todo lo que él había dicho y hecho u omitido decir o hacer en las últimas veinticuatro horas. Habían destruido todas las esperanzas que las miradas o las palabras o las acciones de ella hicieron esperar a veces. Finalmente fueron vencidos por los sentimientos y el tono de voz de ella cuando conversaba con el capitán Harville, y bajo el irresistible dominio de éstos había tomado un papel y escrito sus sentimientos.

Lo que allí había escrito era lo cierto y no se retractaba de nada. Persistía en que no había amado a ninguna más que a ella. Jamás había sido suplantada. Jamás había creído encontrar a nadie que pudiera comparársela. Verdad es, debió reconocerlo, que su constancia había sido inconsciente y sin atención. Había pretendido olvidarla y creyó poder hacerlo. Se había juzgado a sí mismo indiferente, cuando solamente estaba enfadado; y había sido injusto para con los méritos de ella, porque éstos eran la causa de su sufrimiento. El carácter de ella era ahora para él la misma perfección, que aunaba una encantadora conjunción de fuerza y gentileza. Pero debía reconocer que solamente en Uppercross le había hecho justicia, y solamente en Lyme había empezado a entenderse a sí mismo. En Lyme había recibido más de una lección. La admiración del señor Elliot le había exaltado, y las escenas en Cobb y en la casa del capitán Harville habían demostrado la superioridad de ella.

Cuando procuraba enamorarse de Louisa Musgrove (por resentido orgullo) afirmó que jamás lo había creído posible, que nunca le había importado o podía importarle Louisa; hasta aquel día, cuando reflexionó luego, no había entendido la superioridad de un carácter con el que Louisa no podía siquiera compararse, y el enorme ascendiente que tales cualidades tenían sobre su propio carácter. Allí había aprendido a distinguir entre la tranquilidad de los principios y la obstinación de la voluntad, entre los peligros del aturdimiento y la resolución de los espíritus tranquilos. Allí había visto él que todo exaltaba a la mujer que había perdido; y allí comenzó a lamentar el orgullo, la locura, la estupidez del resentimiento, que le había mantenido apartado de ella cuando volvieron a encontrarse.

Desde entonces había comenzado a sufrir seriamente. Apenas se había visto libre del horror y del remordimiento de los primeros días del accidente de Louisa, apenas comenzaba a sentirse vivir nuevamente, cuando se sintió vivo, es cierto, pero ya no libre.

—Encontré —dijo— que Harville me consideraba un hombre comprometido. Que ni Harville ni su esposa dudaban de nuestro mutuo afecto. Me quedé sorprendido y disgustado. En cierto modo podía desmentir eso de inmediato, pero cuando comencé a pensar que otros podrían imaginar lo mismo... su propia familia, Louisa misma, ya no me sentía libre. Por honor estaba dispuesto a ser suyo. No estaba prevenido. Nunca pensé en esto seriamente. No había supuesto que mi excesiva intimidad podía causar tanto daño, y que no tenía derecho a tratar de enamorarme de alguna de las muchachas, a riesgo de no dejar bien parada mi reputación o causar otros males peores. Había estado estúpidamente equivocado y debía pagar las consecuencias.

En una palabra, demasiado tarde, comprendió que se había comprometido en cierto modo. Y esto precisamente en el momento en que descubría que Louisa no le importaba nada. Debía considerarse atado a ésta si los sentimientos de ella eran los supuestos por los Harville. Esto lo decidió a partir de Lyme y esperar en otra parte el restablecimiento de la joven. De la manera más decente posible estaba dispuesto a moderar cualquier sentimiento o inclinación que hacia él pudiese sentir Louisa. Y así, fue a ver a su hermano, esperando después volver a Kellynch y actuar de acuerdo con las circunstancias.

—Pasé tres semanas con Edward, y verlo feliz fue mi mayor placer. Me preguntó por usted con sumo interés. Me preguntó si había cambiado usted mucho, sin sospechar que para mí será usted siempre la misma.

Anne sonrió y dejó pasar esto. Era un despropósito demasiado halagador para reprochárselo. Es grato para una mujer de veintiocho años oír afirmar que no ha perdido ninguno de los encantos de la primera juventud, pero el valor de este homenaje aumentaba además para Anne por compararlo con palabras superiores y sentir que eran el resultado y no la causa de sus nuevos y cálidos sentimientos.

Él había permanecido en Shrospshire lamentando la ceguera de su orgullo y los despropósitos de sus cálculos, hasta que se sintió libre de Louisa por el sorprendente compromiso con Benwick.

—Aquí —añadió— terminó lo peor de mi sufrimiento. Porque ahora al menos podía buscar la felicidad otra vez, podía moverme, hacer algo. Pero estar esperando tanto tiempo sin otra perspectiva que el sacrificio era espantoso. En los primeros cinco minutos me dije: «Estaré en Bath el miércoles», y aquí estuve. ¿Es perdonable que haya pensado en que podía venir? ¿Y haber llegado con ciertas esperanzas? Usted estaba soltera. Era posible que también conservara los mismos sentimientos que yo. Además tenía otras cosas que me alentaban. Nunca dudé que usted había sido amada y buscada por otros, pero seguramente sabía que había rehusado por lo menos a un hombre con mayores dotes para aspirar a usted que yo, y no podía menos que preguntarme: «¿Será a causa de mí?».

Tuvieron mucho que decirse sobre su primer encuentro en la calle Milsom, pero más aún acerca del concierto. Aquella velada parecía estar hecha de momentos deliciosos. El momento en que ella se puso de pie en el Salón Octogonal para hablarle, el momento de la aparición del señor Elliot llevándosela, y uno o dos momentos más marcados por la esperanza o el desaliento, fueron comentados con entusiasmo.

—¡Verla a usted —exclamó él— en medio de aquéllos que no podían quererme bien, ver a su primo a su lado, conversando y sonriendo, y ver todas las espantosas desigualdades e inconvenientes de tal matrimonio! ¡Saber que éste era el íntimo deseo de cualquiera que tuviese influencia sobre usted! ¡Aunque sus sentimientos fueran de indiferencia, considerar cuántos apoyos tenía él! ¿No era esto bastante para hacer de mí el idiota que parecía? ¿Cómo podía mirar sin agonía? ¿No era acaso la vista de la amiga que se sentaba a su lado bastante para recordar la poderosa influencia, la gran impresión que puede producir la persuasión? ¡Y todo esto estaba en mi contra!

—Debería haber comprendido —dijo Anne—; no debió haber dudado ahora de mí. El caso era distinto y mi edad distinta. Si hice mal en ceder a la persuasión una vez, recuerde que fue para protegerme de riesgos, no para exponerme a ellos. Cuando cedí creí hacerlo ante un deber, pero ningún deber se podía alegar aquí. Casándome con un hombre al que no amaba hubiera corrido todos los riesgos y todos mis deberes hubieran sido violados.

—Quizá debería haber pensado así —replicó él—, pero no me fue posible. No podía esperar ningún beneficio del conocimiento que tenía ahora de su carácter. No podía pensar; estaban estas cualidades suyas enterradas, perdidas entre los sentimientos que me habían hecho sufrir durante tantos años. Solamente podía pensar de usted como de alguien que había cedido, que me había abandonado, que había sido influida por otra persona que no era yo. La veía a usted al lado de la persona que había producido aquel dolor. No tenía motivo para creer que tuviera ahora menos autoridad. Además debía añadirse la fuerza del hábito.

—Yo creía —dijo Anne— que mis modales para con usted le habrían evitado pensar esto.

—No, sus modales tenían la desenvoltura de quien está ya comprometida con otro hombre. La dejé a usted creyendo esto y sin embargo estaba decidido a verla de nuevo. Mi espíritu se recobró esta mañana y sentí que tenía aún motivo para permanecer aquí.

Al fin Anne estuvo de vuelta en casa, más feliz de lo que ninguno podía imaginar. Toda la sorpresa y la duda y cualquier otro penoso sentimiento de la mañana se habían disipado con esta conversación, y volvió tan contenta, con una alegría en la que se mezclaba el temor leve de que aquello no podía durar para siempre. Después de un breve intervalo de meditación, toda idea de peligro desapareció para su extrema felicidad, y dirigiéndose a su habitación se entregó de lleno a dar gracias por su dicha sin ningún temor.

Llegó la noche, se iluminó la sala y llegaron los invitados. Era una reunión para jugar a las cartas, una mezcla de gente que se veía demasiado y de personas que jamás se habían visto. Demasiado vulgar, con demasiada gente para establecer intimidad y demasiado poca para que hubiese variedad, pero Anne jamás encontró una velada más corta. Brillante y encantadora de felicidad y sensibilidad, y más admirada de lo que creía o de lo que buscaba, tenía sentimientos alegres y cariñosos para todas las personas que la rodeaban. El señor Elliot estaba allí; ella le evitó, pero podía compadecerle. Los Wallis, que la hicieron reír con sus ocurrencias. Lady Dalrymple y la señorita Carteret pronto le serían primas indiferentes. No le importaba la señora Clay y los modales de su padre y su hermana no la hacían sonrojar. Con los Musgrove la charla era ligera y fácil; con el capitán Harville existía el afecto de hermano y hermana. Con lady Russell, varios intentos de charla que una deliciosa culpabilidad cortaba. Con el almirante y con la señora Croft, una peculiar cordialidad y un ferviente interés que la misma conciencia parecía querer ocultar. Y con el capitán Wentworth siempre ocurría algún momento de comunicación, y siempre la esperanza de más momentos de dicha y ¡saber que estaba allí!

En unos de estos breves encuentros, mientras parecían admirar un grupo de hermosas plantas, ella dijo:

—He estado pensado acerca del pasado, y tratando imparcialmente de juzgar lo bueno y lo malo en lo que a mí concierne. Y he llegado a la conclusión de que hice bien, pese a lo que sufrí por ello; que tuve razón en dejarme dirigir por la amiga que ya aprenderá usted a amar. Para mí, ella era mi madre. No se equivoque al juzgarme, sin embargo. No digo que ella no se haya equivocado. Fue uno de estos casos en que los consejos son buenos o malos según lo que ocurra luego. Y yo por mi parte, en igualdad de circunstancias, jamás daré un consejo semejante. Pero digo que tuve razón en obedecerla, y que de haber obrado de otra forma habría sufrido más continuando el compromiso que rompiéndolo, porque mi conciencia hubiera sufrido. Ahora, dentro de lo que la naturaleza humana nos permite, no tengo nada que reprocharme. Y si no me equivoco, un gran sentido del deber es una buena cualidad en una mujer.

Él la miró, miró a lady Russell, y volviendo a mirarla exclamó con fría deliberación:

—Todavía no. Pero puede tener ciertas esperanzas de ser perdonada con el tiempo. Espero tener piedad de ella pronto. Pero yo también he pensado en el pasado, y se me ha ocurrido que quizás una persona era más enemiga mía que esa señora. Yo mismo. Dígame usted si cuando volví a Inglaterra en el año ocho, con unos pocos cientos de libras, y fui destinado al Laconia, si yo le hubiese escrito a usted, ¿habría contestado a mis cartas? ¿Habría, en una palabra, renovado el compromiso?

—Lo habría hecho —repuso ella, y su acento fue decisivo.

—¡Dios mío —dijo él—, lo habría renovado usted! No es que no lo hubiera yo querido o deseado, como coronamiento de todos mis otros éxitos. Pero yo era orgulloso, muy orgulloso para pedir de nuevo. No la comprendía a usted. Tenía los ojos cerrados y no quería hacerle justicia. Este recuerdo me hace perdonar a cualquiera antes que a mí mismo. Seis años de separación y sufrimiento hubieran podido evitarse. Es ésta una especie de dolor nuevo. Me había acostumbrado a creerme acreedor a toda la dicha que pudiera disfrutar. Había juzgado que merecía recompensas. Como otros grandes hombres ante el infortunio —añadió sonriendo—, debo aprender a humillarme ante mi buena suerte. Debo comprender que soy más feliz de lo que merezco.

Capítulo XXIV

¿Quién no adivina lo que siguió? Cuando a dos jóvenes se les pone en la cabeza casarse, pueden estar seguros de conseguir el triunfo por medio de la perseverancia, aunque sean extremadamente pobres, o imprudentes, o tan poco parecidos entre sí que bien poco puedan servirse de la mutua ayuda. Ésta puede ser una mala moral, pero es lo cierto. Y si tales matrimonios se realizan a veces, ¿cómo un capitán Wentworth y una Anne Elliot, con la ventaja de la madurez, la conciencia de obrar bien y con fortuna independiente, podrían encontrar alguna oposición? En una palabra, hubieran vencido inconvenientes mucho mayores que los que tuvieron que afrontar, porque poco hubo que lamentar o echar de menos con excepción de la falta de calor y amabilidad. Sir Walter no puso ninguna objeción, y Elizabeth tomó el partido de mirar fríamente y como si no le interesase el asunto. El capitán Wentworth, con veinticinco mil libras y un grado tan alto en su profesión como el mérito y la actividad podían otorgar, no era ya un «don nadie». Se le consideraba ahora digno de dirigirse a la hija de un tonto y derrochador barón que no había tenido bastantes principios ni sentido común como para mantenerse en la posición que la providencia le había colocado, y que en la actualidad sólo podía dar a su hija una pequeña parte de la herencia de diez mil libras que más adelante habría de heredar.

Sir Walter, aunque no sentía mucho afecto por Anne y su vanidad no encontraba ningún motivo de halago que lo hiciera feliz en esta ocasión, distaba mucho de considerar que su hija realizaba un matrimonio desventajoso. Por el contrario, cuando vio más a menudo al capitán Wentworth a la luz del día y lo examinó bien, se sintió impresionado por las dotes físicas de éste, y pensó que la superioridad de su aspecto era una compensación para la falta de superioridad de rango. Todo esto, ayudado por el buen nombre del capitán, preparó a sir Walter para inscribir con muy buena voluntad el nombre del matrimonio en el volumen de honor.

La única persona cuyos sentimientos hostiles podían causar cierta ansiedad era lady Russell. Anne comprendía que lady Russell tendría que sufrir cierto dolor al conocer el carácter del señor Elliot, y que debería luchar un poco para aceptar esto tal cual era y hacer justicia al capitán Wentworth. Debía darse cuenta de que se había equivocado con respecto a ambos; que las apariencias le habían jugado una mala pasada; que porque los modales del capitán Wentworth no estaban de acuerdo con sus ideas se había apresurado a sospechar que éstas indicaban un temperamento peligrosamente impulsivo; y que precisamente porque los modales del señor Elliot le habían agradado por su propiedad y corrección, su cortesía y su delicadeza, apresuradamente había supuesto que éstos indicaban opiniones correctas y espíritu lleno de cordura. Lady Russell no tenía nada más que hacer; es decir, debía admitir que había estado completa y totalmente equivocada, y cambiar el objetivo de sus opiniones y esperanzas.

Hay en algunas personas una rapidez de percepción, una precisión en el discernimiento de un carácter, una penetración natural, que la experiencia de otras personas no alcanza jamás, y lady Russell había sido menos bien dotada en este terreno que su joven amiga. Pero era una buena mujer, y si su primer objetivo era ser inteligente y buen juez de la gente, el segundo era ver feliz a Anne. Amaba a Anne más de lo que apreciaba sus propias cualidades, y cuando el desagrado del primer momento hubo pasado encontró poco difícil sentir afecto maternal por el hombre que aseguraba la felicidad de quien consideraba su hija.

De toda la familia, la más inmediatamente satisfecha fue Mary. Era conveniente tener una hermana casada, y podía imaginarse que ella había contribuido algo a ello, teniendo a Anne consigo durante el otoño; y

978-84-17430-68-9

NARRACIONES
EXTRAORDINARIAS
EDGAR
ALLAN POE

Ilustrado por
John Coulthart

CUMBRES
BORRASCOSAS
EMILY BRONTË

Ilustrado por
Sara Morante

978-84-18008-53-5

CUENTOS DE
PERRAULT

Ilustrado por
Meritxell Ribas

978-84-18008-56-6

EL RETRATO DE
DORIAN GRAY
OSCAR WILDE

Ilustrado por
Enrique Bernardou

978-84-18008-57-3

CUENTOS
DE LOS
HERMANOS
GRIMM

Ilustrado por
Dani Sanchís

978-84-17430-69-6

DRÁCULA
BRAM STOKER

Ilustrado por
Olga Esther

978-84-17430-72-6

EN LAS
MONTAÑAS DE
LA LOCURA
Y OTROS RELATOS
H. P.
LOVECRAFT

Ilustrado por
Sebastian Cabrol

978-84-17430-70-2

ORGULLO Y
PREJUICIO
JANE AUSTEN

Ilustrado por
Marta Antelo

978-84-17430-71-9

ALMA POCKET ILUSTRADOS

es una colección única que reúne obras maestras de
la literatura universal ilustradas por talentosos artistas.

Magníficas ediciones de bolsillo para disfrutar del placer
de la lectura con todos los sentidos.

www.editorialalma.com

🌐 📷 ▶ 🎵 @almaeditorial

como su hermana debía ser mejor que sus cuñadas, era también grato pensar que el capitán Wentworth era más rico que el capitán Benwick o Charles Hayter. No tuvo nada que lamentar cuando vio a Anne restituida a los derechos del señorío, como dueña de una bonita limusina; había además una cosa que la consolaba poderosamente de cualquier pesar que pudiese sentir: Anne no tenía un Uppercross delante de ella, no tenía tierras ni era cabeza de una familia; y si ocurría que el capitán Wentworth nunca era nombrado barón, no tenía Mary motivos para envidiar la situación de Anne.

Hubiera sido de desear que la hermana mayor estuviera contenta igualmente con su situación, pues poco cambio podía esperarse de ella. Pronto tuvo la mortificación de ver alejarse al señor Elliot; desde entonces nadie en situación aceptable se presentó para salvar las esperanzas que se desvanecieron al retirarse este caballero.

Las noticias del compromiso de su prima Anne cayeron inesperadamente sobre el señor Elliot. Desarreglaba esto su ilusión de felicidad doméstica, sus esperanzas de mantener soltero a sir Walter a favor de los derechos de su presunto yerno. Pero desagradado y desilusionado, pudo hacer aún algo por sus propios intereses y felicidad. Pronto dejó Bath; poco después también se fue la señora Clay y bien pronto se oyó decir que se había establecido en Londres bajo la protección del caballero, con lo que se evidenció hasta qué punto había éste jugado un doble juego, y cuán determinado estaba a no dejarse vencer por las artes de una mujer hábil.

El afecto de la señora Clay había sido más poderoso que su interés y había sacrificado por el joven caballero sus esperanzas de casarse con sir Walter. Esta dama tenía sin embargo habilidades que eran tan grandes como sus afectos, y era dudoso decir cuál de las dos astucias, si la de él o la de ella, triunfaría al final. Quién sabe si, al impedir que se convirtiera la señora Clay en la esposa de sir Walter, no se le preparaba a ésta el camino para convertirse en esposa de sir William.

No cabe duda de que sir Walter y Elizabeth se sintieron ofendidos al perder a su compañera y al descubrir lo engañados que estaban respecto a ella. Tenían a sus primas para que los consolaran, cierto es, pero bien pronto debían comprender que seguir y adular a otros sin ser a la vez seguidos y adulados es sólo un placer a medias.

Anne, satisfecha muy rápidamente con la intención de lady Russell de querer como debía al capitán Wentworth, no tenía más sombra en su dicha que la que provenía de la sensación de que no había en su familia una persona con méritos suficientes para ser presentada a un hombre de buen sentido. Allí sintió poderosamente su inferioridad. La desproporción de sus fortunas no tenía importancia alguna, no sentía esto en ningún momento; pero no tener familia que lo recibiera y lo estimara como merecía, ninguna respetabilidad, armonía, buena voluntad que ofrecer a cambio de la digna y pronta bienvenida que le habían dispensado a Anne sus cuñados y cuñadas, era un manantial de pesares, bajo circunstancias, por otra parte, extremadamente felices. Sólo a dos amigas podía presentarle: lady Russell y la señora Smith. A estas dos, él pareció dispuesto a dedicarles inmediato afecto. A lady Russell, pese a sus resentimientos anteriores, estaba él pronto a recibirla de todo corazón. Mientras no se viera obligado a confesar que ella había tenido razón en separarles al principio, estaba presto a hacer grandes alabanzas de la dama. En cuanto a la señora Smith, había varias circunstancias que le inclinaron pronto y para siempre a apreciarla como merecía.

Sus recientes buenos oficios con Anne eran ya más que suficientes, y el matrimonio de ésta, en lugar de privarla de una amiga, le otorgó dos. Fue ella la primera en visitarlos apenas se hubieron establecido, y el capitán Wentworth, encargándose de los negocios para que recobrase las propiedades de su esposo en las Indias Occidentales, escribiendo por ella, actuando y ocupándose de todas las dificultades del caso, con la actividad y el interés de un hombre valiente y un amigo solícito, devolvió todos los servicios que ésta había hecho o intentado hacer a su esposa.

Las buenas cualidades de la señora Smith no desmerecieron con el aumento de su renta. Con la salud mejorada y la adquisición de amigos que podía ver a menudo, continuó usando su perspicacia y la alegría de su carácter; teniendo estas fuentes de bienestar se hubiera enfrentado a cualquier otro halago mundano. Hubiera podido estar más sana y ser más rica, siendo siempre dichosa. El manantial de su felicidad estaba en su espíritu,

como la de su amiga Anne residía en el calor de su corazón. Anne era la ternura misma, y había encontrado algo digno de ella en el afecto del capitán Wentworth. La profesión de su marido era lo único que hacía desear a sus amigas que aquella ternura no fuese tan intensa, por miedo a una futura guerra que pudiera turbar el sol de su dicha. Su gloria era ser la esposa de un marino, pero debía pagar el precio de una constante alarma por pertenecer su esposo a aquella profesión que es, si fuese ello posible, más notable por sus virtudes domésticas que por su importancia nacional.